通俗小説論

恋愛とデモクラシー

広岡守穂

Romance and Democracy, 1890~1960

HIROOKA Moriho

有信堂

通俗小説論——恋愛とデモクラシー／目　次

第二章　通俗小説の時代

第四章　戦後民主主義と通俗小説

第一章

家庭小説

――独身男女の恋愛は御法度だった

第1節　家庭小説——第一次世界大戦以前の恋愛小説

1　家庭小説とは何か?

家庭小説というジャンルがあった。一八八〇年代後半ごろから新聞などにあらわれた一連の小説を家庭小説といった。家庭小説とは、家庭で親子や夫婦がいっしょに読んでも顔が赤くならない小説というほどの意味で、内容はどうかというと男女の愛情を描いたものが多かった。ただしこの時代は未婚男女の恋愛はたいへんふしだらなこととされていた。男女の愛情は結婚して夫婦になってから生まれるべきものであった。だから恋愛小説ではなくて家庭小説といわれたのである。代表的な作品としては尾崎紅葉《こうよう》の『金色夜叉《やしゃ》』や徳冨蘆花の『不如帰《ほととぎす》』、菊池幽芳《ゆうほう》の『己《おの》が罪』『乳姉妹《ちきょうだい》』、中村春雨の『無花果《いちじく》』、渡辺霞亭《かてい》の『渦巻』などがある。

こう書くとさっそく、『金色夜叉』は未婚男女の愛憎劇ではなかったかと反論されそうである。たしかにお宮と貫一は未婚だった。しかし親が将来ふたりを添わせる約束をしていた。ふたりは婚約していたのである。その約束を反故にしてお宮は「ダイヤモンドに目がくらみ」富豪の富山唯継と結婚する。貫一はそれを恨んで高利貸しになり、お宮の結婚生活もしあわせでなかった、という物語である。親が決めた天下公許の間柄であったからこそ、貫一がお宮に執着することに対して読者も感情移入することができたのであるし、一度は夫婦になると決められた相手を袖にしたお宮が不幸せになることも読者にしてみれば当然だった。もしもふたりが自由恋愛の関係だったら、当時の読者は顔をしかめただろう。

家庭小説の多くは今日では名前も忘れられているが、一大ブームを巻き起こした作品がたくさんあった。それに名作もあった。『乳姉妹』などサスペンスの要素もありハラハラドキドキさせられて、いま読んでもおもしろい。しかし忘れられている。では『金色夜叉』はどうして長く読み継がれたのだろうかといえば、未婚男女の愛情が伝わってくるからである。現代の読者は親が決めた許嫁という点には全然こだわらない。ふたりが惹かれ合うことに感情移入しているのである。

未婚男女の恋愛はふしだらなことだったから、恋する未婚男女は必ずきびしい罰を受けた。とくに女性のほうは病気になったあげくに死んだり（小杉天外『魔風恋風』）、人工妊娠中絶に苦しみ人びとに白い目で見られ遠く異国の地に去って行ったり（小栗風葉『青春』）、過去をかくしていたことが露見して夫に離縁されたり（『己が罪』。ただし最後には復縁する）、といった具合である。そういう結末を設けておかなければ当時の読者は納得いかなかったと考えるべきだろう。

家庭小説は一八八〇年代後半から第一次大戦中まで、しきりに新聞に掲載されて人気をとった。そして人気になると新派劇の舞台で上演されたり、のちには映画化されたりした。中には『渦巻』や柳川春葉の『生《な》さぬ仲』のように、『冬ソナ』もかくやと思われるほどの一大ブームを巻き起こした作品もあった。けれども、いまでも読まれているのは『金色夜叉』と『不如帰』くらいのものである。どうしてかというと、『渦巻』や『生さぬ仲』のヒロインが夫に絶対服従だからである。夫のいうことならすべて従順に受け入れるといった具合であるから、いま読んだらとても感情移入できないのである。だが当時としては新鮮だった。というのはまがりなりにも一夫一婦制が肯定されていたからであり（正確には妻の座が守られていたというべきだが）、また儒教的な家族道徳に従ったら夫の性格によっては妻はどんなにひどい目にあわされるかわからないということが浮き彫りにされていたからである。それが家庭小説の新しさであった。

2　渡辺霞亭の『渦巻』――一大ブームを巻き起こした家庭小説

代表的な家庭小説をいくつか見ておこう。いずれも発表された当時は一大センセーションを巻き起こしたが、いまではだれにも読まれなくなり名前すら忘れられてしまった作品である。

一九一三年七月から翌年二月にかけて渡辺霞亭の『渦巻』が『大阪朝日新聞』に連載された。ちなみに前年一二月からこの年四月にかけて漱石の『行人』前編が、『東京朝日新聞』と『大阪朝日新聞』に同時連載され、五ヶ月休んで九月から一一月まで後編が連載されている。『渦巻』は『東京朝日新聞』には連載されなかったが、『行人』とほぼ同じ時期に『大阪朝日新聞』の紙面を飾ったわけである。

『渦巻』はある名家のお家騒動を描いた小説である。舞台は京都の富豪である東大路家。東大路家は先代の昌重が子爵家から分家して起こした家で、昌重は理財の道に長じていたので大きな財をなした。子どもは娘の数江ひとりだけであった。昌重は本家から兄の次男・真造を養子にもらって、将来、数江と添わせるつもりだった。しかし真造は叔父のつくった財産を相続することを潔しとせず、また血族結婚の害を案じて、二五歳のときにこれを拒絶して欧米留学の途にのぼった。やむなく昌重は大津の旧家である桜間家から三男の高昌を、数江の婿にとった。昌重の死後、高昌は家督を相続した。ところが、そのときから高昌は遊蕩にはしった。

高昌には政子という妾ができた。政子は数江が出産したときと同じころに女の子を産むのだが、悪知恵を働かせて友人の早苗子が産んだ男の子と赤ん坊を取り替えて、男の子を自分の子どもとして届け出る。庶子であるが男子だから旧民法の規定によれば跡継ぎの資格があるわけである。政子は数江から正妻の座を奪おうとたくらんでいる。

そんな政子と組んで金杉哲夫はひと儲けしようとたくらんでいる。高昌と数江の間には喜美子という娘が生まれたが、喜美子は不義の子ではないかという疑いを高昌に吹き込む。疑心暗鬼を生じた高昌は金杉のいいなりになる。金杉は高昌の代理人と称して数江を東大路家から追い出す。数江は住み慣れた家を追い出されたうえ、産んだばかりの娘も取り上げられる。こうして数江と喜美子は離ればなれになり、それから足かけ八年もの間、苦難の道を歩むことになる。

喜美子の世話をするために雇われた乳母のお兼は非常な忠義者であった。お兼は金杉のたくらみを見抜いていた。そのため喜美子をつれて東大路家を出て、八年間、貧乏に耐え苦労しながら育てる。しかし金杉の魔の手はいよいよ喜美子に迫る。そしてついに喜美子は金杉の手に落ちてしまう。喜美子を手に入れた金杉は離婚届に捺印するよう数江に迫る。いよいよ数江は進退きわまった。しかし、もはやこれまでと思われたときに、かつて数江との結婚を断った真造があらわれ、金杉たちの前に立ちふさがる。真造は金杉の手から喜美子を奪還し、赤ん坊が取り替えられたことを突き止め、その事実を悪者たちにつきつける。そして快刀乱麻のごとくに事件を解決するのである。

3　儒教的な家族道徳が女性に過酷な立場を強いる

『渦巻』のあらすじは以上のようなわけで、ストーリーがめまぐるしいテンポで展開し、最後に悪役が退治される。道徳だの改心だの説教じみた話は最後の最後になるまでひとつもない。家督相続をめぐる家族法を前に、だれがだれの子かという事実関係が争われるだけである。『渦巻』の本質はハラハラドキドキさせる活劇ドラマなのである。

ただひとつ、物語の最後で人びとは数江の気高い人柄に心をうたれる。悪役は金杉哲夫を除いてみな改心する。あれだけ迫害され辛酸をなめた数江だが、人の心を入れ替えさせるだけの人格の力を持っているのである。そして物語は数江の美しいたましいのもとに、金杉を除くすべての人が和解する大団円を迎える。

それなら数江はどんな女性であるか。数江は耐える女である。貞節で汚れを知らず、愛情にあふれ、少しも欲がなく、名を重んじる。ひたすら耐える女である。自分には娘さえいればいい、親が残した財産も何もいらない、という。だから、いま読むと、何という女だろうと、はがゆくなる。そればかりか、夫の愛人について、大切な夫の世話をしてくれて感謝しているというのだから、あきれる。今日の読者から見ると、数江は無能のようにさえ見える。自分を守ることも、処世のすべも知らない女性なのだ。

ところが数江の周囲の人たちはだれもが、その心ばえをたたえる。悪役の金杉哲夫さえ、数江の言動をみて「神のようだ」と語るくらいに、純真なたましいの持ち主なのである。現代の読者も「神のようだ」といわれたら、なんだかそういう気がしてくるかもしれない。汚れを知らず、人を疑うことを知らず、見返りを期待することさえないのである。数江のような女性が明治の女の理想だったのであろう。数江は犠牲的精神に富む女性だが、一夫一婦制への思いだけは強い。妻妾がともにひとりの夫につくす例が世間にはたくさんあるが、「私、そればかりは断りして置きます」とはっきり宣言する（渡辺霞亭『日本近世大悲劇名作全集・第八巻・渦巻』中央公論社、一九三四年、六二一ページ）。

驚くのは物語の最後の最後で、悪事が露見して、政子と早苗子がうなだれて反省しているときに、政子の子も早苗子の子も自分が引き取ってわが子同様に育てると宣言するところである。政子が産んだ女の子はたしかに夫の子である。昔から妾の子を自分の子として育てるのは正妻の責任である。だから引き取る。早苗子は政子と組んで悪事の片棒を担いだ女である。悪い女だが、早苗子はとても満足に子どもを育てられそうにない。それならいっそのこと早苗子の子も自分が引き取って育てるというのである。

金杉哲夫以外の悪玉はみな最後には改心するのであるが、それは彼らが新しい道徳を受容するからではない。ヒロインの人間性に感化されるからなのである。その点が非常に重要である。物語の最初から最後まで、儒教的な家族道徳は少しも傷ついていないのである。

ところが、にもかかわらず、読む者に迫ってくるのは、やはり儒教的な家族道徳の持つ矛盾と、それが女性にもたらす過酷な境遇である。数江はすばらしい女性なのに、どうしてこんなひどい目にあわなければならないのだろうか。その理由は儒教的な家族道徳にある。女性は家督を相続できない。それゆえ養子を迎える。そして養子に入った夫が家督を相続する。夫は女色におぼれたあげく、妻を本邸から追い出して愛人を引き入れる。そのうえ妻を離縁さえしようとする。妻はあやうく親が残したはずのすべてを失いそうになる。女性だからという理由で、実の父親が残した財産を相続することもできず、それどころか生まれ育った家を追い出されても文句もいえないのである。儒教的な家族道徳は、女性にこれだけの苦難をもたらすのである。しかも女性がそういう状態に追い込まれることを、あろうことか明治民法は容認するのである。読む者に少しでも人道主義的な感受性があれば、ゆきつくところは儒教的な家族道徳に対する憤りとできたばかりの民法に対する批判ではないだろうか。

4　新聞小説のスタイルをつくった渡辺霞亭

作者の渡辺霞亭についてかんたんにふれておこう。渡辺霞亭（一八六四〜一九二六）は一八九〇年に『大阪朝日新聞』に招かれ、以後、同紙を舞台に新聞小説を量産した。はじめのうちこそ霞亭主人の筆名を使ったが、やがて碧瑠璃園、緑園生、春帆楼主人など、いくつもの筆名を使い分けた。非常に速筆で、『渦巻』が連載された一九一三年から一四年にかけてを見ると、碧瑠璃園の名で前年一〇月五日に始まった『乃木大将』を四月二八日まで（一八二回）、一月一日から緑園生の名で『豊太閤』を九月一五日まで（二五七回）、七月二五日から翌年二月一五日まで渡辺霞亭の名で『渦巻』を（二〇五回）、九月一六日から翌年四月一九日まで碧瑠璃園の名で『栗山大膳』を連載している（二一三回）のだから驚くばかりである。しかもそのうえ他社の新聞にも並行して小説を連載していて、人呼んで「大量院制作速筆居士」なる称号をたてまつられていた。[1] 渡辺霞亭は家庭小説も書いたが、得意は時代物で『吉田松陰』『銭屋五兵衛』『荒木又右衛門』『由井正雪』など数え切れないほどの作品をものしている。

さて、夏目漱石が鳴り物入りで朝日新聞社に迎えられたのは、一九〇七年のことであった。この年漱石は『虞美人草』を東西の『朝日新聞』に連載した。その後一九一六年一二月九日に死去するまで漱石は東西の『朝日新聞』に筆を執った。絶筆となった『明暗』は一二月一四日まで掲載されて未完に終わった。

漱石が『朝日新聞』に小説を書いていたころ、関西では『大阪毎日新聞』は旗色が悪かった。漱石のためとはいえないが、『大阪朝日新聞』には渡辺霞亭や半井《なからい》桃水がいて時代小説で読者を魅了していたのである。『大阪毎日新聞』は何とか菊池幽芳、柳川春葉の家庭小説で対抗していた。しかし『毎日』が春葉の『生さぬ仲』で大ヒットを飛ばして溜飲を下げたときも、やがて一年後には『朝日』の主戦投手格だった渡辺霞亭が家庭小説の分野に登板してきて『渦巻』を書いた。そして『渦巻』は『生さぬ仲』を上回る人気になったのであった。

次節で紹介する『生さぬ仲』を書いたのは尾崎紅葉門下の四天王とうたわれた柳川春葉（一八七七〜一九一八）である。このころ純文学にくらべて新聞小説は文学的価値が低いものと見なされていた。中でも家庭小説は一段低く見られていた。当時の文学には高尚な文学と低俗な文学の区別があったのである。この区別は一九六〇年代ごろまで続くのであるが、一八九〇年代から一九一〇年代にかけての時代でいえば、紅露逍鷗ということばがあったように、尾崎紅葉（一八六八〜一九〇三）、幸田露伴（一八六七〜一九四七）、坪内逍遙（一八五九〜一九三五）、森鷗外（一八六二〜一九二二）が、そして遅れて登場した夏目漱石（一八六七〜一九一六）が純文学の頂点をなしていた。いずれも立派な学歴を持つ知識人であり、露伴を除く四人は帝国大学（いまの東京大学）で学んでいた。

彼らにくらべると渡辺霞亭は一六歳のときに新聞社で働き始めた人であるし、柳川春葉にいたっては小学校卒で紅葉の家の玄関番から出発した人である。家庭小説の第一人者であった『大阪毎日新聞』の菊池幽芳（一八七〇〜一九四七）も尋常中学校卒で小学校教師となり、二一歳のときに大阪毎日新聞社に就職している。純文学と家庭小説の間には作家の学歴においても大きな垣根があった。ちなみに柳川春葉は家庭小説しか書けない作家と見られており、紅葉の四天王の中では他の三人（泉鏡花、小栗風葉、徳田秋声）にくらべてやや軽んじられていた。

5　柳川春葉の『生さぬ仲』――明治の『冬ソナ』

『大阪毎日新聞』から『生さぬ仲』を見てみよう。

ヒロインの渥美真砂子は東洋漁業株式会社社長・渥美俊策の妻である。真砂子は俊策と前妻の珠江との間にできた滋をかわいがって育てている。珠江は一一、二歳のころから新橋の花街で育った。一八歳のとき俊策に身受けされ、滋を産んだが、まもなく家庭生活に飽きて子どもを置いて家を出て行ってしまった。珠江は外国人の妻となっていたが、夫が死んだので莫大な遺産を継いで帰国する。帰国した珠江は、一〇年前に捨てた実子の滋と元夫の俊策が忘れられない。そのころ俊策の経営する会社は経営が行き詰まり、俊策は金策に奔走している。

俊策は真砂子を愛してはいるが、いまの読者の目で見るとぱっとしない人物であり、なかなかの暴君でもある。実業家としても失格の部類である。俊策の頭にあるのは金策のことばかりである。経営戦略があるわけではない。おもしろくないことがあるたびに憂さ晴らしに待合にあがって二日も三日も逗留するのである。

珠江はひそかに手を回して東洋漁業株式会社に対する債権を手に入れる。そして珠江は、自分を許してほしい、滋を返してほしい、そうしたら債権はすべてなかったことにするからと俊策に持ちかける。しかし珠江は一〇年前に自分といたいけな幼児を捨てて出て行った女である。憎んでも憎みきれない。

俊策はけんもほろろに申し出を拒絶する。といって俊策に方策があるわけではないから、結局、会社は倒産して珠江の手に渡り、おまけに俊策は詐欺の嫌疑で投獄される。そして一家の主人を失った渥美家ははばらばらになってしまう。真砂子は家を追い出され、滋は珠江のもとに連れて行かれるのである。しかし珠江の手に渡った滋はいっこうになつかない。産みの母の珠江よりも育ての母の真砂子を慕っている。産みの母より育ての母というわけで、それが小説の題名『生さぬ仲』のもとになっている。

さてヒロインの真砂子はどういう女性か。とことんいじめられる。そして攻撃されると反撃もせず、ただ打たれるばかりである。しかも人を疑うということがない。妹が金策の用になるならと貸してくれたダイヤモンドの指輪をたった五〇円で敵方の男に渡してしまうといった無防備さである。もとはといえば俊策のせいで貧窮しているのに、俊策は俊策でそのことをたなにあげ、真砂子は真砂子で、ひたすら自分が悪かったというのである。世間知らずでわが身を守る術を知らない、取り柄のない女であると、わたしだったら切り捨ててしまいたくなる。

真砂子は一途に「女の道」を守る女でありつくす女である。全身で夫を信じ、人を害することがない。夫の家から追い出され実家にも帰れなくなる場面がある。そのとき真砂子は母と妹の会話を家の外から立ち聞きしてしまう。「家も地面も有りとあらゆる財産を取られて、然《さ》も無くつてさへ気難しい姑と、癇癪の強い夫と、生さぬ仲の子を控へて、昨日に変る裏屋住居《ずまゐ》に、有る効《かひ》も無い日を送つてゐる真砂さんは、唯の一度も其が辛いと言ひましたか？」と母が語っている。それを聞いている真砂子は感動して「勿体《もったい》ない！　那様事《あんなこと》を…と真砂子は石に平伏した」（『大悲劇名作全集第五巻　生さぬ仲』中央公論社、一九三四年、二六二ページ）。自分の運命を呪うことさえない、真砂子はそんな女なのであった。

6　ヒロインたちの人物像

　さて真砂子はけがれないたましいの持ち主で、自分の身さえ守ろうとしない女であるから、当然、真砂子に同情する男があらわれる。日下部正也は二年間の洋行から帰ったばかりの彫刻家である。白馬の王子様というほど頼りがいのある男ではないが、俊策の友人であり真砂子の心強い味方である。真砂子がたたかわないので、日下部は歯がゆくてしかたがない。俊策の母、つまり真砂子の姑の岸代は真砂子を嫌っている。それで珠江にやすやすと籠絡され嫌いな真砂子を家から追い出してしまう。そのため真砂子には次々と恐ろしいできごとが襲いかかってくるのだが、それなのに日下部が岸代を批判すると、真砂子はきっとなって言い返す。渥美の家名を考えたら、こうするよりしかたがなかったのだと、自分を追い出した岸代を弁護するのである。それを聞いた日下部は「貴女《あなた》は馬鹿だ！」と叫ぶが、その眼には涙が浮かんでいる。そして「僕の方が間違つてゐたんです。貴女の其志を聞いては、僕は実に恥入るんだ」と、人の悪意を疑うことのない真砂子の心根をたたえる（同右、二九九ページ）。

　以上のようにヒロインの性格も彼女を見る周囲の人たちの視線も、『渦巻』の数江と数江を取り巻く人たちにうりふたつである。他人に対する害意を持たず、思いやりと愛情にあふれ、そして夫や姑につくし、運命に翻弄される女。そういう女性が人びとを味方にしたのである。現代でも、ちょっとお馬鹿で、思わず助けてあげたくなるようなタイプの女性が男の気持ちを惹きつけたりするが、そういうタイプの女性をたどって過去にさかのぼっていくと数江や真砂子にたどり着くだろう。

『渦巻』と違って、物語は珠江の改心によって大団円を迎える。どんな手段をつかっても滋を手に入れたいと願っている珠江だが、珠江の気持ちは滋に通じない。滋はひたすら真砂子を慕っている。どんなにしても滋の真砂子を慕う気持ちが変わらないことを知って、珠江はすべてを諦める。そして滋に巨額の遺産を与えることを約束するのである。『渦巻』における東大路真造の役割はここでは年端のいかない滋に与えられている。

ちなみに清岡珠江のモデルになったのは、モルガン・ユキという実在の女性だと思われる。彼女は一八八一年に生まれ、祇園の芸妓となったが、来日したアメリカの大富豪モルガンに見初められて、一九〇四年に結婚した。近代日本最大の玉の輿だった。このときおゆきは巨額の金で身請けされた。夫とともにパリに住んだが、一九一五年に夫と死別し、一九三八年に帰国している。『生さぬ仲』が連載されたのは一九一二年のことであったから、柳川春葉は数年前に日本中を騒がせた結婚劇を思い出して、そこから珠江の人物像をつくり出したのであろう。

第2節　許されない未婚男女の恋愛

1　小杉天外の『魔風恋風』——病気を得て死ぬヒロイン

土壇場で救われるふたりのヒロインを見てきたが、では独身女性が恋するとどういうことになるのであろうか。恋する未婚男女を描いた家庭小説としては、小杉天外（一八六五〜一九五二）の『魔風恋風《まかぜこいかぜ》』がある。一九〇三年、『読売新聞』に連載された。

『魔風恋風』はえび茶袴の女性が自転車に乗って街を行く場面だの、なまなましい接吻の場面だのが描かれて評判になった。日本ではじめて自転車に乗った女性は声楽家の三浦環だったとも教育家（のち参議院議員）の木内きやうだったともいわれるが、自転車に乗る女性がいると噂になったのがちょうど『魔風恋風』の連載が始まるころのことだった。未婚男女の接吻シーンが新聞に描かれるのは当時としてはきわめてセンセーショナルなできごとだったから、これは家庭小説としてはルール違反すれすれというべきかもしれない。

女主人公は美しく聡明な女学生で、その名は萩原初野という。ふるさとを離れて東京の学校に通っているが、父が亡くなって家長になった兄は何かときびしく当たる。ある日初野は自転車に乗って登校途中に交通事故にあって入院した。ちょうどそのとき妹のお波が姉を頼って実家を飛び出してきた。お波もやはり兄の仕打ちに耐えかねたのである。入院費用と生活費のことで初野は苦労する。思いあまって初野は級友の夏本芳江にお金の借用を申し込むが、芳江の母親は初野を警戒している。芳江の婚約者と初野の仲を疑っているのである。芳江の婚約者というのは夏本東吾という法科の学生である。東吾は夏本子爵の養子で、東吾は実母からも早く芳江と結婚するように急かされている。実をいうと芳江の母親がにらんだとおり、初野と東吾は相思相愛の仲である。そして初野と芳江は大の親友である。初野は親友の婚約者と愛し合っているのである。

独身女性のひとり暮らしは何かと危険が伴う。画工の殿井恭一が美しい初野に思いを寄せている。初野はあやうく殿井に乱暴されそうになる。すんでのことで窮地を逃れたが、実はこれは下宿の女将が殿井をそそのかしたのであった。またあるときはこともあろうに芳江の家で芳江の父親に乱暴されそうになる。このときは着衣の乱れを見咎められて、被害者のはずの初野のほうが家人に疑われる。

恋する初野と東吾はさまざまなしがらみにとらわれ、傷ついていく。東吾は養家を離縁される。芳江とのことも破談になる。ところが芳江はどうしても東吾を忘れられず、母親が別の縁談をすすめるが首をたてにふらない。いちばんひどい目にあうのは初野で、経済的に行き詰まった初野は心労のあまりやせ衰えていき、とうとう健康を害してしまう。脚気をわずらうのである。

初野は自分の意志を持つキリッとした若い女性として描かれている（と現代の読者だったら感じる）。しかし若い独身女性が思うように生きようとすれば、世の中は障害だらけ。そんな時代だった。たちまち困難がおそってくる。美しい初野に男が援助を申し出てくるが、男の下心は見えている。そこで初野は、どんなに困窮しても筋を通して潔癖に生きようとする。初野は決して男が申し出る援助を受けようとしないのである。初野と同窓の芳江は夏本子爵家の娘で、何ひとつ不自由のない身であるが、芳江もこと愛情問題に関する限り、自分の気持ちに忠実であろうとして、断固として親の命じることに従わない。

さて物語の結末はどうなるのであろうか。初野が身を引くかたちで終わる。そして美人薄命、病が篤くなった初野は東吾と芳江に看取られてひっそりと息を引き取るのである。

自分の思いに忠実に生きようとする若い女性をヒロインにすれば、物語は悲劇で終わらなければならなかった。女性は親のいうことに従順に従うべきである。従順であるべき女子が自分の思いに従って生きようとしたら、行く手に何が待ち受けているか。若い女が周囲にさからって自分の意志で生きることを、社会は決して許さないだろう、というわけである。物語の最後に薄幸のヒロインは死を迎える。そして死の間際に、自分は身を引き、親友が東吾と結婚できるように行動するのである。釈然としないが、それが当時の読者にとっていちばん納得がいく結末だっただろう。

小杉天外は英吉利法律学校（中央大学の前身）でしばらく学んだことがあるが、文学をこころざして斉藤緑雨の弟子になった。自然主義文学がとなえる客観描写をめざし、一九〇〇年に書き下ろしのかたちで発表した『はつ姿』が評判になった。『はつ姿』は森鷗外が八九年にゾラの自然主義文学を紹介して以来、はじめてゾライズムに則って書かれた文学作品として評価された。しかし『読売新聞』に連載した『魔風恋風』が『金色夜叉』をしのぐ人気になると、このあと天外は純文学を離れていく。一九一〇年には『報知新聞』に入社して、毎年小説を書くことになる。

2　小栗風葉の『青春』——日本のルージン、日本の余計者

小栗風葉（一八七五～一九二六）の『青春』は一九〇五年三月から一九〇六年一一月にかけて『読売新聞』に連載された。主人公の関欽哉は二五歳、文科大学の学生で哲学を学んでいる。欽哉は詩も書くし厭世家でもある。

そのころは人生の意味に思い悩むことが大きな問題になっていた。一高生の藤村操が華厳の滝に身を投じたのが一九〇三年のことであった。滝のそばの白樺の木に「悠々たる哉天壌／遼々たる哉古今」で始まる「巌頭之感」と題する遺書が彫りつけられているのが発見され、藤村操の詩は大きな波紋を広げた。藤村操のように人生とは何ぞやと悶々と思い悩む煩悶青年は、日露戦争の戦中戦後期を代表する新しいタイプの青年だった。まもなく二〇歳を迎えようとしていた平塚らいてうなども、毎日登校途中で参禅したりして死後の世界のことを考えていた。のちに新しい女といわれる平塚らいてうも、学生時代は煩悶青年だったのである。『青春』の関欽哉は人生いかに生きるべきかを突き詰めて考えたあげくに神経衰弱になって入院し大学を辞めようとまでするのであるから、まさしく煩悶青年であった。

物語のはじめのところに、上野で音楽会が開かれる場面がある。音楽会では「顕世《うつしよ》」と題する歌が披露される。それは欽哉が書いた新体詩に曲がつけられたものであった。欽哉の詩を清書したのは女学生の小野繁であった。音楽会の夜、欽哉と繁は秘かに会い、食事をともにする。そのとき欽哉は「結婚の第一要素は愛である」と語り「恋愛は人間神秘の霊火で、我々先天の……所謂フェルワントシャフト……」（小栗風葉『大悲劇名作全集第六巻　青春』中央公論社、一九三五年、一一八ページ）と述べる。フェルワントシャフトはドイツ語で「親和力」の意味である。欽哉はゲーテの『親和力』に依拠しているのである。

欽哉は天才だと、繁は仰ぎ見るような気持ちで見ている。することが何ごとにつけ新知識なのである。

銚子にある友人の別荘に遊びに行ったときも、欽哉は土地の漁師が持ってきた鱚を天ぷらにする。繁はそれを見てただただびっくりするばかりである。欽哉は料理まで新知識なのである。

銚子の浜辺で欽哉と繁は逢い引きする。欽哉は愛を告白し繁の手を握る。接吻ではない。手を握るだけである。この場面は春之巻（物語は春之巻、夏之巻、冬之巻の三部構成になっている）のクライマックスだが、『魔風恋風』と違ってふたりは抱擁も接吻もしない。やっと春之巻の最後でふたりが将来を誓い合うところで接吻したことがほのめかされる。小栗風葉の叙述はひかえめなのである。しかし少し読み進むと、欽哉と繁は肉体関係を結んだらしいということがわかる。

ふたりは交際を始めるが、実は欽哉には親が決めたお房という許嫁がいる。欽哉は関家の養子である。ゆくゆくは娘のお房と夫婦になるという約束で、一三歳のときに関家の養子に入ったのである。欽哉が学校をやめたいと親に伝えると、親はお房を伴って上京する。だれが仕送りしているると思っているのか、学校をやめるなど身勝手ではないかと責め立てる。親がかりの欽哉は口答えできない。

繁は妊娠してしまう。そして親が乗り気な縁談も断り、学校も辞めてしまう。どうしたらいいかわからずに懊悩している。それなのに、頼みの欽哉はというと、ぼくのほうこそあなたに振られてつらくてたまらなかったのだなどと言い返す。欽哉は口ではうまいことをいうが、何ともいえず自己中心的な男である。そのうえ、そもそも責任感が欠如しているので、いざとなるとからっきし行動する知恵がわからないのだった。

結局、繁は欽哉が手に入れた違法な堕胎薬をもちいて堕胎する。そのために欽哉は捕縛され下獄。刑期は二年半だった。刑期満ちて欽哉が出獄したとき繁は出迎える。ふたりは再会を果たすが、欽哉にはかつてのようなかがやきはない。ぶつぶつと愚痴をこぼすばかりだ。欽哉にくらべたら繁のほうがずっとたくましい。とはいえ繁も数え年二四になっていた。風葉は繁の外見の変わり様をじっくり描写してから、「娘盛りは過ぎても女は未だ未だ盛りの花、青葉に見らる、年でも無いので」（同右、四三六ページ）と書いている。二四歳にもなれば娘盛りは終わり、花の命は短くてとばかりの書きようである。一〇代後半が女性の結婚適齢期と考えられていた時代だった。

『魔風恋風』のカップルと同じように『青春』の主人公たちも結ばれない。結婚前の恋愛は、たとえどれほど純粋な恋であっても許されない。ハッピーエンドに終わることを読者が許さないのである。親が定めた欽哉の許嫁だったお房は新しい結婚相手を嫌って自殺し、欽哉も自殺をほのめかすところで物語は終わる。意外にたくましいのは欽哉の相手の小野繁で、彼女はどこまでも自立しようとしている。女性であるのに繁は、結婚は恋愛の墓場だという欽哉の主張に同感し、独身主義で生きていこうと決心するのである。恋愛事件を起こした繁は親類縁者から白い目で見られながらも、必死で生きてきた。唯一の理解者だった母親が死んでから、宇都宮の友人の家に住まわせてもらって、小学校の助教などいろいろな仕事をしてきた。風葉はあまり応援しているような筆づかいではないが、自立した立派な女性なのである。われわれとしては『渦巻』の数江や『生さぬ仲』の真砂子よりよほど共感できるのであるが、独身のときに恋をして子どもまで堕ろしたとなると、当時の新聞小説の道徳規準では容認できなかったのである。

欽哉の人物造型はツルゲーネフの『ルージン』にヒントを得ていてそのことが評判になった。明治の日本文学でツルゲーネフは大きな影響を与えた作家である。一八九七年に二葉亭四迷が『うき草』を出したが、それは『ルージン』の翻訳だった。ルージンは頭脳明晰で、議論をすれば雄弁に論敵を打ち負かす。しかし実務的な能力はまるでない。ルージンはゴンチャロフのオブローモフと同じくロシア文学が生み出した「余計者」のひとりであった。ルージンという性格類型に田山花袋や国木田独歩が大きな影響を受けたことは知られている事実であるし、かなり長い間ルージンは日本の文学に影響を与えた。風葉は『ルージン』に想を得て関欽哉という人物を造型したのである。

3　未婚男女が結ばれるのは西洋的要素がそろっているときだけだった

家庭小説では恋する未婚男女は必ず不幸になったと書いたが、例外がなかったわけではない。その例外が村井弦斎の『小猫』や中村春雨の『無花果』である。

『小猫』は一八九一年から一八九二年にかけて『郵便報知新聞』に連載された。コメディタッチの気楽な読み物である。主人公の坂田金太郎少年は房州の漁師の子である。といっても父は幕末維新期に活躍した武士だった。世を捨て漁師になったのである。金太郎少年は小猫が取り持つ縁で富豪の娘雪子と出会い、雪子の父から自分の父親がどんなに立派な人だったかということを聞かされる。やがて金太郎は青雲の志を立てて東都遊学の旅に発つ。金太郎は人を疑うことを知らず、嘘をつくこともない純真な少年で、騙されてひどい目にあったり、困っている人に所持金を与えて無一文になったりした。しかしその都度、まわりの人たちが金太郎のまっすぐさを徳として応援の手を差しのべる。やがて春野伯爵家の嫡男花太郎や民党の若き領袖である秋岡菊十郎など多くの人に出会う。春野も秋岡も堂々たる人物で、金太郎はふたりに接するうちに器量の大きな人間に成長していく。冒険を重ねて、だんだん偉くなっていくのである。

さて『小猫』に描かれる恋物語はどうなるのかというと、物語の冒頭で出会った金太郎と雪子はお互いの面影を胸に秘めて生きていくことになる。雪子は父の意向で見合いをすすめられるが、取り柄のない男に嫁するのは気が進まない。また雪子は春野からも秋岡からも求婚されるが、またとない玉の輿をも拒絶する。すでに名を成した男の妻になることを潔しとしないのである。雪子は金太郎こそ末頼もしい青年と思い、金太郎とでなければ結婚しないとひそかに思い定めているのである。

一方金太郎は自分の力で生きていこうと、かねて覚えのある魚屋を始める。人に好かれるたちの金太郎は下町のあたたかい人情に包まれる。「井戸端に至れば長屋中の人々が水を汲むにて井戸端の繁昌さ、外の人々は少年を見て一々優しく声を掛け、やれ水も汲んで進《あ》げん、それ盥《たらひ》もお持ちなさいと心置き無く世話する親切、扠《さて》も斯《かか》る人々は気の置けぬものなり、人を疑う事も無く、人を憚ることも無し、なんぞ上流の人の常に秋風蕭條として下流の人の斯くばかり春色融々たるやと少年は新世界の頼もしき現象に接して俄に一層の感を為す、欧米人は下等社会の進化したるものなりと誰やらの説も又理無きに非ず」（『大悲劇名作全集第四巻・小猫』中央公論社、一九三五年、三四〇ページ）。金太郎はこうして、社会のさまざまな場所で経験を積んでいくのである。

さて恋愛についてだが、金太郎と雪子は明らかに相思相愛の仲である。しかし熱っぽい愛の言葉も交わさないし、手さえ握らない。秋岡と春野から求婚されたとき、雪子はどちらも気が進まないといって、金太郎に結婚についての思いを語る。「妾《わたし》は過日もお話し申した通り是からエラク成る人と艱難を共に仕度いと思ふのです」。すると金太郎は「是からエラクなりさうな人が有りますか」と尋ねる。雪子は「アレさ貴郎《あなた》の事です」（同右、三三三ページ）。思慕の情のさりげない、いやあからさまな告白である。

雪子は自分の思いを胸中深く秘めて、親には打ち明けない。親は金太郎との結婚を許さないだろうと思っているからである。他方、金太郎は、いずれ功成り名遂げてからでなければ結婚するべきではないと、最初から決めている。だから成功するまで結婚しないと決めているし、成功するまで、いつまでも待っていてほしいと考えている。もちろんそれで雪子を束縛しようというのではない。いたって恬淡としているのである。

物語の後半で金太郎はアメリカに渡って一旗揚げようと一大決心をする。そして雪子に別れを告げに行く。ここが『小猫』の最大の山場である。雪子が住む家は小さな島の崖の上に建っている。雨の降る晩、アメリカに渡る決心をした金太郎は小舟で雪子に会いに行く。崖の上の雪子に船から語りかける。自分は一〇年で帰るか二〇年で帰るか、わからない。だから自分はあなたをあきらめる。どうかあなたも自分を待たないで、他の男と結婚してほしい。すると崖の上の雪子は「貴郎《あなた》は妾《わたし》に此海へ飛込めと被仰《おつしや》るのですか」（同右、四八二ページ）という。金太郎は自分はあなたを春野博士に譲ると約束した、だから春野博士と結婚してほしいと迫る。雪子は「妾は売物ではありません」と反発する。「佳人は黙《もく》然《ねん》とし唯一心に少年の顔を眺め居る、眸は動かず、口は締まれり、頬に滴る木の葉の雫、鬢脚《びんきやく》崩れて顔に懸り、衣装雨に濡れて座せる姿石像の如し」（同右、四八三ページ）。

金太郎は男女のことは大業を成しとげるさまたげになると考えている。そこで自分のことは忘れろという。恋愛についての考えは雪子とて同じである。雪子は自分のことは忘れろということばを断腸の思いで受け入れている。「独立独行して浮世の海を渡らんには身にも心にも繋累の無きこそ好けれ、我身は区々たる一婦人、一婦人の事なぞを念頭に掛けじとは扨《さて》も、潔き決心……」（同右、四八九ページ）。

その後、金太郎はアメリカ西海岸に渡り、裸一貫から六年かけて一大漁業会社をつくるまでになる。それどころではない。何と金太郎は五千人に上る日本人義勇兵をひきいてアメリカのためにイギリス軍をうつのである。そしてとうとうアメリカ軍の大将にまで昇進する。一方、雪子も金太郎を追うようにしてアメリカに渡る。そしてニューヨークの女学校を優等な成績で卒業する。アメリカとイギリスの戦争が西海岸で始まると、雪子はアメリカ在住の日本人女性をつのって傷病兵のための看護に従事する。ふたりはともに社会的大事を成しとげる。そうして、ふたりは晴れて華燭の典をあげるのである。

『小猫』は、少年が笈《おい》を背負って都に出てこころざしを立て、ついには海外に雄飛して成功するという物語である。俗流教養小説（ビルドゥングス・ロマン）である。立身出世主義が前面に押し出されていて、金太郎と雪子の恋愛はサブテーマといった位置づけとも見られる。どちらが主でどちらが従とは言い難いが、とにかく立身出世と恋愛が両立している。

4　『無花果』の西洋的な世界

『小猫』の場合は、何しろ功成り名とげたふたりであるから、たとえこの結婚に反対の家族がいてもおいそれとは口に出せないだろう。要するに男も女も一人前の社会人になったらだれを選んでも周りの人間に口出しする資格はないというわけである。しかしそれでも見逃せないことがある。それは金太郎も雪子も大成長をとげる舞台が日本ではないということである。日本が舞台だったら、金太郎はともかくとして、雪子が活躍の場を見つけることができたかどうか、はなはだ疑わしい。

中村春雨（一八七七〜一九四一）の『無花果』は一九〇一年、『大阪毎日新聞』の懸賞小説に当選した作品である。こちらはいかにも家庭小説らしい家庭小説である。『無花果』は結婚、親子、夫婦の関係を真っ向から描いた小説で、物語は教会で賛美歌がうたわれる場面から始まる。主人公の鳩宮庸之助は牧師である。一〇年ほど前、人生に行き詰まってアメリカに渡航し、そこでキリスト教を信仰するようになる。そして牧師の娘、恵美耶と結婚して恵美耶を伴って帰国したばかりである。物語の冒頭は新帰朝の鳩宮牧師が務めることになった教会で、夫婦そろって信者たちに紹介される場面である。

新帰朝、国際結婚、キリスト教と、バタ臭い要素がいっぱいの小説である。このくらい西洋的な要素が多くなって、やっと自由恋愛は容認されるのである。このくらい西洋的な要素が多くならなければ、自由恋愛は容認されなかった。

実際、庸之助の母親のお節も姉のお柳も、アメリカ女性との結婚には大反対である。そういう考え方の違いを乗り越えて庸之助と恵美耶が周囲の人びとに受け入れられていくというのが物語のあらすじである。母親は親が承知しなければ結婚は成立しないのだといい立てて、庸之助に恵美耶と離婚することを迫る。しかし庸之助は頑として首を縦にふらない。姉は新橋に芸妓として出ていたが、落籍されて裕福な男の妻になる。ところが夫は二人も三人も妾をたくわえている。姉は仕方がないと諦めているが、これには庸之助が憤慨することしきりである。このように家族道徳の違いがこの小説の重要なテーマになっているのである。

家族道徳の違いはキリスト教のヒューマニズム対儒教的封建道徳という構図をなしていて、前者を体現するのが恵美耶である。恵美耶はまちをうろついている孤児たちを引き取って世話をする。その献身的な姿にやがて人びとは心を動かされるのである。

庸之助には出奔する前、お沢という愛した女性がいた。ふたりは仲を引き裂かれ、お沢は無理矢理ほかの男と結婚させられる。しかしそのときお腹に庸之助の子どもがいた。そのうえお沢の夫はたいへんな「焼き餅焼き」であった。きっと暴力もふるったに違いない。小説には「焼き餅焼き」と書いてあるが、いまのことばでいえばDV夫だったのである。あまりにもひどい目にあわされるので、思いあまったお沢は夫を刺殺してしまう。その罪で刑務所に入るがそこで女の子を出産する。女の子は巻と名づけられた。巻は人に預けられるが六歳のときに家出して浮浪児になる。そして偶然、庸之助たちが世話をすることになる。のちに巻は庸之助の子だということがわかり、みんなにかわいがられるようになるのだった。

庸之助は教誨師として刑務所を訪れるが、そこには服役中の沢がいた。沢はすぐに庸之助と気づき、庸之助に会いたい一心で脱獄する。沢は庸之助と再会を果たすが、追っ手が迫っている。そして脱獄を手引きした容疑で沢といっしょに庸之助も逮捕される。そのショックで庸之助の母のお節は床に伏してしまう。

そのあと恵美耶は庸之助の代わりに牧師の務めをしたり、家計のために女学校で英会話を教えたり、お節を看病したりする。そしてじょじょに受け入れられていく。庸之助を奪われた一家は恵美耶のふるまいによってじょじょに生きる希望を取り戻し、あたたかい関係をつくっていく。その反面、高給取りと結婚したお柳はだんだん夫の行状がひどくなっていくことに苦しんでいる。

庸之助はさんざん罪の意識に苦しむが、出獄した彼を迎えたのは、愛に満ちた家族たちであった。沢との間にできた巻、恵美耶との間にできた男の子、父母、姉、みんながひとつになっていた。みんな恵美耶の感化でキリスト教に入信していたのである。こうして物語は大団円を迎える。

ちなみに中村春雨は劇作家の中村吉蔵が小説を執筆するときに使った若いころのペンネームである。欧米に留学後、劇作家に転じた。島村抱月や松井須磨子が設立した芸術座に参加して『剃刀』『飯』など多くの社会劇を書いた。

第3節　家庭小説の新しさと結婚観の社会的構築

1　家庭小説はどこが新しかったのか?――『春色梅児誉美』と比べてみる

ついつい例外の紹介が長くなってしまったが、『小猫』や『無花果』のように独身男女の恋愛がしあわせな結末を迎える小説はほとんどない。本当の男女の愛は周囲の人びとから認められて結婚した夫婦の間でのみはぐくまれるのである。

さて家庭小説はどこが新しかったのだろうか。家庭小説以前、つまり一八八〇年代前半ごろまで、恋愛を描いた小説として最もよく読まれたのは為永春水の『春色梅児誉美《しゅんしょくうめごよみ》』だった。主人公の丹次郎はやさ男である。これに配された女性たちは、お蝶といい米八といい仇吉といい、いずれもたいした女丈夫である。お蝶は女義太夫になって丹次郎に貢ぎ、米八はたくさんの男が言い寄る人気芸者である。ふたりは意地を張ったり助け合ったりしながら丹次郎を立派な男にするのだから、男にとってはまことに都合のいいストーリーである。そして物語の最後に丹次郎とお蝶は夫婦になり米八は丹次郎の妾になる。実はお蝶は親が許した許嫁であり、米八は芸者である。丹次郎の恋愛は完全な自由恋愛ではない。

『春色梅児誉美』は江戸時代後期に書かれた人情本の代表作である。人情本は女性も読んだ。というよりむしろ女性向けの読み物なのであったが、『春色梅児誉美』には、お蝶と丹次郎がお互いに相手の体をくすぐってじゃれあい、その勢いで結ばれるというポルノまがいの描写もある。『春色梅児誉美』は長く読みつがれ、明治になっても青年たちの愛読書だったのであるから、明治初期の女性にとっても、お話の中であれば一夫多妻は忌避したいものではなかったのである。

さて明治になって時代があらたまっても、道徳は一朝一夕に変わるものではない。だから明治のはじめのころの文学には旧道徳に対する批判は影がうすい。

男女の恋愛を描いても、最後はひとりの男とふたりの女がしあわせに結ばれる、つまりひとりが妻にひとりが妾になるといった、『春色梅児誉美』まがいの結末の小説もある。しかも書いたのは若い女性であった。木村曙（一八七二～一八九〇）は一八八九年に『婦女乃鑑』を『読売新聞』に連載した。独身女性がイギリスに渡ってケンブリッジ大学で学び、さらにアメリカに渡って女工として働き、帰国後工場を起こすという、まことに気宇壮大な物語であった。木村曙はこのときまだ一〇代という若さで、作家としての将来を期待された。その木村曙が同じ八九年に『操くらべ』という小説を書いている。芸妓のお米は道夫と相思相愛の仲だったが、道夫には小さいときからの婚約者雪子がいた。道夫は雪子と結婚するときにお米と別れる。しかしお米が道夫を愛していることを知った雪子はわざわざお米を下女として雇い入れる。そして雪子とお米は協力して道夫につくすことを約束する、というストーリーである。男女関係の構造は『春色梅児誉美』にそっくりである。

とはいえひとりの男がふたりの女性としあわせに結ばれるというのはどこまでもお話の結末として、のことである。実生活で夫が妾をたくわえ子どもをもうけたりしたら、もちろん妻はおだやかではなかっただろう。しかし家の存続が至上命題とされ、跡継ぎの男の子が待望され、腹は借り物といわれた時代であったから、自分の気持ちをあけすけに表現することはできなかったかもしれない。そういう気持ちを代弁してくれるもの、つまり『春色梅児誉美』のような道徳意識をしりぞけてくれる新しい文学は、新聞紙上に家庭小説が登場するまであらわれなかった。一八九〇年代の読者にとって、家庭小説は決して古色蒼然たる儒教道徳の教科書だったわけではない。

2　新聞小説は読者獲得のキラーコンテンツだった

一八九〇年代の新聞業界の様子を見ておこう。このころ連載小説は新聞が販路を拡大するための非常に有力な武器だった。いまふうにいえばキラーコンテンツだった。たとえば、一八九七年から一九〇二年にかけて『読売新聞』に連載された尾崎紅葉の『金色夜叉』には大勢の熱心な読者がついた。『読売新聞』はそれによって飛躍的に販売部数を伸ばしたのであるから、紅葉さまさまだった。ところが紅葉は『金色夜叉』の執筆に苦しみ、連載が長びくにつれて休載が相次ぐようになった。読者からはつづきを催促する求めが殺到した。しかしスランプにおちいった紅葉はなかなか筆を執らない。業を煮やした社は紅葉を解雇した。するとその途端に『読売新聞』の販売部数は大きく落ち込んだ。

窮地におちいった読売は小杉天外を起用し、天外は『魔風恋風』を書いた。『魔風恋風』は女学生の悲恋を描いた小説であり(2)、接吻場面のなまなましい描写があるなど、読者の好奇心を大いに刺激するところがあった。そのため『金色夜叉』をしのぐ人気になり、おかげで『読売新聞』はたちまち部数を回復した。よろこんだ社は販売部数が五〇〇〇部増えるごとに天外を囲んで祝宴をはったといわれている(3)。このような状況だったから小説が書ける記者はひっぱりだこだった。『読売新聞』の看板だった饗庭《あえば》篁村《こうそん》が『東京朝日新聞』に移るとか、黒岩涙香《るいこう》が破格の待遇で『都新聞』に迎えられるなどといった、はでな引き抜き合戦も演じられた。黒岩涙香は『絵入自由新聞』にいたころから自分の筆一本で新聞の売り上げを支えるほどの人気があったが、ついには、みずから新聞を創刊するに至った(4)。新聞小説は自由民権運動がさかんだった一八七〇年代八〇年代には政治小説が中心だったが、一八八〇年代末ごろを境にして政治小説は廃れていき、代わって冒険推理小説がよく読まれるようになった。涙香は冒険推理小説の当代随一の書き手であった。

涙香は一八九二年に『都新聞』を退社して『萬朝報』を創刊した。創刊の広告に幻灯を使うなどアイデアをフルに生かした門出だった。『萬朝報』は暴露記事とセンセーショナリズムで売った。「名士の妾しらべ」「相馬事件」「売春婦の実態」「大阪堂島取引所の汚職事件」など暴露記事を次つぎと連打した。それとともに『萬朝報』は涙香の冒険推理小説をのせ、みるみる部数を伸ばした。黒岩涙香が得意としたのは冒険推理小説の翻案だった。ボアゴベーの『鉄仮面』、コレリーの『白髪鬼』、ベローの『人外境』、ベンジソンの『幽霊塔』、デュマの『巌窟王』、ユゴーの『噫無情《ああ》』などなど、創刊から一九一三年までの間に四〇編ほどの小説をのせている。

そして涙香らの冒険推理小説と競うようにして、一八九〇年代末から各紙がしきりに連載したのが家庭小説だった。すでに述べたように家庭小説というのは、家庭で夫婦や娘がいっしょに読めるような上品な小説という意味である(5)。家庭小説の書き手として有名な作家には、尾崎紅葉、徳富蘆花、菊池幽芳、村井弦斎、渡辺霞亭などがいた。紅葉の『金色夜叉』がたいへんな人気だったことはいま述べたばかりだが、一八九八年から翌年にかけて『国民新聞』に連載された蘆花の『不如帰』の場合は、人気に火がついたのは単行本になってからだった。幽芳の『己が罪』は前編が一八九九年に、後編が翌年に、『大阪毎日新聞』に連載された。『己が罪』はたいへんな人気になり、新派の芝居にもなった。弦斎の『食道楽』が『報知新聞』に連載されたのは一九〇三年の一月から一二月までの一年間である。霞亭の『渦巻』は一九一三年から翌年にかけて『大阪朝日新聞』に連載され、渦巻き模様が流行になるなどの大ヒットになった。このほかにも柳川春葉の『生さぬ仲』（一九一二年、『大阪毎日新聞』）など、家庭小説の名作が次つぎと量産された。一八九〇年代から一九一〇年代にかけての時期は、家庭小説の全盛時代であった。

3　過小評価されてきた家庭小説の影響力

紅葉は純然たる作家だったが、蘆花は『国民新聞』の記者として小説以外の記事を書いていた。幽芳、弦斎、霞亭は、新聞社の幹部クラスの記者だった。彼らは政治記事を書いたり、論説を書いたり、紙面を編集したりするかたわら小説の執筆にいそしんだのである。

わたしはここで作家論を述べるつもりはないが、紅葉、蘆花、幽芳、弦斎、霞亭と並べてみると、今日文学史に名をとどめているのは前二者ばかりで、幽芳、弦斎、霞亭の三人がほとんど忘れられた存在になっているのは、ずいぶん当を得ないことだと思う。心理描写はともかくとして、ストーリー展開の巧みさ、社会的視野の広さ、大衆性、多産さ、読書層への影響力の大きさにおいて、わたしは幽芳を五人中の第一に押したいくらいである。『多情仏心』などに見る紅葉の心理描写の深さは圧倒的だが、紅葉には幽芳ほどの社会的視野がない。

余計なことかもしれないが、この三人は森鷗外や幸田露伴などとくらべてもはるかに多くの読者を持っていた。にもかかわらず近代文学史の隅っこにさえその場所を与えられていない。どうしてかといえば、それは第一に、彼らは人生とは何か、人間とは何かというテーマに真っ向から取り組んでいないからである。新聞小説は読者の好尚に投じ、読者の関心をかき立て、あこがれを呼び覚まさなければならなかった。実際、新聞小説は多くの読者を夢中にさせた。しかしその代わりに人間という存在を深く追究することはなかった。

また第二に、当時の新聞小説には今日の小説の概念からはみ出すような性質があった。メディアミックスとでもいえばいいか、新聞で話題になったトピックスをさっそく小説の中に拾うといったことがしきりにおこなわれたのである。村井弦斎はニュースをただちに小説に取り入れた。渡辺霞亭は日々の連載の末尾に読者の投稿を紹介して回答を与えている。こういった趣向が取り入れられたのである。こうなると掲載後時間が経てば経つほど読んでもおもしろくなくなる。

しかし第三に、文学史の叙述にも、ずいぶん偏ったところがある。明治の政治小説や家庭小説から、大正の大衆小説をへて、戦後の中間小説に至るまで、新聞小説は一貫して多くの読者を獲得してきた。にもかかわらず文学史上の評価は低い。柳田泉は、これらの作家は「碌々読まれずに（むしろ読むのを恥とされてゐる程に）不当な低評を受けている」[6]と述べているが、あながち誇張とはいえない。この系譜の文学は、いまでいえばテレビドラマにあたるような役割を果たしていたととらえていいだろうが、だからといって、たんなる娯楽だったといってしまっていいわけではない。読書層に与えた影響の大きさをないがしろにしてはならないからである。

家庭小説の作者たちは、人生とは人間とはという問題に真っ向から取り組んでいなかったと書いたが、さすがに言い過ぎだった。わたしがいいたいのは、当時の思考様式や価値観は滅びてしまったので、今日から見ると彼らは人生の本当の問題に向かいあっていないように見えるということである。ひたむきに男を愛したばかりに親から仕送りを止められ下宿を追い出され、病気になってしまい、おまけに男が、あの女を愛したのは間違いだったなどというのでは（『魔風恋風』）、今日の読者はとても納得できないだろう。逆に独身女性が親の知りもしない男と恋愛した末に、結婚してしあわせになったら、一九一〇年代の読者は黙っていなかっただろう。そういう家族道徳を前にして、家庭小説は、儒教的家族道徳がどんなに女性に忍従を強いるものかを描いた。そして読者の熱烈な支持を獲得したのである。

4　新聞小説と政治

少し先走ることになるが、第一次世界大戦後に家庭小説は姿を消してしまった。家庭小説という呼び名はなくなり、代わって通俗小説という呼称が登場する。どうして呼び名が変わったのかといえば、物語の中で未婚男女の恋愛が肯定的に描かれるようになったからである。

政治小説は自由民権運動において重要な手段であったが、家庭小説や通俗小説と大正デモクラシーとの関係には、政治小説と自由民権運動の関係に通じるものがある。政治小説が自由民権の主張を広げるのに大いに貢献したのに対して、家庭小説は儒教的家族道徳に痛撃を与え、それによって大正デモクラシーの先駆けをなしたのである。そして一九二〇年代の通俗小説は大正デモクラシーの裾野を織りなす要素になった。通俗小説のヒロインたちは家庭小説のヒロインと違って、自分の意志で行動し、愛のない結婚を拒否し、堂々と女性差別の非をとなえるのである。家庭小説の書き手たちと平塚らいてうや羽仁もと子や高群逸枝らの女性解放思想家たちには、表面上ほとんど接点がないが、大正デモクラシーをひとつの交響曲にたとえるなら、両者はひとつの曲の別々のパートを奏でていたといえるのである。一九二〇年代の通俗小説と大正デモクラシーとの関係に似ているのは、戦後民主主義と『青い山脈』などの新聞小説との関係である。『青い山脈』や『やっさもっさ』など、戦後の新聞に連載されたラブコメは、民主主義がイデオロギーによって資本主義と社会主義に引き裂かれるのを防ぎ、男女の対等な関係のあり方や女性の社会進出の姿を描いて民主主義の社会的イメージをふくらませ、そのすみやかな定着を促進したのである。

あたかも一八九〇年代一九〇〇年代は欧米の影響で家族についての考え方が変容しつつある時期であった。一八九八年に『萬朝報《よろずちょうほう》』が「弊風一斑・畜妾の実例」という連載キャンペーンをはったのはその顕著な例である。明治の開国以後、日本にやって来た欧米人は、公娼が存在することや、妻妾同居がまかり通っていることに驚いた。外国交際が頻繁になるにつれて、旧来の家族道徳に対する考え方は変わり始めた。世紀の変わり目ごろになると、新聞はしばしば、日本男性の品行の悪さをたたいた。品行の悪さとは畜妾や買春などの性的不品行を指していた。家庭小説は、新しい家族のあり方を求める流れの中で、しきりに書き継がれたのである。

5　徳育論争から教育勅語の発布へ、そして家庭小説

国家の動きに目を転じると、一八八九年に大日本帝国憲法が発布され、翌九〇年には教育勅語が発布されている。こうして明治の国家体制ができあがった。大政奉還から憲法発布まで二一年の年月が経過していた。

教育勅語の発布に先だって言論界と政界では徳育論争がたたかわされていた。徳育論争の焦点は、文明開化を進めるために洋風の教育をかなめとするべきか、それとも仁義忠孝を中核とする儒教の教えをかなめとするべきか、という点だった。儒教的な道徳思想では夫婦のきずなよりも親子のきずなが優先したので、儒教道徳を信奉する人たちは子の親に対する自立性が強まる風潮をしばしば道徳的堕落と見なした。元田永孚は、官僚の間で、そういう考え方を代表する最も有力な人物のひとりであった。彼らの懸念は、洋風の学校教育で新知識が教えられるに従って、子が親をないがしろにする傾向が広がるのではないかということにあった。とくに女子教育について、そのことは深刻に受けとめられた。女子に教育を授けると生意気になるといった俗論が大まじめに論じられたほどであった。

そもそも対立の根は政府部内にあったのであり、それが表面化したのは一八七九年の「教学大旨」の発布であった。「教学大旨」は、明治維新以来の学校教育は、文明開化を求めて西洋の新知識を取り入れることに急であったが、そのために日本古来の道徳がおろそかになっている。これからは仁義忠孝を重んじる道徳教育に力を入れなければならないとした。それに対して伊藤博文は「教育議」を奏上して、新しい教育の方向は間違っていない、いまさら儒教の教えに戻ることは誤りであると反論した。すると「教学大旨」を起草した元田永孚は逐一伊藤に反論している。

言論界では一八八二年に福沢諭吉が儒教批判の立場から「徳育如何」を発表して論争に火をつけた。その後も福沢は二〇年近くの間に「日本婦人論」「日本男子論」「新女大学」を発表するなどして、繰り返し徳育の問題に注意を喚起した。

世紀の変わり目になると、女子教育が大きなテーマになった。一八九九年に高等女学校令が発布された。高等女学校令は女子の中等教育を整備する最初の法令であった。深谷昌志によれば、この時期に女子の中等教育の必要性が認識された理由は、大きくいって三つあった(7)。ひとつは日清戦争の経験から、国家意識の高い女性を育てることが肝要だと認識されたことである。女子教育の主眼として喧伝された「良妻賢母」は、たんに良き妻賢い母を意味するだけではなく、国家意識を持って子女を養育し夫につかえる女性を意味していた。第二は、九九年の条約改正によって、いよいよ内地雑居が現実のものとなったことである。文明の進んだ外国人と接する機会が多くなるのに備えて、教育によって立派な人材を育てようというわけである。第三は、産業革命の進行によって、医者や教師をはじめとして教育を受けた女性労働力に対する需要が高まったことである。

儒教の徳目を並べた教育勅語（一八九〇年）は徳育論争に終止符を打つものであった。藩閥官僚は忠君愛国思想を国民に吹き込もうと、いよいよ本腰を入れ始めたのである。やがて国家意識を涵養するために女子教育にも力を入れることになった。

しかるに学校教育が儒教的な徳目を前面に押し出していくのとは裏腹に、家庭小説は儒教的な家族道徳の負の面を繰り返し取り上げたのである。儒教的な家族道徳はしばしば子の親に対する屈従や妻の夫に対する忍従を強いる。それによって子や妻は非常な苦難に耐えなければならなくなる。子がいかに親に孝行し、妻がいかに夫につくしても、親がとんでもない親であったり、夫がとんでもない夫であったりしたら、子や妻はまったく報われない。理不尽な目にあわされるばかりである。そういう現実があったからこそ、家庭小説は共感とともに読まれたのである。親は子に夫は妻に、つくされるに値するだけのおこないをしなければならないのではないか。家族関係といえども互恵的な関係なのではないか。こういう疑問を家庭小説は、読者の涙をしぼりつつ浮かび上がらせたのである。家庭小説は儒教的な家族道徳を真っ向から批判したのではもちろんなかったが、やがて第一次大戦後になると、愛情によって結ばれた男女の姿をうたいあげる小説が新聞紙上をにぎわすようになる。

6　儒教道徳に家庭小説はどう向かい合ったか

儒教道徳の信奉者は子の親に対する自立性が強まる風潮をしばしば道徳的堕落と見たが、それとは対照的に家庭小説は、儒教的な家父長制がいかに理不尽な屈従を強いるものであるかを大きなテーマとした。

武男浪子の悲恋が全女性の紅涙を絞った『不如帰』では、ヒロインの浪子を軸に、善玉と悪玉がはっきり描き分けられている。武男と浪子はしあわせな生活を送っていたが、浪子が不治の病である結核におかされてしまう。そこから悲劇が始まる。家庭小説では悪玉は例外なく儒教的な家族道徳をふりかざす。『不如帰』の場合は、海軍少尉である武男が艦隊演習で留守をしている間に母が独断で浪子を離縁してしまう。武男の母は病弱な浪子に子どもができる見込みはない、そうしたら家が途絶えてしまうと恐れているのである。

武男の母はまだしも悪意がうすいほうである。多くの悪玉は邪悪なたくらみを心の底に潜めて、儒教道徳を叫びたてる。家長のいうことを聞けないのか。親に従うのが子の務めだ。親を何だと思っているのか。女の道を踏み外すな。女は二夫にまみえず、などなど。とげとげしいことばの数々が、悪役の口をついて発せられる。ところが、そのことばの裏で、悪玉たちはとんでもなくよこしまな欲望をかくしているのである。

一九〇四年に『萬朝報』に連載された田口掬汀《きくてい》の『女夫波《めおとなみ》』では、善玉はヒロインの植村俊子と夫の融であり、悪玉の代表格は融の姉、つまり俊子にとっては小姑にあたる時子である。時子がほしいのは贅沢と権勢である。いまは独り身であるが、かつて県書記官だった夫は官金の使い込みが発覚するのを恐れて自殺した。独身になった時子はやり手の県知事である高嶺に求婚され結婚する。時子は欲望をとげる邪魔になる俊子を憎み、根も葉もないうわさをながして俊子と弟の融を離婚させようと画策する。

すでに取り上げた『渦巻』の場合、悪玉は富豪の東大路家の入り婿・高昌とその愛妾の政了である。高昌の妻の数江と政子は同じときに子どもを産むが、高昌は数江を本宅から追い出し、政子が産んだ男児を跡継ぎに指名する。高昌は東大路家の当主であるのをいいことに、数江に非道な仕打ちの限りをつくす。政子も妻の座を手に入れるため陰謀をくわだて数江を陥れようとしている。本当は政子が産んだのは女児だった。彼女は妹が産んだ男児と自分が産んだ女児を取り替えた。そういう罪を犯してでも東大路家の財産を手に入れたいのである。

というふうに悪役はとんでもない人物ばかりなのであるが、一方ヒロインたちは儒教的な道徳に従っているので抵抗することができずに苦悩する。俊子にとって時子はかりそめにも夫の実の姉である。いたって従順な性格の数江は、家長たる夫の命令に背くことができず悲嘆にくれる。いったんは伯父にあたる東大路本家の昌胤子爵を頼っていくが、昌胤は「高昌は当主だよ、家人は当主の命令に服従する義務がある」（『大悲劇名作全集・第8巻　渦巻』中央公論社、一九三四年、五五ページ）とにべもない。数江はなすすべもなく、涙をのんで高昌の指図に従う。ヒロインはどんな理不尽な攻撃にも、反撃などせずじっと耐えるばかりである。どんなに邪慳にされても、悪意のある舅姑や小姑にひたすらつくす。数江は夫が自分を攻撃しているとわかっていても、横暴な夫にいちいちお伺いを立てなければ行動さえできない女である。無能といいたいほど、温和で従順なのである。読者はそんなヒロインの運命に涙し、ヒロインに感情移入したわけである。家庭小説はこんなふうに、全編を通じて、じわじわと、間接的なかたちで儒教的な家族道徳を批判する。間接的なというのは、親や義父母が悪意を持てば、儒教的な家族道徳はいくらでも非人間的な論理に転化し得るのだ、という意味である。真っ向から批判するのではなく、善玉が悪玉に虐げられるというかたちでである。追い詰められる女性の姿を通じて、儒教的な家族道徳のむごたらしさを浮き彫りにするのである。

このように国家が家父長制の徳目を宣揚し始めたまさにそのときに、新聞小説は家父長制の矛盾をえぐるようになった。極論に聞こえるかもしれないが、与謝野晶子の「君死に給うことなかれ」の詩は、そのような国家と家庭小説との対立線上に位置づけることができるかもしれない。一九〇四年九月、多数の戦死者を出した激烈な旅順攻囲戦が繰り広げられているそのまっただ中で、与謝野晶子が堂々と「君死に給うことなかれ」とうたったことは、国家が要求する臣民道徳と、市民社会の中からわきあがってくる市民道徳とのずれをまざまざと物語っている。

7　前線の将兵を夢中にした『吉丁字』

国家の推奨する道徳と市民社会で支持される道徳の両者は真っ向から対立することはない。ともに押し立てているのは忠君であり愛国であり孝行であり貞節なのである。ところがそれは表面上のことであって、両者は水面下で激しい陣取り合戦を繰り広げている。どちらの道徳が支持されるかは、道徳そのものをテーマとした理屈っぽい論争などでは決まらない。どんなふうに決まるかというと、たとえば戦争のときに兵士たちがどんな小説に夢中になったかを見てみればいい。一九〇五年五月一八日から一〇月一三日まで『東京朝日新聞』に渡辺霞亭の『吉丁字《きっちょうじ》』が連載された。与謝野晶子が「君死に給うことなかれ」とうたった八ヶ月後にあたる。

『吉丁字』は典型的な家庭小説であり、おもな登場人物は家族につくす寿子、悪玉の辰子、信仰の厚い高麗江という三人の女性である。辰子は裕福な長沢家の財産を狙って悪事をくわだてる。そのために寿子は、夫と離縁し、子どもがいなくなり、財産を奪われる。しかし高麗江はじめ人びとの助けにより辰子は改心してすべて元の鞘におさまる。まごころと愛に生きるふたりの女性が利己的な悪女を改心させるという女性版勧善懲悪小説である。辰子と組んで悪事を働いた新作だけは悔いあらためもせず行方をくらますが、どこに行ったか尋ねられて辰子は「ロシアにでも行くほか行くところはないでしょう」と答える。小説が日露戦争下に書かれたことをうかがわせるくだりである。

一九〇五年五月といえば日露戦争が最大の山場を迎えていたころだった。戦争は一九〇四年二月八日に始まって、一九〇五年三月には両軍の消耗激しかった奉天会戦がたたかわれた。そして『吉丁字』の連載開始の九日後、五月二七日に日本海海戦が起こった。これで戦争の帰趨は決するのであるが、なおたたかいはつづくのである。ポーツマス条約が調印されたのは九月五日であった。

そういうときに連載された女性向けの家庭小説が、前線の将兵、つまり男たちを夢中にしたのである。『東京朝日新聞』は、前線から寄せられた感想文を随時掲載しそれに霞亭が返答を書いている。『新聞小説史　明治篇』はそのひとつを引用している。たとえば七月二一日付けには中国東北部から寄せられた手紙が見える。投書の主は前線でたたかっている騎兵である。彼は軍務の合間に、妻から送られてくる新聞で『吉丁字』を読むのを楽しみにしている。そして部下に読み聞かせているのである。

「余は満州騎馬兵の一人にして……陣中時に斥候の命を受けて、愛馬と倶に山野を跋渉するは、その労遙かに徒歩軍の上に出づ。されど隊に帰りて最愛の妻の寄贈しくるる吉丁字を一読する時は、疲労散じて元気又溢るる如し。余は普く部下に吉丁字を読み聞かせて、多くの善行者を出したるは事実なり」（高木健夫『新聞小説史　明治篇』国書刊行会、一九七四年、四一六ページ）。

断るまでもあるまいが、この騎兵はもちろん厭戦気分が高まって家庭小説に逃避しているのではない。軍務は忠実にこなしている。それとともに彼の心の中は愛による家族の結びつきで満たされている。両方は矛盾するわけではない。渡辺霞亭の家庭小説は時代小説によく見られるお家騒動ものになっていて、そこでも忠義と情愛が共存している。だからこそ騎兵の思想には、国家生活の中で家族の情愛が尊重されなければならないという考えは確乎たる根をはっていくことだろう。このような経緯をたどって、目立たぬかたちで、既存の道徳体系に対する再編成がおこなわれていくのである。

さまざまの力が働いて、その相互作用によって価値観や思考様式が変化し、さらには社会制度が変わっていくこと。そういう過程を社会的構築という。恋愛や結婚に関する考え方は大きく変化したが、家庭小説はその社会的構築において非常に重要な一翼を担ったのだった。

8　家庭小説に登場する善玉と悪玉

家庭小説に登場するたいていの悪役は、『不如帰』に出てくる浪子の継母のように、勝ち気で、美しく、才を誇り、自己主張の強い女である。これらは現代なら賞賛されておかしくない資質であるし、浪子の母親の場合は罰を与えるほどの悪者ではないのだが、才能豊かで自己主張が強いという能動性が他人を不正な手段で押しのけてでもかまわないという悪徳と結合すると邪悪な性格ができあがる。そして邪悪であればあるほど、悪玉は『女夫波』の時子や『乳姉妹』の君江のように最後にはきびしい罰を受けるのである。

菊池幽芳の『乳姉妹』は一九〇三年に『大阪毎日新聞』に連載された。小さいときに偶然の事件によって親と生き別れになったある侯爵の娘が、十数年後に実父との再会を果たすという物語である。ヒロインは房江という名を与えられて、ひとつ違いの姉、君江とともに乳姉妹として育てられる。君江は美貌で、勝ち気で、上流階級の生活にあこがれている。母親が死ぬときに、妹の秘密を打ち明けられるが、そのとき君江は房江の身代わりになろうとひそかに決心する。そして房江には自分は実は華族の落とし種だと嘘をつく。やがて長い間娘をさがし求めていた父親が娘の居所をさがし当てたとき、自分こそその娘だと名乗り出てまんまと侯爵家の娘になりすます。

君江は持ち前の美貌と才気でたちまち社交界の花形になる。良縁の話も決まる。あこがれの人生を手に入れるところまでこぎつけたのである。しかし君江には故郷に将来を誓った婚約者の男がいた。男は姿をくらました君江の居所をさがしまわる。やがてさがし当て君江の前にあらわれる。婚約者に過去を暴かれてしまったら、君江はすべてを失うことになる。それをおそれてあれこれ画策するが、うまくいかない。結局、最後は激高した男に殺されてしまう。

もちろん悪玉にも良心の呵責はある。『女夫波』の時子ははじめて県知事の高嶺に紹介された会食の席で、突然顔面蒼白になる。同席した人びとはいぶかるが、時子があおざめたのは豪勢な生活を夢みているさなかに、突然「不貞女め」と叫ぶ声が頭に響いたからだった。「貞女は二夫にまみえず」。道徳に悖《もと》るという思いが彼女の良心を突き刺したのである。

善玉の性格は男女によって非常に違っていて、男性は正義感が強く、自分の運命をきり開いていくだけの力を持っている。そして最後にはヒロインを救いにあらわれる。これに対して女性の善玉はまったく違う。謙遜で、気だてが優しく、自己犠牲の精神に富み、無償の精神で人につくす。それが女性の美徳なのである。名利名聞や富は求めない。清貧に甘んじることができる。運命を甘受することができる。そんな主人公に読者は共感し、主人公がひどい目にあうのをかわいそうに思い、どうかして彼女をしあわせにしてあげられないものかと、はらはらドキドキしながら読んだのである。もちろんそういう彼女には、必ず最後に救いの手が差しのべられる。『乳姉妹』の房江は、最後に侯爵の実の娘だということが判明する、といった具合である。

最後には愛が勝利する。俊子の融に対する愛、房江の父侯爵に対する愛、数江の夫と娘に対する愛、悪玉がどんなに家長だの親だの年長者だのといった立場をかさにきて威張っても、最後に勝利するのは愛なのである。そしてその場面で、家父長制と儒教道徳の理不尽さがはっきりと表面に浮かび上がってくる。じっと耐える「婦徳」が読者の目に家父長制の理不尽さをまざまざと照らし出すのである。

ところで蛇足だが家庭小説の舞台は、多くの場合、いかにも読者があこがれそうな華麗な世界だった。登場する人物は華族、官僚や軍人、富豪、大学生などといった上層の人士であり、女性の主人公はたいてい、華族令嬢といった貴種だったり、前途有為な学士の許嫁がいたりする。園遊会の場面や調度や建物の豪華さが好んで描かれる。

西洋の小説は、そういう道具立てを取り入れる格好の材料だった。菊池幽芳は西洋の小説の翻案ばかり書いていた人だが、西洋の小説はストーリーのおもしろさを提供したとともに、あこがれの舞台を提供した。つまり幽芳の手で日本語に翻案されると、日本の華族とそれを取り巻く人びとがつくる世界に置き換えられて小説の舞台になった。華族や官僚や軍人や学士といった人びとは、新知識を持つゆえに、いちばん西洋に近いところにいた人びとである。そういう人びとの世界が家庭小説の舞台になることが多かった。中村春雨の『無花果』は庶民の世界を描いたが、その代わり洋行帰り、外国人女性、キリスト教と、人びとをあこがれさせる要素が三つもそろっていたのである。そういう意味では、被差別部落出身者を主人公にした大倉桃郎の『琵琶歌』などは例外というべきであろう。

家庭小説は民衆の道徳意識に根をおろし、読者の共感を得て、日ごろの苦痛をやわらげたり、カタルシスを与えたりした。新聞が購読者を増やし、新しい雑誌が登場し、分厚い読者層が成長するにつれて、そこに民衆に根をおろした問題や思考様式や価値観が共有されていくようになる。こうして新聞雑誌といったマスコミを媒介して、国家が称揚するのとは違うかたちで、新しい道徳意識が構築される。言い方を変えれば、市民社会がそのとらえどころのない、しかし抗うことのできない力をあらわし始めるわけである。

『金色夜叉』や『不如帰』や『己が罪』が新聞に連載されていた前後は、ちょうど女子教育論がさかんにおこなわれていた時期でもあった。それに火をつけたのが福沢諭吉で、福沢は一八九九（明治三二）年四月一日から七月二三日まで、『時事新報』に三四回にわたって「女大学評論」「新女大学」を発表した。それは儒教的な家族道徳と真っ向から対立するもので、たちまち賛否両論がわき起こった。この章の最後に取り上げる菊池幽芳の『己が罪』は福沢の女子教育論が連載されるのと時を同じくして連載された家庭小説である。

第4節　家庭小説の最高峰『己が罪』

1　『己が罪』に見る男女の愛
――「社会の人事は愛情が根本となって、何ものをも支配して居る」

最後に家庭小説の最高峰といわれる菊池幽芳の『己が罪』を取り上げて、詳しく見てみよう。『己が罪』は菊池幽芳の最高傑作である。その主題はひとことでいって、純然たる愛の力ほど強く男女を結びつけるものはないということである。ヒロインの箕輪環は一七歳のときに、女たらしの甘言にだまされて偽りの結婚をし子どもまで産むが、男に捨てられる。故郷に帰った傷心の環だったが、そこで思いがけなく前歴をかくして華族と結婚することになる。夫となった桜戸隆弘子爵はきわめて正義感の強い男で、しかもかつて妻に裏切られて離婚した経験があった。環は自分の過去がいつ露見するかと、気が気でない。罪の意識にさいなまれながら暮らしていた。タイトルの「己が罪」とはそのことを意味しているのである。

そんなとき夫婦の愛児が溺死するという事件が起こり、環はついに過去を告白する。絶望した隆弘は環を離縁し、外国に旅立つ。環は台湾で看護師の仕事につく。三年後、環は、隆弘がベトナムで熱帯病のため生死の境をさまよっているというしらせを受ける。環がすぐに隆弘のもとに駆けつけると、隆弘はうわごとに環の名を呼びつづけている。環は不眠不休で隆弘の枕元で看病にあたる。ついに隆弘の病は癒え、ふたりはかたく結ばれる。というストーリーである。

作者の主張は物語の最後の場面ではっきり記されている。隆弘が環に悔悟の告白をする場面である。あれだけ確信に満ちた正義漢で、だれからも尊敬され、非の打ちどころのない人物に見えた隆弘が、一転して、自己の誤りを切々と語るのである。いかなるときも正しさをつらぬこうとする隆弘は、他人にも自分にも非情なほどにきびしかった。ところが隆弘は、そういう非情さそのものが、正義ではなくて不明の産物だったと語り始める。自分は間違っていた、あなたが去って、愛がどんなに大切なものか思い知らされたと。

「つまり社会の人事は愛情が根本となって、何ものをも支配して居ることを、私は認めなかったのでした、社会は道徳の支配するべきものではなくて、寧ろ愛情を根本にした道徳でなければ、円満に人生を支配して行くことは、どうしても出来ないという事を、私は始めて知りました」（『大衆文学大系2　小杉天外・菊池幽芳・黒岩涙香・押川春浪』講談社、一九七一年、四八一ページ）。

隆弘の悔悟は儒教に対する批判に向かっている。なぜ愛を軽んじたか。それは儒教の影響だった、というのである。自分は男女の愛を性欲としてしかとらえていなかった。だから愛より正義を重んじるあやまちを犯した。「儒教主義に依って注入された道義心は、私の心の中で更に一種の妙なものに成形して仕舞ったのです、私は少しも情《ハート》に関する教育を受けないので愛情というものに対しては、むしろこれを情欲として排斥した側なのです」（同右、四八一ページ）。

さて、『己が罪』もそうだが、家庭小説はどんな意味でもジェンダーの矛盾とたたかったわけではない。それどころか、家庭小説は、それ自体、新しいジェンダー秩序を提唱している。それは性別役割分担も伴っているし、性別特性論も伴っている。良妻賢母主義と矛盾するわけでもない。『己が罪』を執筆中、福沢諭吉は「女大学評論」や「新女大学」を執筆していたが、幽芳の思想は福沢にくらべてずっと微温的である。ただし、である。女性の人格の尊重、一夫一婦、愛による男女の自発的結合は、幽芳においても思想のかなめに置かれている。幽芳には恋愛結婚をよしとする考えはない。しかしたとえ親のすすめる相手と結婚しても、夫婦は愛によって結ばれなければならないのである。自発的な愛情が夫婦の実質であり、しかるのちに親に対する孝があるのである。それは儒教的な家族主義とは相容れない。代々つづく親子の系統がまず存在して、しかるのちに夫婦があるのではない。対等な男女の自発的な結合が社会の最も小さな単位であるところの家族をかたちづくる基礎に置かれることの意味は、見かけよりはるかに重いだろう。

2　『己が罪』の道徳

『己が罪』の道徳構造を、物語の最初から順を追って見てみよう。

箕輪環は海老色繻子の袴が似合う高等女学校の生徒だが、女たらしの医学生にひっかかって妊娠してしまう。男は塚口虔三といい、素封家の息子で遊蕩に明け暮れている。なかなか好男子のクリスチャンである。虔三には親が決めたお島という許嫁がいるが、虔三は環と秘密の結婚式をあげてしまう。ふたりは入籍もせぬまま別居生活を始める。偽りの通い婚生活が始まる。しかし虔三はたまにしかやってこない。

環は虔三の快楽主義的な思想に嫌悪感を抱いている。しかし、たとえ夫にどんな仕打ちをされたとしても、自分は「どこ迄も女の操を守る考えで御座います」（同右、二六一ページ）と覚悟している。こういうところは「女大学」の思想を一歩も出ない。虔三は女に対して不実きわまりないが、親に対してはまったく逆らうことができない。親の意志にかなう結婚でなければ正統性を持たないのである。そして虔三の母親は息子の結婚について次のように考えている。

「ほんとにさ、これが許嫁といっても義理ある姪で、母親は今じゃ亡なってるし、その両親《ふたおや》と妾達《わたしたち》の固い約束なんだから、今更どっちかに否やがあって、変《へん》がえるとでもいう事になると、それこそ義理固いお父さんはどンなにお腹をお立てなさるか、それに妾とてもどれほど迷惑するか知れやしないんだからね、第一思つめているあの娘が不憫でなりません」（同右、二三九ページ）。このように物語のはじめの部分では登場人物はみな儒教的な家族道徳を受け入れている。

許嫁のお島は嫉妬深い女である。とうとう虔三が環と密会している現場に乱入し、環を相手に修羅場を演じる。虔三は言を左右して言い逃れようとする。そのあと、虔三は郷里でお島と結婚し、そのことを手紙で環に伝える。絶望した環は親と虔三にあてて最後の手紙をしたため、それから今戸橋場で大川に身投げしようとする。しかしその場を老婆に目撃され、すんでのところで思いとどまる。そしてその晩、老婆がひとり暮らしをしている小さな家で出産する。娘の身の上を案じた父親の伝蔵が駆けつけてくる。「なんの無断に男を拵えたかて、この父が叱りはせぬ、……世間の奴等がどンな事いおうと構うもんか、……」ととことん娘をかばう決意を語る。出産後、一時、環は気がふれる。伝蔵は赤ん坊を房州の漁師のもとに養子に出して、必死になって可愛い娘を立ちなおらせようとする。娘を思う伝蔵の愛は、のちの物語の展開の伏線になっている。環は伝蔵の意志に従う以外にないのである。つまり、これ以後の環の行動を動かしているのは、多かれ少なかれ父親の伝蔵だということである。

考えてみれば、環にとって虔三との結婚は自由な恋愛結婚だったはずであるが、幽芳はこれをただの過失としてかたづけている。繰り返すが、恋愛結婚を肯定しようなどという考えは、幽芳にはさらさらないのである。

3　「罪」とは何か？

環に幸福への扉を開いてくれるのは娘思いの父親・伝蔵である。摂州のふるさとに帰った傷心の環であったが、思いがけず玉の輿に乗ることになる。相手は桜戸隆弘子爵で、子爵は一度結婚に失敗してい た。妻が家に置いていた書生と浮気したのである。縁談が持ち上がったとき、環は気が進まない。一度結婚に失敗した自分ははれがましい世界にふさわしくないと思うからだ。しかし伝蔵の強い懇請に動かされて環は結婚を決心する。父は心から自分を思ってくれる。まして父である。どうして逆らうことができようか。とはいえ、結婚すれば自分の過去を最後までかくし通さなければならない。それはたいへんなことである。娘の秘密をただひとり知る伝蔵は、婚礼の日、環にいう。「お前は生まれ返った人のつもりで、昔のことは屹度《きつと》忘れて居てくれよ、どないな事があろうとも決してお前には迷惑はかけぬ、そうやさかい、お前も何にも云わず、ただ子爵様を大事にして、決して、決して去られぬ…去られぬようにに屹度心掛けてくれよ」と、絶対に秘密を口外しないようにいう。伝蔵は「女の道を後生大事に、大切にお事《つか》え申した事なら、御前様《ごぜんさま》かてお前をいとしゅう思し召して下さるに相違あるまい」という（同右、三四九ページ）。「女の道を後生大事に夫につかえよ」。女性の美徳はひたすら夫につくすことなのである。

さて桜戸隆弘は新しい考えを持つ謹厳な正義漢である。隆弘は開明的で女性に理解があり、女性の人格を認めている。

「全体私は男尊女卑という東洋流の主義に反対なので、地位と等級によっては男同士の間には懸隔があって、高下のあるは素より止むを得ないですが、男とい、女というのに、素より天賦の尊卑がある筈はないのです、然るに今日の女子の地位はどうかというに、殆ど男に蹂躙《ふみにじ》られて、夫婦の間柄などを見ても、良人は勝手気ままな挙動《ふるまい》をして居るというのが多く、そして妻には貞操を強いるというような、よほど間違った考えが一般を支配して居るので、女もまた自分から卑屈に陥って仕舞うものが多いが、これでは到底女子の地位を高めて、品位ある国民の母とする事は出来ないという考えから、女子矯風などの事業にも尽力した次第で、……」（同右、三五六ページ）。

こう見てくると、環と隆弘の夫婦は、古風なつくす女と、開明的な新しい男の組み合わせなのである。新しいジェンダーの世界では男女は対等な人格を持つ存在だが、運命を変える力を持つのは男性で、女性はその運命を男性に握られているわけである。

では愛情とは何か。隆弘は愛についても正しさを条件に持ち出すほどの堅物である。

「私の信ずる処では愛情とか慈悲とか或は同情とか云うものは、みな、正しいという事が基礎になって居るので、心の偽りのある処には、愛情も慈悲も同情も成立つものではないと思うのです」（同右、三五七ページ）。

罪の意識にさいなまれている環は、隆弘が信条を披瀝するたびに内心に強い恐れを抱く。「どこまでも情よりは理の勝ったお方で、情をかけて下さるのも畢竟正しいと思召せばこそ、正しくないと思召せば、すぐ冷ややかになってお仕舞遊ばすかも知れぬ、……罪ある人にかける情けこそ、ほんとに難有《ありがた》い情と、涙に暮れる人もあろうに、どこまでも罪という事をお憎しみ遊ばして、わが子の愛情までも道理から割出そうと遊ばすのは、ほんとにお怨めしい……いやいや勿体《もったい》ない事をかりにも、妾のようなものを、これほど迄大事にして……、親切にして下さる良人に対し」（同右、三五八ページ）。

というわけで、環は隆弘の子を身ごもったが、そのしあわせの内にも、ますます罪の意識がつのるのであった。環は自分が汚れていると感じている。罪の意識はそこからきている。環は一度結婚しているがゆえに、「汚れている」のである。なまじ恋愛したばかりに汚れてしまったということだ。そして「二夫にまみえず」という道徳箇条が環を責めさいなむのである。

4　隆弘の絶望と改心

生まれた子どもは男の子で、正弘と命名された。男の子が生まれて伝蔵はおどりあがってよろこぶ。数年後、夫婦は正弘をつれて箱根へ静養に行くが、正弘が病気になる。診察に駆けつけたのは、いまや名医の誉れ高い塚口虔三であった。虔三は妻を病気で失い、いまは独り身である。虔三は図々しくも、過去を暴かれたくなかったら、自分の妻になれと脅す。環ははっきりと断り、虔三は諦めるが、環の顔色がすぐれないのを見て、もっと静養することをすすめる。

静養先は何と房総の浜辺であった。そして、こともあろうに、虔三との間に生まれた子ども（玉太郎）と正弘が仲良しになる。ふたりはだれが見てもうりふたつで、まるで兄弟のように見える。正弘はあるとき沖合の岩にのぼった。しかしたちまち潮が満ちてきた。それをみて玉太郎が助けに行く。結局ふたりとも波にのまれて死んでしまう。

罪の意識にさいなまれた環は夫に過去を告白する。隆弘は絶望する。信じていた環さえ男性との秘密の過去があった、あまつさえ子どもまでなしていたのだ。隆弘は環を離縁する。そのうえ隆弘はわが子が死んでよかったとさえ言い放つ。真実を聞いた以上、たとえ生きていたとしても正弘は桜戸家の跡継ぎと認めることはできないと。「正弘は生きて居ったところで桜戸家の相続人とする事は出来ないのでした、一生日蔭もので終わるよりは、正弘のためには今死んだが優《まし》であると思うのです」（同右、四五一ページ）。

この場面は、登場人物の中で最も開明的な桜戸隆弘子爵でさえ、儒教的な家族道徳に縛られていることを暗示する場面である。隆弘が死んだわが子の存在を受け入れるのは、改悛したあとのことである。そして桜戸家の墓地に新たに正弘の墓を建てるのである。

虔三と再会してから環が過去を告白するまでは、全編の山場である。環の心境を克明に描写していて、読みごたえがある。隆弘は玉太郎の死を父親である虔三に知らせる。かけつけた玉太郎の遺体に対面したとたん、虔三は前非を悔いて環に許しを求める。孫の死の知らせを聞き、ことが露見したと知った伝蔵は環と隆弘にそれぞれ遺書を残して割腹自殺する。思えば、環の再婚は、すべて伝蔵主導で進められたのであった。伝蔵は「環は親孝行のために結婚した。自分で過去を秘密にしようなどという気持ちは少しもなかった。どうか離縁だけは思いとどまってほしい」と環のために弁明する。すべての罪を自分が引き受けて、死をもって環の窮境を救おうとしたのである。伝蔵の願いをきいて、さすがの隆弘も環とは二度と会わないが、正式の離縁は思いとどまることにした。

ここから物語はいっきに大団円に向かう。

傷心の隆弘は公職をすて社会的活動を離れて、東洋遊学の途にのぼる。隆弘は環の心の真実をわかっていながら、そして自分が環を愛さずにはいられないことを知りながら、それでも環を憎もうとし、環への愛執を絶とうとして旅立つのである。一方環は、ふたりの子を失い、父親を失って、罪の意識はますます深かった。少しでも罪を償うためにと、台湾赤十字病院の篤志看護婦に志願したいと隆弘に許しを求める。隆弘は受け入れる。

環は台北の病院で、白衣の天使としてかいがいしく働く。「環は看護婦の職務を以て、あらゆる職務の中にて、最も婦人の性質に適せる、いとも高尚なる献身的事業と信じ、自分はこの天職を全くするがためには、極めて熱心に、これに従事せんことを記するなりき」（同右、四七四ページ）。

看護婦の仕事は女子の特質に適した神に近い仕事である、と幽芳は書いている。女性には女性に適した職業がある。ケア役割は女性に最もふさわしい仕事であるというわけである。

三年後、環は看護婦長になっていた。そのとき、京都の本邸にいる執事から電報が来た。隆弘が安南で熱病にかかり、サイゴン赤十字病院に入院している。しきりに環に会いたがっているというのである。環はただちにサイゴンに向かった。三年ぶりに会う隆弘は、病魔におかされ生死の境をさまよっていた。隆弘はうわごとに環の名を呼びつづけ、環は不眠不休で隆弘の枕元にいる。ついに隆弘の病は癒え、ふたりはかたく結ばれる。

物語が隆弘の悔悟の場面で終わることは最初に見た通りである。

5　親子の血縁関係か、夫婦の自発的な結合意志か

われわれの目から見ると、夫婦の愛は何より大事だが恋愛結婚は認めないというのは矛盾である。しかしこういう考えはほとんどの家庭小説に共通している。家庭小説の大家であった菊池幽芳や村井弦斎もやはり同様の考えに則っていた。弦斎の小説はたいへん理屈が多いので、『食道楽』はこの時期の家庭小説が踏まえていた家族道徳を見るには打ってつけの材料である。以下に弦斎の論理を紹介してみよう。それは重要な点で違いがあるとはいえ、大筋において幽芳にも共有されていたと考えてよい。

『食道楽』では弦斎の考えが登場人物の長広舌によってかなり詳細に開陳されている。弦斎は万事西洋流の知識や習俗をよしとする論法なのだが、恋愛についてばかりは、自立した男女の恋愛結婚を推奨するわけではない。家父長制的な慣習のもとでの結婚を批判はしても、だからといって自然主義やロマン主義の作家たちが描いた恋愛を肯定したわけではなかった。恋愛結婚に対しても全面否定なのである。弦斎が良き結婚として推奨するのは、本人どうしが、周囲の意見にも一時の感情にも流されることなく、自分の力で理性的に判断する結婚である。恋愛は一時の感情に過ぎない。だから一時の感情に駆られて結婚しても、結婚生活は長つづきしない。本当の愛情は落ち着いた道徳的な裏づけを持つものだ。お互いに夫たる務め、妻たる務めを自覚し、その責任意識を果たそうとするところから本当の愛情は育つ。「恋愛で成り立った夫婦が末を遂げないのも天真爛漫たる感情任せが過ぎるからで正式に婚礼した夫婦は自ら心に覚悟が出るので長く持つのです」と弦斎は登場人物に語らせている（村井弦斎『食道楽（上）』岩波文庫、二〇〇五年、四二七ページ）。

こういう考えでは幽芳も同じである。『己が罪』では、ヒロインは最初の結婚に失敗するが、それこそ恋愛結婚であった。虔三を愛した環は、虔三も自分を愛していると錯覚していた。恋愛すると若い環のように、ものごとがまっすぐ見られなくなる。愛は男女の自発的な結合をかためる。しかし愛は結婚から生まれるものであって、愛が結婚をみちびくのではないのである。

『己が罪』を書いてから約一〇年、一九〇九年から二年間、幽芳はフランスに滞在した。そのときの見聞によりながら、幽芳はフランス人と日本人を比較して、日本人は子どもに甘過ぎる、と書いている。フランス人は子どもをきびしく監督する、娘をひとりで外出させないし、娘が異性と出会う場は親がお膳立てしてつくるし、親は子どもに来た手紙を開封して読む。娘の結婚相手は親がちゃんとみつくろっているのだ、と論じている（菊池幽芳「自由過る女学生の行ひ」『女子文壇』一九一二年五月号）。

弦斎は非常に女性論に関心をもっていた。『食道楽』でもあちこちに女性論が長々と書かれている。そしてその女性論たるや、男女同権も恋愛結婚も全面否定である。ジェンダー意識まる出しの性別特性論であり、ありていにいえば女性差別論なのである。

弦斎は感情亡国論の名のもとに恋愛結婚を否定するわけであるが、感情亡国論とは、これからは理性にもとづいて行動を律さなければ国は発展しないという主張である。弦斎は作中人物に、日本人はこれからもっと理性的にならなければならないと語らせ、そうしてさらに、男性より女性のほうが感情的だとつづけさせている。「感情に任せて道理を忘れるのは男子よりもむしろ婦人社会に多いようです。ですから婦人は最も感情を慎まなければなりません。しかるにこの頃の文学者はヤレ情の自然だの、愛の天真だのと言ってわざわざ婦人性の感情を肆《ほしいまま》にさせるような事を書きたがります。情を慎むのは偽りだ情の向う処へ進むのが天真爛漫たる処だなんぞととんでもない悪い事を教えて青年男女を恋愛という罪悪の淵へ引込ます」（『食道楽（上）』一六三ページ）。

当代の女子教育について弦斎は、文明は進歩しなければならず、良妻賢母こそ最も進歩した女性だと述べている。

「最も進歩した婦人とは最も女らしい婦人の事だ。娘となっては淑女、妻となっては良妻、母となっては賢母、これは女らしい婦人ではないか。……しかるに近頃の女子教育はややもすると女らしくない婦人を製造する。男女同権とか自由結婚とか女の神聖とか自然の恋愛とかいう突飛な事ばかり唱えて口と筆とは達者になるけれども家にいれば親にばかり逆らうし、お嫁に往って惣菜料理一つ作る事は出来ず、子を生んで子供の衣服を縫う事の出来ないような夫人を沢山製造する。……盛に婦人の独立とか神聖とか理想とかいう事を唱えるためにいわゆる程と加減を通り越して女の心掛が大層生意気になった。生意気とは最も女の慎むべき悪質だが多くはその病気に罹っている」（同右、四二〇ページ）。

「女は何のために勉強する。女らしい女となるために学校教育を受けるのではないか。決して男らしくなるのが女の目的でない。……殊に学校教育を受けて文明の世に立つべき女は、普通の女よりもいよいよ優れて女らしくなければならん……」（同右、四〇七ページ）。

発達した文明のもとでは、女性はますます女性らしくならなければならない。では女性らしさとは何かといえば、夫につくし子育てにはげむ良妻賢母であることとなのである。というわけで、今日のジェンダー論の観点で見ると、弦斎は頑迷そのものである。

6　『日本情史』——佐々醒雪の恋愛擁護論

幽芳は弦斎のような理屈で押すタイプではなかった。具体的な例をあげながら結論を導くタイプだった。幽芳は、日本人女性とフランス人女性を比較して、日本人女性は非常に貞節で、そのことはフランス人の賞賛してやまないところだと述べている（菊池幽芳「我邦婦人の最大美点」『女子文壇』一九一二年一月号）。また知力において女性は男性に劣るとはいえない。まったく自由に男女に競争させたら、女性の知力は大きく伸びるであろうとも述べている（菊池幽芳「婦人研究」『女子文壇』一九一三年六月号）。

とはいえ、もちろん幽芳もジェンダー意識のかたまりである。しかし、そういってしりぞけてしまったら間違うことになろう。家庭小説の主題はジェンダーではなくて家父長制が強いる理不尽に対する挑戦である。その理不尽をあばくのが文明であり、ジェンダーはその文明の一部をなしているのである。幽芳や弦斎の論理に従えば、家父長制とジェンダーは別のものである。日本の家父長制は理不尽な要素を伴っているが、西洋のジェンダーはその理不尽さを克服するために学ぶべきものなのである。幽芳も弦斎も欧米のジェンダーをうしろだてにして、家父長制の因習を批判したのである。家庭小説は、いま読めばジェンダーのかたまりである。しかしそれが書かれた時代には、ジェンダーは儒教的な家族道徳を批判する武器だったのである。

それはつきつめていえば、家と親子の血縁関係が優先するべきか、それとも夫婦の自発的な結合意志が優先するべきかという問題だった。佐々醒雪《さっさせいせつ》は日本人の恋愛の歴史を描いた『日本情史』（一九〇九年）の末尾で、そのことに触れている。佐々は、今日の男女の関係には「女大学の思想」と「自由結婚の思想」のふたつの極端な理想が対立しているとする。前者は当人の気持ちよりも親の意見を重んじるもので、家のために嫁を迎えるという思想である。嫁は舅姑につかえる義務がある。舅姑の利害と愛情が嫁選びの基準になる。後者は男女が自分のために配偶を求めるのであって、かりに親に相談するとしても、それは経験の浅い若者が一時の感情に駆られて誤った選択をするかもしれないという懸念から忠告を求めるのである。

佐々は後者のほうが筋が通っているとするが、実際に優勢なのは前者であって、「今なほ両親の意見が最も尊重せられてゐて、実際上、我儘な者でない限りは、これを至当としてゐるのである」（佐々醒雪『日本情史』新潮社、一九〇九年、三二七ページ。引用は『復刻　日本女性史叢書第三巻』クレス出版、二〇〇七年、による）。前者の理想が一般家庭に広がるにはそれ相応の条件がある。佐々によれば、それは女性に財産があるということである。だがそれは日本のように貧しい国では当分の間、望むべくもない。いまのところ円満な夫婦が多く見られるのは、夫が一定の職業を持ち一家のかなめたる存在になったあとで、若い妻がその家に入るという場合ではないか。「男の晩婚と女の比較的早婚といふことは、現に行はれてゐる所で、又かくなくてはならぬ時勢ではあるまいか」（同右、三三〇ページ）。

最後に佐々は、「愛を説き恋を談ずるを以つて恥辱とする思想は、今もなほ一部の人士の間に存してゐる」とし、自分にもこういう「武士的血汐」が流れていると打ち明け、そのあとで、これからの文化は愛情と意志が調和するものでなくてはならないと論じている。「感情といふものが常に放縦なものである、意志に反抗するものである、盲目なものであるといふ考は、感情に富んだ女子を小人と同一視して、近づくべからざる者と説いたのと同一の謬見である」（同右、三三四ページ）。もちろんこれは「女子と小人養いがたし」とした儒教に対する批判であるとともに、西洋的な家族関係を肯定する言葉でもある。佐々は、欧米では男女の恋と人間愛をラブというひとつのことばで表現するではないか、と語る。「見よ、海の彼方には男女間の恋といふ語と、人間の無上の道徳とが、等しくラブといふ一語で代表せられてゐる国も、繁栄を極めてゐるではないか」（同右、三三五ページ）。「男女間の恋」と「人間の無上の道徳」が愛というひとつのことばで表現されるということ、それは『己が罪』の桜戸隆弘が最後に語った「社会は道徳の支配するべきものではなくて、寧ろ愛情を根本にした道徳」でなければならないということばに、ぴったりと平仄を合わせている。

註

（1）高木健夫『新聞小説史　明治篇』国書刊行会、一九七四年、二一六ページ。

（2）『魔風恋風』は恋愛小説のはしりであったが、家庭小説としてはかなり異色である。ヒロインの女学生の接吻場面を具体的に描写したり、ヒロインが親友の父親からあやうく強姦されそうになる場面があったりと、とても家庭で親子が楽しめる内容とはいえないからである。とはいえ主人公の萩原初野はどんなに貧窮しても、言い寄る男たちからの経済的援助の申し出を拒絶する。自分の恋愛を守り抜こうとするのである。男の経済的庇護なしに生きていけない当時の女性の悲しさが全編ににじみ出ている。

（3）高木健夫『新聞小説史　明治編』国書刊行会、一九七四年、三六〇ページ。

（4）柳田泉『随筆明治文学2』平凡社、二〇〇五年、一一一ページ。

（5）家庭小説とはどういうものをいうのかについては、菊池幽芳の「一家団欒のむしろの中で読れて、誰にも解し易く、また顔を赧らめ合ふといふやうな事もなく、家庭の和楽に資し、趣味を助長しうるやうなもの」という文章が有名である。『明治文学全集93　明治家庭小説集』筑摩書房、一九六九年、八九ページ。

（6）文学史のとらえ方に対する批判として、柳田泉『随筆明治文学1』平凡社、二〇〇五年、二〇三〜二〇五ページ。

（7）以下の記述は深谷昌志『良妻賢母主義の教育』黎明書房、一九九八年による。

第二章　通俗小説の時代

第1節　通俗小説──菊池寛の『真珠夫人』

1　家庭小説から通俗小説へ

新聞小説が未婚男女の恋愛を肯定的に描くようになり、通俗小説という名前で呼ばれるようになったのは、一九二〇年代のことであった。それ以前の、一八九〇年代から第一次世界大戦までは家庭小説といわれ、家庭小説では未婚男女の恋愛は軽はずみなあやまちだった。菊池幽芳『己が罪』でも小杉天外『魔風恋風』でも独身時代に恋愛したばかりに、ヒロインたちは孤立し、さんざん罪の意識に苦しんだり、病死したりしたのである。そればかりではない。そもそも妻はひたすら夫につくすべき存在であった。柳川春葉《しゅんよう》『生《な》さぬ仲』に登場するヒロインの夫は無能な事業経営者であるし、渡辺霞亭『渦巻』の夫は愛人のいうなりになって妻を追い出そうとする非道な夫である。それなのにヒロインは夫につくす。文句ひとついわず夫のいいつけに従うのである。夫がどんな人間であろうが、妻たるものは夫につかえなければならない。男たちが「君、君たらずとも、臣、臣たらざるべからず」（主君が主君らしいおこないをしなくても、臣下はひたすら主君につかえるべきである）という忠義道徳に従うことを要求されたとすれば、これはその女性版である。

それが第一次世界大戦後になるとがらりと変わる。それを変えたのが菊池寛（一八八八～一九四八）の『真珠夫人』であった。『真珠夫人』は一九二〇年六月から一二月まで『大阪毎日新聞』『東京日日新聞』に連載された。主人公の唐澤瑠璃子は華族の娘で、成金の大富豪に陥れられた父を救うため、その大富豪の妻になるが、夫に身を許すことなく仇敵である夫に復讐をとげる物語である。物語の前半で夫は死ぬが、主人公は身勝手な男に対する復讐心にとらわれている。物語の中ごろで、瑠璃子が女性差別について語る場面はなかなか迫力がある。男の身勝手が許されるなら、自分は同じことをしてるだけだ。なぜ男の身勝手が許されて、女は激しく非難されなければならないのか、と瑠璃子は叫ぶ。「男性は女性を弄んでよいもの、女性は男性を弄んでは悪いもの、そんな間違った男性本位の道徳に、妾（わたくし）は一身を賭しても、反抗したいと思っていますの。今の世の中では、国家までが、国家の法律までが、社会のいろいろな組織までが、そうした間違った考え方を、助けているのでございますもの」（『菊池寛全集』第五巻、高松市菊池寛記念館、一九九四年、二一三ページ）。そういう復讐心を心底に秘めて、瑠璃子は美貌を武器に男たちを虜にし、思うままに翻弄する。そしてふたりの若者を死に追いやる。だが、物語の最後で瑠璃子自身も、手玉にとった若者の凶刃にかかって命を落とすのである。世間は瑠璃子を希代の妖婦として非難した。しかし真相は違っていた。実は瑠璃子の胸の奥には心をゆるした初恋の人が生涯住みつづけていたのであった。

『真珠夫人』はまことに画期的な作品だった。連載当時から大評判になった。それもそのはず、ドラマに必要なロマンス、サスペンス、スリル、アクションといった要素がふんだんに盛り込まれている。読者は、あり得ないと思いつつも、ついつい引き込まれてしまう。いってみれば、韓流ドラマを見るような気分である。というわけで、発表当時から二一世紀の今日に至るまで、何度も映画化されたり、テレビドラマ化されたりしている。

『真珠夫人』の主人公の唐澤瑠璃子は柳原白蓮《びゃくれん》（一八八五〜一九六七）をモデルにしたのではないかという噂がある。柳原白蓮は数寄な人生を歩んだ。柳原前光伯爵の妾腹の子で、大正天皇のいとこにあたり、大正三美人のひとりとうたわれたほどの美貌であった。一九一〇年、窮迫した柳沢家を救うため、九州の炭鉱王である伊藤伝右衛門に嫁した。二五歳違いという年の差婚だった。このとき世間は、華族の令嬢が売りに出されたと噂した。伝右衛門は貧しい農民から身を立てた男で、女性にだらしなく放蕩癖があった。放蕩する金持ちの夫につかえるのはたいへんだったが、その代わりに白蓮は贅沢をゆるされた。

しかし、一九二〇年、七歳年下の東京帝大学生・宮崎龍介に出会って危険な恋が始まる。ついに二一年に出奔して龍介といっしょになる。これが「白蓮事件」として有名な駆け落ち事件である。『真珠夫人』の連載と白蓮事件が起こったのは、ほぼ同じ時期だった。こういうところから、唐澤瑠璃子のモデルは柳原白蓮なのではないかという噂が立ったのである。

ちなみに大正三美人のほかのふたりは九条武子（一八八七〜一九二八）と江木欣欣（一八七七〜一九三〇）である。九条武子は、西本願寺の大谷光尊法主の次女である。仏教婦人会を組織したひとりで、いまの京都女子大学の前身である京都女子専門学校を設立した。社会事業家であり教育者であり歌人でもある。和歌では佐佐木信綱に師事した。柳原白蓮も佐佐木信綱に師事しており、ふたりは和歌を通じて交友があった。

江木欣欣は法律学者の江木衷《まこと》の妻になった。江木衷は増島六一郎・菊池武夫らとともに英吉利法律学校を創設した一八人の法律家のひとりである。欣欣は一六歳で花街に出てすぐに士族の男爵にひかされて正妻になるが、一年で男爵は死去、また花街に戻る。やがて美貌の欣欣は弁護士の江木衷と再婚した。欣欣は多才で、才人として社交界に名をはせた。のちに江木が死ぬと、その後を追うようにして自殺した。

『真珠夫人』のヒロインは夫に従うどころか、夫に復讐しようとした。これはもちろん当時の道徳が認めるところではない。だから彼女は最後に死ななければならないのであるが、愛されるにふさわしい人格を持っていなければ、たとえ法律上は夫であっても愛される資格はないという主張が全編にいきわたっている。そういう思想は、『真珠夫人』を原点として、たちまち通俗小説の間に広がっていった。中村武羅夫《むらお》、加藤武雄、三上於菟吉《おときち》、竹田敏彦、川口松太郎といった人気の流行作家たちは、そろって愛のない結婚を否定し未婚男女の恋愛を肯定する立場に立って書いた。たとえば三上於菟吉は一九三一年に書かれた『楽園の犠牲』で、ヒロインの菊岡京子に、愛がないのに結婚するのは夫に貞操を売ることだとまで語らせている。「貞操はあづけられるものでもなければ、人の為に守るものではないのです。わたしならわたし自身のために守るものです。だから、ほんとの事をいへば、わたしは貞操を破つた女なのです。良人といふ名の男に貞操を売つたのです。わたしといふものは、賤しい、賤しい、いやしい……」（『長編三人全集・第一五巻　楽園の犠牲』新潮社、一九三二年、二八四～二八五ページ）。京子は自分を賤しんでそうつぶやいた。

2　佐藤紅緑『虎公』の旧式でマッチョな恋愛論

『真珠夫人』のテーマは当時の人びとにとって非常に新鮮な問題提起だった。それがいかに新鮮だったかということは、一九一〇年代中ごろの新聞小説を開いてみるとよくわかる。佐藤紅緑《こうろく》（一八七四～一九四九）の『虎公』は一九一五（大正四）年一〇月から翌年三月まで『読売新聞』に連載された。主人公の虎吉は気風のいい快男児だ。働き者で義理堅い。正直者である。自分一身の利害は眼中にない。身を殺して仁をなすタイプの正義漢である。虎吉は魚屋を営んでいるが、ゆくゆくは貧しい人たちのために無料宿泊所をつくりたいと思い、こつこつと蓄えをしている。その虎吉にこれでもかこれでもかと試練がふりかかる。そしてふりかかる試練を虎吉はいつも明るく乗り越えていく。胸のすくような快男児である。

その虎公の結婚観は家庭小説の結婚観だった。一九二〇年代の通俗小説とはまったく肌合いが違う。まずそもそも恋愛だの結婚だのは虎公の人生にとって二義的な問題である。お互い惚れ合っているのなら、すぐに結婚しなくてもいい。すぐに結婚したらもったいない。もったいないというのは仕事に差し障るということで、結婚して子どもができたらお金がかかるから、結婚は先延ばしにして、まずは無料宿泊所を建てるように協力してがんばろう、と虎吉はいう。念願かなっていよいよ無料宿泊所を建てるというとき、多くの知り合いが建設に駆けつけてくれた。結婚は二の次、虎公は無類の好漢である。

次に結婚とは何かというと、いったん結婚したら女は無条件に夫に従うべきであると虎公は信じている。いま虎吉としあわせに暮らしている秀子は、以前悪党の長次の妻だった。いま虎吉といっしょに育てている娘のお徳も、長次との間にできた子である。その長次は死んだと思われていた。その死んだはずの長次が、何と生きて秀子の前にあらわれる。そしてしきりに秀子を強請《ゆす》る。悪党といえどもまだ縁の切れていない夫である。だから秀子は抵抗できない。

そんな秀子を虎公は守るのかと思いきや、長次が生きて目の前にあらわれたとたん、秀子は長次のものだといい出す。長次がとんでもない悪党で、秀子が心底嫌い、秀子が愛しているのは自分だということを知っていながら、虎吉は秀子が長次のものだというのである。自分は間男していた。自分は悪い人間だという。秀子の気持ちなどおかまいなしである。

さらに、である。佐藤紅緑は「愛はすべて」という考えを嘲弄《ちょうろう》する。遠山明という青年が登場する。西洋風な教養を持ち、法律政治も文学も音楽も、何でも器用にこなす才能の持ち主だ。しかし明には真心というものがない。彼はロマンチックな恋愛論を雄弁に語りながら、さてこの女をどうしてものにしてやろうかと舌なめずりしているようなタイプの男である。紅緑はこういう人物を登場させることで、自由恋愛が決して本物の恋愛ばかりではないこと、いやむしろ堕落した欲望の口実に使われるものだということを、示唆しているのである。恋愛を口実にできるのは西洋的な教育を受けたものたちだ。彼らは教育はあっても、道徳はない。虎公は一介の庶民だが、彼らにくらべたら虎吉のほうがどれほど立派かわからない、というわけだ。虎公だけではない。『虎公』に登場する女たちは封建的な三従の教えを肯定している。みな女の道に従っているのである。

それならば愛とは何か。ということになるが、愛とは夫婦、親子など、与えられた関係性の中で生まれ出るものなのである。虎公が建てた無料宿泊所の裏手には華族の浦島家の大邸宅がそびえている。浦島家は男系に遺伝病が発症する家系である。そこで当主は何とか家を存続させようと画策する。家名のために人間性を踏みにじって恥じない人びとである。浦島家の隣人である谷本宅平は篤志家で、寄付や慈善に財を投じたあげく落ちぶれた。一刻者の宅平は華族が大嫌いだった。ところが宅平の娘のお八重は家の窮状を救うため浦島家の息子正彦の嫁になる。その息子は知的障がいがある。八重ははじめは人身御供になったような気持ちであったが、やがて正彦をいとしく思うようになる。まず夫婦という関係があって、つまり名分があって、それから愛が生まれるのである。長次があらわれたとたんに秀子を去ろうとする虎吉の心の動きも同じである。夫婦の名分がないところに、愛が生まれてはならないのである。

虎公が建てた無料宿泊所は「なさけ宿」と呼ばれて、周囲の人びとから愛されている。これもひとえに虎公の人柄のなせるわざである。物語の最後で浦島邸は炎上する。人びとは「なさけ宿」を火から守るが、浦島邸は燃えてしまえばいいと思って消火活動にかかわらない。というわけで佐藤紅緑は庶民の味方である。『虎公』を読む人びとはさぞかし溜飲をさげたことだろう。佐藤紅緑は戦前屈指の流行作家だったが、とくに彼を有名にしたのは一九二七年から『少年倶楽部』に連載された『あゝ玉杯に花うけて』だった。

3　恋愛小説を多産する菊池寛――『陸の人魚』

『真珠夫人』が大成功して、そのあと菊池寛は次つぎと新聞雑誌に小説を発表した。新聞では一九二四年に『大阪毎日新聞』『東京日日新聞』に『陸の人魚』を、二五年に『大阪朝日新聞』『東京朝日新聞』に『第二の接吻』を書き、そしてその後も二〇年ほどにわたって新聞小説を量産した。その多くが恋愛小説で、恋愛や結婚にまつわるさまざまなテーマを取り上げた。他愛もない主題も少なくなく、たとえば『第二の接吻』は誤って好きでもない女性と接吻したらどうなるか、という変なテーマを追求した小説だった。『第二の接吻』は好評を博した。あるとき三輪田元道、吉岡弥生、山田わか、三宅やす子らと同席したとき、堅物でなる人びとが口々に批評し始めたので、菊池はビックリしてしまった。またあるときは、あの柳原白蓮が間違って別の女と接吻するとはあまりにも軽率ではないかと異議をとなえた。

たわいもないテーマといってしまったら語弊があるかもしれない。『陸の人魚』と『第二の接吻』は両方ともひとりの男をめぐるふたりの女のたたかいを描いたもので、両方ともふたりの女は従姉妹である。

『陸の人魚』に登場する麗子の父親は政友会の大幹部だがこの数年凋落している。麗子は美しい娘であるが体が弱い。控えめな性格で、ピアノもよく弾けるのだがそれをひけらかすようなことはない。そういう女性である。一方、従姉妹の敏子の父親は財閥の重役で、いま彼の事業は大いに伸張している。敏子は驕慢な性格でことあるごとに嫌いな麗子と張り合っている。ある夏、敏子の妹から軽井沢の別荘へ遊びに来ないかという誘いのハガキが麗子の妹に届く。麗子は行く気はなかったが、恋人の北川初雄が軽井沢に滞在していることを知らせてきたので、北川に会いたくて妹といっしょに軽井沢に行くことにした。そこで敏子も北川と出会うことになる。軽井沢ではいろいろな社交の催しがある。そこで話題の中心になり人々の注目を浴びたのは麗子である。敏子はそれが悔しくてならない。悔しさのあまり、みんなの前で麗子とその父親を口汚く罵ってしまう。

敏子が仕掛けた最大のたたかいが麗子の恋人・北川初雄を奪い取ることである。そのために敏子はあらゆる手を使う。気の強い女は男に好かれないと知ると、北川の前でだけは大人しく控えめな女を演じるといった具合である。そうこうしているうちに関東大震災が起きて、北川が学費を出してもらっている横浜の叔父は大打撃を受ける。その叔父のために北川は敏子の父親から大金を融通してもらう。そのため北川は敏子の父親に頭が上がらなくなる。敏子は北川の弱みにつけ込んで父親の財力をたよりにまんまと恋人を横取りしてしまう。敏子と北川は婚約し結婚の日取りも決まる。

さて麗子は結核を患っていることが判明する。北川がこれまでの事情を話そうと麗子に会うと、麗子は自分の命は長くないから私のことは忘れてほしいと告げる。ところが麗子は新聞で北川の結婚相手が敏子だということを知る。その途端に麗子の心にはむらむらと闘争心がわき上がってくる。北川と敏子の結婚式が執りおこなわれるその日に、北川を東京駅に呼び出す。そして愛を確かめ合ったふたりはすべてを捨てて、あてどもない逃避行の旅に発つのであった。

4　物議をかもした『第二の接吻』

『第二の接吻』に登場するライバルは京子と倭文子である。こちらも従姉妹で、京子の父親は貴族院議員で羽振りがいい。京子の家には父親を亡くした倭文子が身を寄せていた。そこに京大を卒業して商社勤めを始めたばかりの村川が一時寄宿するようになった。というわけで『第二の接吻』は、村川をめぐる倭文子と京子の恋のさや当て、というか女の戦争の物語である。京子と倭文子の組み合わせは敏子と麗子の組み合わせによく似ている。京子は驕慢な性格で内気な倭文子は京子を恐れている。そして男は勝ち気な女より、内気な女を愛するのである。

村川と倭文子はお互いに惹かれ合うようになる。あるとき村川と倭文子は屋敷の庭の四阿で密会の約束をしていたが、たまたま約束の場にあらわれたのが京子だった。村川は相手を確かめもせず後ろから抱きついて接吻してしまう。好きでもない女性のくちびるを奪ってしまったのである。村川は真っ青になるが、接吻された京子は舞い上がってしまう。京子はもともと村川を好きだったのである。そのあと京子は執拗にデートを迫るが村川は言を左右して応じない。業を煮やした京子は父親を動かして結婚を迫る。

村川は倭文子と間違えたことを必死に謝るが京子は承知しない。何しろ一九二〇年代のことである。遊び半分で処女の唇を奪うことは決して許されることではなかった。それ相応の責任をとってほしいと京子は迫る。しかしどうしても村川が結婚を承知しないことを知ると、京子はこうなったらどんな手段を使っても村川と倭文子が結ばれないよう邪魔すると宣言する。そして実際に手段を選ばずにふたりの仲を引き裂いてしまう。

最後に村川と倭文子は湖に投身自殺をはかり、倭文子は死んでしまうが村川は助かる。京子は見舞いに行く。意識が回復した村川はぼんやりとした頭で京子を倭文子と間違える。そして彼女に口づけして助かってよかったと愛のことばを語る。村川を自分のものにできないことを悟った京子はその場に崩れ落ちる。

人物の性格設定も登場人物の境遇も、物語が悲劇で終わるところも同工異曲である。二年続けて同様のテーマを追求したわけであるが、発表の舞台が毎日と朝日で違っている。菊池は『陸の人魚』のできばえに満足できなかったので、『第二の接吻』で同じテーマに再挑戦したのであろうか。

とはいえ『第二の接吻』は問題作だった。菊池は接吻の場面を中心にところどころで官能的な叙述に踏み込んだ。そのうえ京子の心理について、サディズムをにおわせるくだりも見える。「京子は此頃漸く感じ出したことだが、村川をいぢめればいぢめるほど、不思議な快感が心の中にしみ出して来た。村川の顔が青ざめ、眼が血ばしり呼吸がはづみ、はげしい精神的苦痛が、その美しい眉目の間にきざまれかけると、彼女は興奮し緊張した。そしてその興奮は彼女の神経や感情に沁み渡つた。……」（『菊池寛全集』第七巻、一〇六ページ)。

実は一九二四年『大阪朝日新聞』に谷崎潤一郎の『痴人の愛』が連載されたが、奔放なナオミのふるまいに眉をひそめた一部の読者の非難を浴びて中断していた。『痴人の愛』はその後雑誌に連載されて完結するのであるが、『第二の接吻』はその事件があった翌年の連載である。

戦前は結婚前の性行為は許されなかった。とくに女性には結婚前は「清い体」でいることが求められた。愛し合う独身男女がベッドに行くことを、多くの人が容認するようになったのは、ずっとあと一九七〇年代になってからのことである。愛し合っていても結婚前は手さえ握らなかった。手も握らないくらいであるから、接吻ということば自体が性的な行為を想像させた。そのために検閲当局は神経をとがらせた。連載終了後、間をおかずに単行本になったが、出たとたんに発売禁止になった(1)。接吻をめぐる官能的な描写の場面が当局の忌諱《きき》に触れたのである。映画化されるときにも一悶着起こり菊池は非常に憤慨したのであった。

5　『貞操問答』——既婚男性と独身女性のあぶない物語

一九三五年『大阪毎日新聞』『東京日日新聞』に連載された『貞操問答』は、独身女性と既婚男性の相当にあぶない恋愛物語である。主人公の新子は三人姉妹の真ん中である。母と姉妹と女ばかり四人で暮らしている。新子は、わがままで経済観念のない三人のためにひとりで苦労している。新子は生活のために前川家の家庭教師をすることになった。前川家の当主である準之助は裕福な実業家である。準之助には妻があるが、その妻は高慢で贅沢好きでいかにも嫌味な女である。気位が高く人を人とも思わないふるまいが多い。準之助はそんな妻に嫌気がさしている。準之助は妻と新子の間で苦労することが度重なるが、いつしか準之助は家族のためけなげにつくしている新子を不憫に思い、ひそかに応援するようになる。だがそれも妻に知られてしまい、妻は新子の住まいに乗り込んで口汚く罵倒する。準之助は妻の暴挙を知る。事ここに至ってはもうがまんしないでおこうと、妻に愛想を尽かした準之助は決心する。

一九二四年の『陸の人魚』、二五年の『第二の接吻』、そして三五年の『貞操問答』、この三つはいずれも、どんなに邪魔だてしようとしても愛を壊すことはできないと主張している。それで思い出すのが、一九一二年から一九一三年にかけて『大阪朝日新聞』『東京朝日新聞』に連載された夏目漱石の『行人』である。『行人』の中で、一郎が愛の強さを語る場面がある。一郎はパオロとフランチェスカの物語を引いて、間男したパオロと浮気した人妻のフランチェスカの名前は記憶されているのに、間男されたフランチェスカの夫の名前をだれも覚えていないのはどうしてか、それは愛が永遠のものだからだと語る。パオロとフランチェスカはダンテの『神曲』地獄篇に登場する不倫のカップルである。とはいえパオロとフランチェスカは密会の現場を夫に見られて殺されるのである。非難はふたりに集まった。ふたりは世俗の世界ではあくまでも敗者であった。漱石は最後に愛が勝つということを登場人物に語らせただけであって、『行人』の登場人物がそういう思想を実践したわけではない。

『陸の人魚』では財貨の力が愛にはじき返される。『第二の接吻』では性道徳の義務も愛を壊すことができない。しかも愛し合うふたりは未婚の男女である。とはいえ『陸の人魚』でも『第二の接吻』でも、ふたりを待ち受けていたのは悲劇であった。パオロとフランチェスカのように、愛をつらぬくには命の代償が求められたのである。それから一〇年ほどの年月が経ち、『貞操問答』で、菊池寛はこれまで夕ブーとされてきた夫婦関係に挑戦する。そしてこの度は愛が勝つ。新聞小説であるから、物語は実際に離婚したり不倫したりするところまでは行かず、準之助が決心するところで終わる。それでも『貞操問答』が読者に投げかけるテーマは明確だ。愛情の冷めた夫婦関係を無理に維持するのがいいことかどうか、ということである。

菊池寛は手を変え品を変えて男女の恋愛を描いたが、そのテーマの数々がどういうところから出たものであるかは、菊池寛の女性論を読めばわかる。実にわかりやすいのである。たとえば『貞操問答』の準之助は、物語が終了したあとに、おそらく新子に愛を告白する行動に出るのだろうが、既婚者である準之助が不貞を働こうとするのは気位の高い妻の言動にも大いに問題があるからだ。一概に準之助ばかりは責められない、という考えがありありと見える。夫婦もお互いの愛をつなぎ止めるための努力はしなければならない。愛のない結婚は肯定できない、結婚生活を維持するためにはお互いに相手の愛をつなぎ止める努力をするべきだと菊池寛は考えているのだ。

6　菊池寛の女性論

菊池の女性論に「女性の教養の程度はどのくらいが望ましいか」ということを論じたものがある。B子は二五歳で、美人で、聡明で、教養がある。しかし男からは人気がない。若い男性の友人たちが口をそろえていうのは、「あの人と結婚したら、自分の良人は、けふはどれほど進歩したかとか、少しも進歩しないとか、明けても暮れても、そんなことばかりを計算されさうなので、少しも呑気にしてゐられないだらう?」というのである（『菊池寛全集』第二二巻、五六一ページ）。妻も夫に愛されるように努力すべきだ。では男が求めるのはどんな妻かというと、愛情豊かな妻なのである。そしてこれは「昔も今も変わりのない永遠なる真理なのである」（同右、五六一ページ）と菊池は断言している。男に愛されるためには女も男を愛していなければというわけで、これが『貞操問答』の主題になっている。しかし男にとってかなり都合のいい言い分ではある。以上は「女性の教養の程度」と題した文で『婦人倶楽部』一九四〇年九月号に掲載された。

菊池寛には多くの女性論がある。その女性論の中からいくつかの命題を拾ってみよう。結婚は恋愛結婚が本来の姿である。結婚前は絶対に処女を守るべきである。舅姑には愛情をもってつくすべきである。夫の浮気は許すな、その兆候が見えたら芽のうちに断て、といった具合である。そして、女性にとって結婚は人生の一大事なのに、よく考えもせずに結婚する人がいかに多いことか、親も娘を早く片付けようとして、いい加減なことがすこぶる多いと嘆いている（『全集』第二一巻、三〇ページ）。

婚前交渉は不可とか舅姑につくせとか、当時の基準から見たら正統派の見解であろうが、今日的な観点から見たら、すみずみまで男のいい気が行き渡った論である。たくみに羞恥心を見せるほうが男心をくすぐるとか、よく夫の気持ちを察して、夫がお茶が飲みたいと思っているときに、持っていくのがいいとか、そういうことを大まじめに論じている。菊池によれば、お茶を持ってきてくれと命じて飲むお茶より、妻が気を利かせて持ってきてくれたお茶のほうが「二倍も三倍も美味しいのである」（同右、五一ページ）。

働く女性をどう見るか。女性は仕事をするのはいいが、それは結婚するまでだ。「私は、職業婦人を、結婚するまでの準備時代として、認めるものである」（同右、四七七ページ）として、結婚したら家庭に入って専業主婦になることを良しとしている。

さて肝心の恋愛についてはどうかというと、これも拍子抜けするほど常識的である。「私は、恋愛と云ふものを、人生に欠くべからざるほどよいものとは思つてゐない。」（同右、一三ページ）。恋愛は一時の病気のようなもので、まともな判断さえできなくなったりもする。とはいえ、やはり、恋愛から結婚に進むのが理想である。「恋愛から結婚生活に入ることが一番望ましく、また合理的なことである」（同右、一七ページ）

このように並べると本当に男に都合のいいことばかりで、つまりはジェンダー意識のかたまりなのだが、そのように断罪しただけで終わらせてはならない。というのは以上に紹介したのは女性向けの雑誌に掲載された文章であって、男女がともに読む媒体に掲載された文章はかなりトーンが違うのである。夫をいましめ、男性優位社会を批判することばがどんどん飛び出してくる。

一九三六年には『大阪毎日新聞』と『東京日日新聞』に『現代娘読本』が連載され、翌年引きつづいて両紙に『現代人妻読本』が連載された。そして両編あわせて、単行本『日本女性読本』として刊行された。その中から男性の責任を追及する主張をいくつか拾ってみよう。菊池寛は夫婦の不和の原因はほとんどの場合夫の責任だと言い切っている。家庭の不和や不満や波風は「悉くといつてもよいほど、夫によつて醸し出されてゐる……。……多くの男性は、多少とも、わがまゝで、自己本位で、封建的で、妻を犠牲にすることを、何とも思つてゐない連中である」（同右、一三一ページ）。

ということであれば、どうすれば夫の態度をあらためさせることができるかということになる。それについて菊池寛は、家庭において女性が奴隷のように扱われることを根絶するために、女性の社会的地位を向上させなければならないと論じる。では、どのようにして女性の社会的地位を向上させるのだろうかと思ってその先を読むと、「社会的にもっと、婦人を尊重し、劬《いたは》るやうに習慣づけるべきである」

（同右、一三三ページ）と、何ということはない。菊池寛が最初にあげるのは女性を大切にするホモソーシャルなマナーの向上に過ぎないのである。

何だその程度かと思って先を読むと、それは最初の一歩であって、やはり決定的なのは夫たるものの態度である。人妻の世界は狭い。その世界と社会の間に夫という関門がある。夫たるものはその関門を閉ざしてはならない。「良人が圧制だつたり、わがまゝだつたり、朴念仁だつたりして、その関門を開いてやらなければ、人妻は無味単調な家庭の中で、恐ろしい退屈さのために、その感覚や感情を、すり減らしてしまふ外はないのである」（同右、一三七ページ）。

とはいえもとをただせば、社会が「政治も、法律も、道徳も、凡て男性本位の世の中」になっているところに根源的な原因がある。それが家庭に反映して「亭主関白主義」になるのである。だから家庭における妻の位置を本当にあげるには、「女性の社会的地位を引上げることが根本」である。しかしそれは一朝一夕には実現できない。婦人参政権もいつ実現するか見当がつかない。だからこそ、それぞれの家庭の中で、夫がなにがしかでも譲って、自発的に妻を優遇しなければならない。これが菊池寛の女性論であった。考えてみると、この最後の部分は『真珠夫人』の瑠璃子の主張に重なっている。

第2節　加藤武雄のヒューマニズム

1　長編三人全集

一九三〇年、新潮社は『長編三人全集』の刊行を始めた。すごいタイトルだが、三人というのは中村武羅夫、加藤武雄、三上於菟吉の三人で、そろって当代きっての流行作家だった。『長編三人全集』は第一次一二巻で終わる予定だったが、刊行が始まると人気が高く、全二八巻になった。

ここでは加藤武雄について書くつもりだが、三人のプロフィールをかんたんに紹介しておこう。中村武羅夫（一八八六〜一九四九）は新潮社の辣腕編集者としてならした。中村は編集者であったとともに、創作の筆も執り、ある時期から押しも押されもしない流行作家になった。いまでも編集者からスタートして作家になる人は多いが、中村も加藤武雄もそういう道を進んだ人であった。プロレタリア文学運動が台頭したとき、中村が「誰だ？　花園を荒らす者は！」という攻撃的な評論を書いたことは有名である。辣腕編集者として腕をふるったところから、自然に文壇のオルガナイザー的な立場を占めたので、一九四二年五月に日本文学報国会が結成されたとき、中村武羅夫は久米正雄とともに常任理事になって、会長の徳富蘇峰を補佐する立場についた。中村は編集者時代から数多くの文学者と強力なコネを持っていた。戦争協力の旗をふった文壇の司令塔であった。

三上於菟吉（一八九一～一九四四）は最盛期に同時に何本も連載を持つなど、きわめて旺盛な創作力をあらわし、「日本のバルザック」と呼ばれたこともあった。中村と加藤は通俗小説の書き手だったが、三上は時代小説を得意とし通俗小説も手がけた。『雪之丞変化』が有名である。劇作家で一一歳年上の長谷川時雨《しぐれ》と所帯を持ち、長谷川時雨が雑誌『女人芸術』を刊行するのを経済的に支えた。しかし三上於菟吉の放蕩は、ずいぶん時雨を困らせたらしい。

2　加藤武雄と『トルストイ研究』

さて加藤武雄（一八八八～一九五六）は小学校教員から作家になった。一五歳で補助教員になったのだが、少年時代から投稿誌によく投稿していてその世界では知られた存在だった。やがて中村武羅夫に誘われて新潮社で仕事をするようになる。そして編集者から作家へと中村と同じ道を進んだ。加藤も中村と同様、もともと純文学指向だったが、『婦人之友』に『久遠の像』（一九二二～二三年）を連載して以来、大衆小説を書くようになる。

加藤武雄はトルストイに心酔し、一時、編集者として『トルストイ研究』という月刊誌を出していた。『トルストイ研究』は二年ほどつづいた。一時は三〇〇〇部を出したこともあった。そのころのこの種の雑誌としては三〇〇〇部は驚異的な数字だった。トルストイは日本人に最も大きな影響を与えた作家で、明治中ごろにはその作品が日本語で読まれていた。その影響は文学ばかりでなく、思想、宗教、政治など広い範囲にわたった。

トルストイだけの影響というわけではもちろんないが、一九二〇年代には、人類愛と人類平等の思想が大きく広がった。そして階級、身分、性、人種、障がいなどなど、偏見と差別を伴うあらゆる分野で運動が起こった。たとえば新婦人協会が始まったのは一九一九年、日本労働総同盟が結成されたのは一九二一年、全国水平社が結成されたのは一九二二年のことであった。一九二〇年には賀川豊彦の自伝的小説『死線を越えて』が大ベストセラーになった。ちなみに賀川は職業作家ではない。キリスト教徒であり、貧民街の聖者といわれた社会事業家である。労働運動、農民運動、生活協同組合運動に大きな足跡を残した。

次節で紹介する竹田敏彦もそうだが、加藤武雄も平明な人類愛をうたう通俗小説を書いて、人びとを惹きつけた。通俗小説は読者が多かったし、もともと新聞小説には社会問題をやさしく解説する啓発の役割があって、たとえば民法が施行されると家長の権限についての記述を盛り込んだりしたのであったから、通俗小説が人びとの意識を動かす大きな力のひとつだったことは間違いない。もちろん通俗小説が一方的に人びとの意識を動かすのではない。そのときの主流の道徳意識から離れてしまったら、通俗小説はとたんに読者の支持を失う。読者と作家の間に共有されている漠然とした道徳意識があって、通俗小説はその道徳意識が許す範囲の中で、読者に働きかけるのである。

3　『珠を抛つ』に登場する有島武郎似の華族

一九二四年に『東京朝日新聞』に連載された『珠《たま》を抛《なげう》つ』のテーマは純愛である。作中、結婚をあせる兄に、妹が「本当に愛してゐない以上、結婚はそれ自身一つの罪悪ですわ」と語ることばに、『珠を拋つ』のテーマは象徴されている。そして貧富の格差が舞台背景をなしていて、作中には、夢を追って上京し清く貧しく生きる兄妹や、富裕階級に生まれたことを引け目に感じている若い華族や、彼に生活の世話を受ける若い女性や、富豪の庶子に生まれ家を飛び出した貧乏画家などなどが登場する。

「大河内の若様」である大河内春樹は、大河内正樹男爵の長男である。亡くなった正樹は殖産興業に貢献した実業家で国家主義者だったが、その子の春樹はトルストイアンである。春樹は愛のためなら爵位も財産も捨てるという。北海道にある農場は手放すつもりだというのだから、実在した白樺派の作家・有島武郎を思わせる。有島武郎が「宣言一つ」を書いて有島農場を解放したのが一九二二年であった。波多野秋子と心中死したのは、『珠を拋つ』が連載された前年の一九二三年のことであったから、有島を髣髴させる人物を登場させたのには、読者の好奇心に投じる意図があったことは間違いない。加藤は大河内春樹をうわべだけ人類愛をふりかざすうさんくさい人物として描いている。有島武郎が人妻と心中したことには批判の声があがったから、加藤武雄はそのあたりのことも意識していたに違いない。作中の登場人物に大河内を批判して次のようにいわせている。

「あの大河内つて男を、立派な男だと思つてゐるなら、それは相馬さん！　あなたの誤解です。なるほど、あの男は慈善家で、人道主義者で、その上社会主義面までしてゐる男です。けれども、あの男の慈善は道楽以上のものぢゃないんです。あの男の人道主義は、享楽主義の変形なんです。而してあの男の社会主義は、一種のスポーツ見たいなものなんです！　あの男は、外の奴等が、舞踏をしたり、銃猟をしたりする代りに、慈善をやつたり、懺悔をしたり、社会主義の論文を書いたりするんです」（『現代長編小説全集7　加藤武雄篇』新潮社、一九二八年、二五二〜二五三ページ）。

「本当に愛してゐない以上、結婚はそれ自身一つの罪悪ですわ」ということばは、妹の弥生子が春樹にいったことばである。春樹は関係を持ってしまった少女と結婚するというのだが、少女には別に思う人がいる、春樹の言動にも本当に少女を愛しているかどうかあやしいところが見える。そこで弥生子は春樹に向かっていったのである。

大河内春樹は必ずしも好意的に描かれているわけではないが、加藤武雄が貧富の格差に心を痛めていなかったのではない。その逆である。階級格差という現実の中で純愛と人類愛を描き出すこと、それが『珠を抛つ』のテーマであった。

物語の舞台は岩木山を望む津軽地方のまち弘前から始まる。東京の明星女学館を卒業した川路静枝は東京へ戻りたい。恋人の相馬直亮にいっしょに上京しようと持ちかけるが、直亮は煮え切らない。静枝は姉夫婦の家に住んでいるが、義兄が縁談を持ち込んできた。結婚するように急がせている。だから静枝は一刻も早く家を出たい。一方、直亮には妹・貞子と伯母がいる。六五歳の伯母は数年前に失明しており、たくわえはあるものの一七歳の妹に世話をまかせて上京するのは忍びないのである。

静枝と直亮は示し合わせて上京する約束をしたが、その日直亮は列車に乗ってこなかった。単独で東京行きを決行した静枝は、たまたま美青年と乗り合わせた。青年はプルードンの『財産論』の英訳を読んでいたが、静枝に気を取られて読書に集中していないようだった。青年は静枝が卒業した学校の同級生の兄で、北海道を訪れた帰途だった。この青年が有島武郎、じゃなくて大河内春樹である。

直亮が約束を違えたのは妹の貞子がその日肺炎になり看病のため動くに動けなかったからだった。だが、そのために愛し合うふたりは、これ以後すれ違いを繰り返すことになる。そしてお互いに愛する人の面影を心に抱いて生きることになる。

半年後、ようやく直亮と貞子は上京する。直亮は図画教師だったので、東京では映画の看板を描く仕事についた。貞子は呉服店勤めを始めた。直亮は貞子が「職業婦人の群に入る事を勿論よろこびはしなかった」。貞子は伯母の世話をするために女学校を三年でやめていたから、直亮はできれば貞子を学校に入れたいと思っていた。

ある日、まちで、貞子はついに静枝を見かけた。だが、静枝と直亮は会えない。直亮は看板書きのかたわら画展に出す作品を描いていたのだが、直亮は画展にふたつの作品を出展した。ひとつは岩木山を描いた「山」である。もうひとつは「娘」で、それは静枝を描いたものだった。精魂込めて書き上げた直亮は、湿性の肋膜炎にかかってしまい、入院を余儀なくされる。入院費用が払えなくなって窮したときに、「娘」の絵を高値で買ってくれた謎の女がいた。おかげで直亮は助かる。

貞子には柳太という貧しい青年が思いを寄せていた。貞子も好意を持っていた。ところが焦る柳太は強引に貞子と交わりをとげ、そのため貞子は妊娠する。一方、春樹も貞子に恋していた。春樹は貞子に結婚を申し込み、生まれてくる子は自分の子として育てるとまでいうが、貞子は懊悩する。そこへ静枝がやって来て貞子に柳太のもとへ行けという。大河内の邸宅を出ると待っていた車には柳太が乗っていた。そして車は直亮の住む家に向かう。静枝と直亮は三年ぶりに再会するが、その場で静枝は喀血する。二ヶ月後静枝は直亮らに看取られて息を引き取った。絵を買ってくれた謎の女は静枝だった。

以上が『珠を抛つ』のあらすじである。

4　『呼子鳥』――身分違いの愛

もうひとつ加藤武雄の小説を紹介してみよう。

『呼子鳥《よぶこどり》』は一九三六年一月から三七年一二月まで『キング』に連載された。『キング』は大日本雄辯會講談社（現・講談社）が一九二四年に創刊した大衆娯楽雑誌である。日本雑誌史上、はじめて発行部数一〇〇万部を突破したというお化け雑誌だった。『呼子鳥』が連載されたのはどういう時代だったかというと、連載が始まった三六年二月には陸軍の青年将校が蹶起したクーデタ未遂事件が起こった。二・二六事件である。翌三七年七月七日には盧溝橋事件が勃発、日本はただちに地上軍を派遣し日中全面戦争が始まった。日本軍はその年の一二月に南京を占領したが、これはあたかも『呼子鳥』の連載が終わった月だった。このように見るとわかるように、『呼子鳥』が連載されたのは軍靴の跫音がいよいよ高く響くようになり、言論がいっきょに窮屈になった時代であった。

『呼子鳥』はどんな物語かというと、菊池幽芳の『己が罪』と柳川春葉の『生さぬ仲』をごっちゃにしたような、すれ違いとお涙頂戴のストーリーである。

ヒロインの成瀬志保子には愛する人がいた。志保子ははぶりのいい実業家の娘であるが、相手の須永省三はかつて成瀬家につかえていた使用人の息子である。志保子と省三は小さいときから仲が良かった。しかし身分違いの愛に、志保子の両親はけんもほろろで、ふたりの結婚を許さない。志保子の愛はつのる一方だが、その弱みにつけ込んだ従兄弟の松村鴻吉に欺かれて手込めにされ身ごもってしまう。当時は人工妊娠中絶はおろか、避妊さえ非合法とされていた時代だった。そこで志保子は子をひそかに産むが、生まれた子はそのまま他人に預けられる。そして志保子には生まれた子どもは死んだことにされた。ここは三五年以上も前に描かれた家庭小説の名作『己が罪』にそっくりである。

志保子を手込めにした鴻吉だが、鴻吉は志保子の伯父の息子である。この伯父は道楽者で財産を蕩尽したあげく死んでしまった。そのため鴻吉は成瀬家で養われていた。鴻吉は左翼くずれで財産家にいわれのない反感を抱いていた。やがて鴻吉は成瀬家を追い出され悪の道に落ちていく。社会主義者の扱いを『珠を抛つ』とくらべてみると、時代の変化がよく伝わってくる。一九三〇年代後半には、社会主義に対する弾圧が激しくなっていた。一九二四年に書かれた『珠を抛つ』では、社会主義は華族の青年の心をつかんでいたのに、『呼子鳥』では、ひねくれた貧乏青年の反社会的心情をあおりたてる思想になってしまっているわけである。

さて、志保子は強姦されたことをだれにも打ち明けていない。そのため成瀬家の人びとは、みな、生まれた子は省三の子だと勘違いしている。そして、子どもは捨吉と名づけられてひそかに里子に出された。一方、志保子は、外交官である七尾鐐之助男爵の後妻に入る。さらに省三はというと、小学校教師である省三は、同僚の小倉幸子と結婚する。

捨吉は偶然、省三の母親が引き取って育てることになるのだが、愛情込めて育てているのに、なぜかなつかない。本当のお母さんでないことが本能的にわかっているのである。このへんが『呼子鳥』というタイトルが暗示しているところである。柳川春葉の『生さぬ仲』では、子どもを置いて逐電した母親が、外国で成功したあと子どもを取り返すために戻ってくる。しかし子どもはなつかず、育ての親を慕いつづける。そのため本当の母親は自分の間違いに気づくという筋立てだった。ところが『呼子鳥』では、あべこべに、子どもは本当の母親を本能的に慕いつづけるのである。

捨吉は本当の母に会いたいと家出する。零落した鴻吉は、その捨吉を餌に七尾男爵家を強請ろうとする。志保子の父親は、捨吉が省三の子だと信じているので、鴻吉に大金を与えて口封じする。そして捨吉を取り返してかつての部下のもとにあずける。しかし捨吉はお母さんに会いたいと、そこも飛び出してしまう。

実の母親でない親に育てられている子が、どんなに愛情深く育てられても、しかも事実も知らされていないのに、いまのお母さんは本当のお母さんではないと敏感に感じとり、本当のお母さんに会いたいと切望するのだから、あり得ない話である。本当のお母さんに会いたい一心で、年端もいかない子どもが家出してしまうとか、ふりかえればすぐそこにいるのに、気がつかずにすれ違ってしまうとか、読者はまさかそんなと思いながらも、はらはらどきどきするわけである。

これ以上、あらすじを詳細に紹介してもしかたがないだろう。要するにわたしがいいたいのは、『呼子鳥』では、独身時代の恋愛が無条件で肯定されているということである。志保子と省三はそれぞれ別の相手と結婚するが、同じ価値観を持つ者どうしとしてお互いに信頼の気持ちを持ちつづけるのである。『魔風恋風』や『己が罪』では独身時代の恋愛は軽はずみなあやまちだった。そのあやまちのために、ヒロインたちは孤立し、そのはてに病死したり、さんざん罪の意識に苦しんだりしたのである。しかし三〇年後に書かれた『呼子鳥』では、独身時代の愛が肯定されている。もう恋愛は、一時の気の迷いでも、軽はずみなあやまちでもない。結ばれても結ばれなくても、愛は生涯ふたりの心をあたためつづけるものなのである。

もうひとつ印象的なのは、軍靴の響きが聞こえないことである。一九二〇年代の『珠を抛つ』では、有島武郎の心中事件や関東大震災やといったできごとが小説に書き込まれている。ところが一九三〇年代後半に書かれたのだから、『呼子鳥』には戦争が書かれてもいいはずなのに、戦争のことは何も書かれていないのである。

5　小島政二郎の『人妻椿』――有能で無私の夫と貞淑な妻という組み合わせ

『呼子鳥』が連載されていたのと同じ時期、小島政二郎《まさじろう》（一八九四～一九九四）が『人妻椿』を『主婦之友』に連載中だった（一九三五～三七年）。『人妻椿』は連載中から非常な反響を呼び、連載終了を待たず一九三六年に松竹で映画化された。基本的なストーリーは『生さぬ仲』や『渦巻』と同様で、美しく貞淑なヒロインがさんざんひどい目にあわされながらも夫を信じつづけ、ひたむきな愛に生きるという物語である。どんなに追い詰められても貞操だけは守るというのが、重要なテーマになっている。もちろん登場人物は善玉と悪玉にはっきり分かれていて、このうえなくわかりやすい。そういうところをふくめて、『生さぬ仲』や『渦巻』と同じである。三〇年代の通俗小説としては古いタイプの物語である。

しかし大きな違いがある。『生さぬ仲』や『渦巻』に登場する夫たちと違い、矢野昭は非常に有能なビジネスマンであった。昭は孤児であったが、実業家に拾われて育った。無私の心を持ち、主家に対する忠誠心が強く、自己犠牲を厭わない。昭は誤って人を殺したあるじの身代わりになって外国に逃げる。男は夫だから女に愛されるのではなく、すぐれた能力と美しい人格を持つから愛されるのである。

留守を守る美貌の妻・嘉子には恐ろしい危険がこれでもかこれでもかと襲いかかる。レイプされそうになったり、監禁されたり、さらに嘉子には数々の誘惑の手が伸びてくる。が、どんなに窮乏しても、暮らしのために操を捨てようとはしない。すれ違いやら誤解やらでヒロインはどんどん追い詰められていき、ついには精神に異常を来すほどひどいめにあう。しかし最後には救いの手が伸びてきて大団円を迎える。

有能で、無私の心を持つ男と、貞淑で、他者に対して害意を持たない女。この組み合わせは、戦前の日本人が大好きな組み合わせだった。『生さぬ仲』や『渦巻』では、夫が相当にひどい男だったが、ヒロインは妻だという理由でひたすら夫につくす。そして夫もその愛によって変わるのである。しかし、一九三〇年代になると、妻だというだけの理由で夫に貞節をつくす物語は、もう読者に見向きもされなくなっていた。小島政二郎は一九三二年に、『東京朝日新聞』に『海燕』を連載したが、これは夫が博打にのめり込んでいるので生活のため仕事を求める妻と、妻の浪費癖に悩む男とが惹かれ合う物語で、最後にふたりは結婚に至る。発表当時、人妻の恋愛を扱ったことで問題になったものであった。愛されるにふさわしい男女の間に愛が芽生えたら、それは祝福するべきだ、と読者は考えるようになっていた。そういう人びとに対して、だったらたとえ不倫の関係であっても、許されるべきではないか、と小島政二郎は問いかけたのである。

有能で無私の夫と貞淑な妻という組み合わせは、実をいうと時代小説に出てくる組み合わせである。ただし時代小説はホモソーシャルな世界である。男が主人公であり、彼は主家のために命をなげうって刀を抜くのである。妻はひたすら夫に従うばかりである。佐藤忠男が喝破したように、妻のために刀を抜くなどという主人公は、長谷川伸の股旅ものが登場するまで存在しなかったが、股旅ものは任侠の世界である。まともな武士で妻や子のためにたたかう主人公が登場するのは、戦後の藤沢周平の時代小説くらいである。

『人妻椿』も、時代小説と同じ構造になっている。有能な夫は、妻子を顧みず、ひたすら恩義ある主家のためにつくすのだ。ただし物語の主人公は夫ではなく、貞淑な妻のほうになっている。時代小説と違うのはそこである。というわけで『人妻椿』は、時代小説で描かれる夫と妻の関係を維持したまま舞台を現代に置き換え、そのうえで妻に焦点を合わせて物語をこしらえたのである。

『人妻椿』とくらべると、加藤武雄の小説には、並外れた英雄は登場しない。主家のために身を粉にしてつくすといった忠臣タイプの男も登場しないし、人並みはずれた能力をもつ英雄タイプの男も登場しない。みんなつましく市井に生きるふつうの人である、というか登場人物の中で、最後にしあわせになるのはそういう人たちなのである。

第３節　竹田敏彦が描いた女性たち

1　『燃ゆる星座』――実録小説から出発した竹田敏彦

竹田敏彦（一八九一～一九六二）をご存じだろうか。いまでは忘れられた存在になってしまった。戦前の最も才能豊かな小説家のひとりといったら、だれも本気にしないかもしれない。しかし竹田敏彦がすぐれた書き手だったことは、いくつも証言がある。

竹田敏彦は新興芸術派の旗手だった龍胆寺雄《りゅうたんじゆう》のように文壇から追放されるようにして忘れられたわけでもないし、「カチューシャの唄」を作詞した相馬御風《ぎょふう》のようにある日突然、中央文壇から去ったわけでもない。それどころか、竹田敏彦は実によく新聞雑誌に起用された。文才を認められ重宝がられた。『新聞小説史』四巻の著者、高木健夫は、新聞小説の最もすぐれた書き手は竹田敏彦だったといっているくらいである。そして忘れ去られた。

実際、竹田敏彦の小説は読みやすいし、おもしろい。ストーリー展開はワクワクドキドキさせるし、しんみりさせるし、泣かせる。評論家の十返肇は、日本人の泣き所をいちばんよくつかんでいると評したものだった。

それなのに、あまり尊敬されなかった。どうしてかというと、竹田は実録小説というジャンルでデビューした作家だったからである。実録小説とは、実際に起こった事件に取材してフィクションを組み立てる小説だった。いまのノンフィクションに近い分野で、いまなら高く評価されるが、当時は実録小説といって、実録ものはきわもの扱いされ評価が低かったのである。

竹田敏彦の最初の新聞小説は、一九三〇年に『大阪時事新報』に連載された『燃ゆる星座』だった。『燃ゆる星座』は女優の松井須磨子をモデルにした実録小説である。竹田は一八九一年香川県生まれで、早稲田大学英文科を中退、新聞記者になった。一九二四年、三三歳のときに新聞社を辞めて、沢田正二郎の新国劇の文芸部長になった。沢田正二郎はもともと島村抱月、松井須磨子の芸術座にいたのだから、おそらく竹田はかねて沢田から須磨子をめぐるエピソードをたくさん聞き込んでいただろう。

『燃ゆる星座』はたしかにおもしろい小説で、純然たるフィクションだと思って読めば名作というべきである。ところが、モデルがいると思うと途端に印象が変わる。本当なのか、と疑わされるできごとが次つぎと飛び出してくるのだ。ヒロインの奈美子（つまりモデルは松井須磨子）が、デビュー前にいっしょだった夫にグラスを投げつけて怪我させたくらいはまだしもである。松井須磨子は激しい性格で、若いときいっしょに暮らした夫とはとっくみあいの夫婦げんかをしたというエピソードはよく知られている。

億川純子という美貌の女性が登場する。彼女は彗星のように演劇界にあらわれて話題をさらうのであるが、純子にもモデルと推定できる実在の人物がいる。それは近代劇協会の衣川孔雀である。近代劇協会は、島村抱月らの芸術座を退会した上山草人・山川浦路夫妻が、一九一二年に結成した劇団で、有楽座でのイプセン『ヘッダ・ガブラー』が旗揚げ公演だった。衣川孔雀は第二回公演のゲーテ『ファウスト』でグレートヘンの大役を演じ、須磨子に並ぶ女優の素質があると絶賛された。

『燃ゆる星座』では、上山草人は大森行平という人物になっていて、妻とともにちいさな化粧品店を営みつつ仲間と現代劇協会を結成し、有楽座で第一回公演をおこなうという筋書きになっている。演し物は『ヘッダ・ガブレル』ということになっているのだが、このあたりは、いま述べた史実通りである。『燃ゆる星座』では、上山草人が大森行平に、近代劇協会が現代劇協会になっているだけであり、実際にも上山草人は化粧品を開発販売していたのである。ちなみにのちに上山草人はアメリカに渡って有名になり、ハリウッドの怪優といわれた。

というわけで、はっきりモデルと名指しできる人物が何人も登場するのだが、その人たちが作中で眉をひそめたくなるような行動をするのである。そういう行動の中にも、詳しくは書かないが、須磨子や上山草人の著書に出てくる事実もあり、どこからどこまでが事実でどこからどこまでがフィクションだかわからなくなる。いまなら間違いなく名誉毀損の問題が持ち上がるだろうが、当時はそれがまかり通った。実録小説の実録小説たるゆえんなのである。竹田敏彦はそういう小説の書き手として登場したので、のちのちまで軽く見られた。

2 母もののヒロイン三島暁子――『子は誰のもの』

竹田敏彦は女性を描かせたら天下一品だった。母ものが得意だったたし、読者を思いきり泣かせた。ウソだと思ったら、読んでみていただきたい。といってもなかなか手に入らないが、みなさんがお読みになるとしたら一九七二年に講談社から出た『大衆文学大系』第二〇巻が比較的手ごろだろうか。『子は誰のもの』と『検事の妹』が収録されている。

多くの竹田敏彦の小説の主人公は女性である。働いていて、清く正しく貧しい生き方をつらぬいている。つまり、竹田はつましく生きている女性に照明を当てたのである。

一九三〇年代中ごろになると、通俗小説は職場の様子やビジネスの現場を具体的に描くようになる。明治の家庭小説ではしばしば民法についての記述が見られたが、つまり新しくできた民法の内容を紹介することによって家長権の強大さを説明するといった啓蒙的な意図が見られたのであるが、会社の様子などが具体的に描かれたことはなかった。ところが三〇年代中ごろになると、店の売り子や学校の教員の職場での行動が描かれるようになる。竹田敏彦が得意としたのは法廷場面だった。

一九三六年から三七年にかけて雑誌『主婦之友』に連載された『子は誰のもの』は、主人公の三島暁子が勤務する小学校の職員会議の場面から始まっている。

職員会議のおもな議題はクラス担任を決めることだった。この学校では成績のよい子が多く、中等学校への進学率も他校を圧していたが、今春進学率が急に下がったので、その対策として高学年のクラスは男子のクラスも女子のクラスも男性教諭が受け持つことになった。理由は、女性教師は男性教師にくらべ指導力が劣るからというわけである。ちなみに、そのころの小学校ではクラス編成は男女別になっていた。

するとひとりの女性教員が、女性教師には指導力がないという考えに異議をとなえる。校長は、それに応じて、いや女性にはお産だとか身体の異状（月経）だとか家庭の主婦としての仕事だとかがあって、どうしても教育に専念できない傾向がある。それは毎度父兄会（いまの保護者会のこと）で問題になっていると語る。校長の発言に同調する教員もあらわれて、しばし議論になる。

次の議題は、最近男女の教員の醜聞が新聞に報じられたのが原因で、東京市が交際禁止令・結婚禁止令に近い規則を公表したことであった。これは教員の人格を踏みにじる暴挙ではないかとして論議の的になっていたのであるが、校長はとにかく教員の男女交際は慎しむようにと告げて職員会議は終わる。

こういう場面が小説に描かれるようになったのは女性の職業進出が進んだからであるのはもちろんだが、同時に、著者が女性の職業進出を肯定的にとらえているからである。職員会議で男女平等をとなえる女性教師を、主人公の暁子は頼もしく見つめる。その暁子を竹田の筆はあたたかく描いている。

さて、というわけで一年生の担当になった暁子だが、新しいクラスに暁子の姉の子の一男が入学してきた。かつて姉の康子には恋仲になった男がいたが、それを知った両親は激怒してふたりの間を引き裂いてしまった。そして康子は父の命令で素封家の長男である松浦喬彦に嫁がされる。七年前のことだった。こうして生まれたのが一男だった。喬彦は一男が生まれたころから放蕩するようになり、そのうえ姑の態度もますます過酷になる。たまらなくなった康子は一男を置いて実家に帰るが、昔気質の父親は康子を家に入れない。絶望した康子はいずこともなく姿を消してしまう。それ以来、康子の消息はとだえてしまう。その康子の恋人だった秋葉俊二は小学校教員として、はからずも暁子の同僚になっている。一方、喬彦は新しい妻をもらう。

3　恋愛や結婚について世代間の対立が登場

暁子は一男の担任になった。しかし義母に愛されずに育ったためか一男は暗い子で教室に馴染まなかった。しかも、一男には盗癖があった。暁子は何とかして一男の盗癖を直そうとする。原因は愛情に恵まれていないことだと考えた暁子は、俊二とも相談して一男を愛の手によって導いていこうとする。

一男はあるとき偶然のことから、いまの母親は自分の本当の母親ではないことを知り、本当のお母さんに会いたいと願う。産みの親の康子も息子を一目見たい気持ちは同じである。ひそかに一男の様子をのぞき見ていたが、あるとき康子は一男と偶然対面する。もちろん名乗ることはできない。しかし一男は康子が産みの母であることを敏感に感じ取ってしまう。

母ものは通俗文学のお得意の筋立てだったが、この時期の母ものの特徴は、物心つかないころに別れた母であっても、子どもは再会した母の愛を本能的に感じ取り、けなげに慕いつづけることである。こういう筋立ては竹田敏彦に限らず、加藤武雄の『呼子鳥』なども、まさしくこのパターンであった。『呼子鳥』のストーリーはすれ違いあり思い込みの誤解ありで、突っ込みどころ満載なのだが、義母に育てられている子が、実の母に会いたいと切望することが主題になっている。

『呼子鳥』や『子は誰のもの』のような母ものは、一九一〇年代の柳川春葉『生さぬ仲』以来、日本の通俗小説の当たりものであった。いまあげた三作とも、善玉と悪玉をはっきり描き分けて、まことにわかりやすい。ただし一九三〇年代の『呼子鳥』や『子は誰のもの』と一九一〇年代の『生さぬ仲』や『渦巻』とでは、重要な点で違いがある。いちばんめざましい違いは、妻という地位が支持されるのではなく、愛情そのものが支持されることである。『生さぬ仲』のヒロインは、妻だからという理由で、どこまでも夫につかえた。しかし『呼子鳥』の康子が思いを寄せるのは、前夫ではなく、別れさせられたかつての恋人なのである。

世代間の対立は一九二〇年代から非常にはっきりあらわれるのであるが、『子は誰のもの』も例外ではない。年上の世代は古い考え方の持ち主である。たとえば暁子の父親は「嫁いだ女に帰る実家はない」という封建思想の持ち主である。暁子の母親もかつて康子が俊二と恋仲だったことをとんでもないことだと思っている。結婚前の男女の自由な恋愛など絶対に許されない。それなのに結婚前の大事な娘を誘惑した悪い男だと、いつまでも俊二を毛嫌いしているのである。これに対して若い世代は愛情に忠実に生きようとする。

また女性の生き方もずいぶん違う。女性の生き方はずっと能動的になっているし、何より『生さぬ仲』や『渦巻』のヒロインと違って、『子は誰のもの』に登場する女性たちは、みな働いている。暁子は小学校の先生であるし、婚家を追い出されて帰るところがなくなった康子は派出婦になる。そしてかつての家庭小説では、まったく描かれることのなかった職場の様子が、冒頭の職員会議の模様のようにアクチュアリティをもって克明に描かれるのである。

物語の結末が気になる方もいらっしゃるだろう。結局最後は、康子は婚家に戻り、大人たちの愛情で一男は盗癖がなくなる。暁子と俊二は婚約する。めでたしめでたしというわけである。あれ？　もともと俊二が思う相手は康子だったはずでは？　という一大疑問があるが、この際、そういう突っ込みは入れないことにしよう。

4　清く正しく美しく——お家騒動のヒロイン鳥羽静子『時代の霧』

一九三七年、『読売新聞』に連載された『時代の霧』は、まるで江戸川乱歩の小説みたいな書き出しで始まる。銀座のデパートの屋上から望遠鏡でまち行く人を観察する保険の勧誘員。いつも決まった時間に望遠鏡に映る美女がいて、その美女に会おうとまちを探すと、意外なことに彼女は彼を待ち伏せしていて、ビルの一室にいざなう。そこにはオンブル連盟なる奇怪なグループの男女がいて遊びに興じている。女は春実という。……物語は探偵小説のような調子で幕を開ける。

あたたかい思いやりや節度ある謙遜を好んで描いた竹田敏彦らしからぬ運びだ、新境地を開拓しようとしているのかと思って読んでいくと、物語は父親を自殺に追い込んだ実業家に対する姉弟の復讐劇の様相を呈し始める。『時代の霧』は、明治以来、これも通俗小説の一大主題となったお家騒動ものなのである。

大正レーヨン社長の駒井慎蔵は、かつて貿易会社の専務取締役だった岩城捨吉を自殺に追い込んだ過去がある。そのころ経営に行き詰まった慎蔵は、自分が目をかけて育てた捨吉に、大量の人絹を買ってほしいと懇請する。捨吉は大恩ある慎蔵の頼みを聞き入れたが、商品は納入されなかった。大正レーヨンは危機を脱するが、そのかわり捨吉の会社は倒産し、責任を感じた捨吉は自殺した。いまわの際に捨吉は慎蔵に、どうか子どもの面倒は見てほしいと懇願する。その頼みにより慎蔵は捨吉の娘・欣子を後妻に迎える。しかし欣子にとってみれば、慎蔵は父を死に追いやった仇敵なのである。欣子は弟の己三雄とともに、虎視眈々と復讐の機会をねらっている。

冒頭に登場するなぞの女・春実は、慎蔵と前妻との間に生まれた娘である。春実には松山夏彦という一〇歳年上の恋人があったが、ふたりは別れなければならなかった。それ以来、春実は自暴自棄になり無軌道な遊びにふけるようになった。明星女学院に在学中、春実はテニス部に所属していた。そのコーチが名選手とうたわれた松山だった。松山は事業家の息子で、昭和綿糸の重役をしている。

冒頭に出てくる保険の勧誘員は風間淳三といって、貧しい勤労青年である。淳三には鳥羽静子という婚約者がいる。静子は貴金属店の売り子をしていて、やはり貧しい暮らしをしている。この貧しい若者のカップルと有産階級のお家騒動とが絡まり合って物語は進行する。ある日慎蔵は脳溢血の発作を起こして倒れる。そうしてそれから遺産相続をめぐる春実たちと欣子たちの食うか食われるかの暗闘が始まる。淳三と静子はその争いにのっぴきならないかたちで巻き込まれる。

登場人物の中で、女性読者がいちばん感情移入しやすいように造型されているのは鳥羽静子である。静子は母親と弟の三人で暮らしている。いまは自分の稼ぎと貸間の間代で何とかやりくりしている。静子は、控えめに、寡欲に、自力で生きていくのが良いと考えている。清く正しく美しい。そんな生き方の女性である。弟の光治がゴルフ場のアルバイトで多額のチップをもらってくると、働きをこえた報酬は受け取るべきではないと、返させるような潔癖な考えの持ち主である。弟の教育について、「なまじい学校を出たために、就職に困つたり、考へ違ひを起こしたるする方が大変多いやうにも承りますので、それより誰方か、しつかりしたお方のお手許で、御指導を願ひながら、お仕事を教へていたゞく方が、却てあの子の幸せではないかと、そんな気持ちも致しますのでございますが」と語る。社会に対して反抗的な人間になったら困ると心配するような、その点では保守的な女性である。

静子は、たまたま手にした『ヘレン・ケラー伝』を読んで、深く感動する。ちなみに、視覚と聴覚の二重の障がいを持つヘレン・ケラーは生涯に三度来日している。初来日は、一九三七年、岩橋武雄の懇請に応えての来日だった。岩橋は早稲田大学在学中に失明し、障がい者の福祉のために一生をささげた人物である。ヘレン・ケラーが初来日したのは、ちょうど『時代の霧』が『読売新聞』に連載されている最中のことであったから、竹田はわざとヘレン・ケラーのことを書いたのであろう。一種の読者サービスである。こういう読者サービスは明治の新聞小説にはよく見られたことである。前日の一面のニュース欄に報じられたできごとが、さっそく次の日の小説に出てくるといった小技が使われたのである。そのほかに、小説の終わりに読者の投稿に答える欄を設けたりもした。さすがに一九二〇年代になるとそういうことは少なくなるが、一九〇〇年ごろには小説は読者獲得の重要なコンテンツだったから、新聞は読者サービスに気をつかったのである。

5　竹田敏彦の小説が物語っているもの

お家騒動には家族法がつきもので、これは竹田敏彦のお手の物だった。お家乗っ取りをたくらむ欣子側には悪徳弁護士の松宮がついている。松宮は、慎蔵が病床に伏しているうちに実印を偽造して己三雄を慎蔵の養子にしてしまったらどうかと、そそのかす。そして養子の届けをしたあと、春実に慎蔵の意思だとして己三雄との結婚を迫る。拒絶する春実に、松宮は家長の権限をふりかざして、「万一御異存がございましても、万事お父様の御意志ですから、お子様として服従なさるのが、当然の道ではないかと思ひます」と迫る。怒った春実がその場を去ろうとすると、松宮はさらに追い打ちをかける。「どの道己三雄君は当家の戸主となる人ですよ。その己三雄君に逆らふことは、やがて家族としての権利を放棄することになりますよ。早く言へば、当家の家族として、養ってもらへなくなる」と脅す。「他人に家を奪はれて、一人娘が追ひ出される――それが我が国の法律だらうか?」と春実は嘆く。

物語は後半に入ると、だんだん法廷闘争の様相を帯びてくる。春実の側には慎蔵の古い親友である笹本弁護士がつく。法廷では養子届けが偽造かどうかが焦点になってくる。静子や春実たちの旗色は悪く、だんだん窮地に追い詰められていく。お約束の展開である。境遇のまったく違う静子と春実だが、ふたりとも自分の力で生きる苦労を味わう。春実は実家を飛び出してひとり暮らしを始めるし、静子は勤め先の店から馘首される。そして春実は静子の家に間借りすることになり、ふたりは仲良く靴下工場で女工として働き始める。富豪の娘である春実も、靴下工場で働くことを少しも厭わない。価値観は旧式なところがあるが、生き方は新しい。経済的自立を求める生き方なのである。

物語はこのあたりから大団円に向かって急展開する。正義の味方があらわれてヒロインに救いの手を差しのべるのもお約束のコースだが、実は何と、口もきけないと思われていた慎蔵が意識もしっかりしており話すこともできるのだった。最後にそれが明らかになって悪者はすべて退治される。物語は急転直下、あっけなく結末を迎えるのである。

竹田敏彦のような通俗小説の書き手は、これまで文学史では無視されてきた。しかし純文学作家がもっぱら人間心理の内奥を覗き込むことに力を注いできたのに対して、通俗作家たちは、仕事の場や法律や女性の生き方や、といったことがらをないがしろにしなかった。通俗小説はその時代に生きた人びとの標準的な考え方をあらわしている。一九三〇年代には、家より愛を大切にし、働いて自立して生きようとする女性たちの姿が浮かび上がってくるようになる。その様子を竹田敏彦の小説は雄弁に物語っているのである。

実録ものからものを書く仕事に入ったので、竹田敏彦はのちのちまで軽く見られたと最初に書いた。しかし竹田の取材はたいへん綿密で、彼が書く実録小説は読み応えがあった。いまならばノンフィクション作家として尊敬されたであろう。一九三〇年代後半にはトップクラスの流行作家になった竹田だったが、若いころから長い間貧乏暮らしに苦労した。学生時代、按摩の仕事をして生活費を稼いだという。そういう経験があったからか、敗戦後、急に非行少女がふえたことに心を痛め、更生施設をつくらなければならないと考えた。そして思いを同じくする三原すえと力を合わせて郷里の香川県に「丸亀少女の家」をつくった(2)。

第4節　川口松太郎の『愛染かつら』

1　ヒロイン高石かつ枝の愛と仕事

新聞小説の書き手には劇作家が多い。新聞小説は長丁場だが、読者を引っ張っていくために毎回毎回小さな山場をつくることを求められる。それができるのは純文学作家ではなくて戯曲が書ける作家だというわけである。川口松太郎（一八九九～一九八五）は小説を書く一方で松田昌一の名で映画脚本も多作した。若いころはたいへん苦労した人で、悟道軒円玉の講述講談の筆記をしたり、演劇の脚本で懸賞に入選したり、映画関係のエピソードを書いたりしているうちに、雑誌に小説を連載するようになった。しかし評判が良かった割には新聞への登場は遅かった。一九三五年に第一回直木賞を受賞したが、その年に『恋愛三十年』を『報知新聞』に連載したのがはじめで、川口は翌年も同紙に『歌吉行燈』を書いている。

その川口松太郎の『愛染かつら』が『婦人倶楽部』一九三七年一月号から三八年五月号まで連載された。『愛染かつら』はその年のうちに松竹によって映画化され、たちまち人びとを夢中にさせた。全女性の紅涙を絞った。新聞ではなく雑誌に連載された小説であるが、通俗小説を論じるにはどうしても取り上げなければならない作品である。

ヒロインの高石かつ枝は子持ちの未亡人である。敏子という七歳の娘がいる。赤ん坊がお腹にいるときに、夫は死んでしまった。そのことをかくして敏子を姉に預け、かつ枝は津村病院で看護師として働いている。津村病院の跡取り息子の浩三はかつ枝を愛する。あるときかつ枝をかつらの樹のもとに誘って、この樹にさわってほしい、愛し合うふたりが手を重ねてこの樹にさわると、必ず結ばれるというから、と語る。一方、かつ枝は苦悩する。隠し子がいることを知られたら愛想をつかされるのではないか。

かつ枝と浩三はお互いに惹かれているのだが、何しろ身分違いの恋である。しかもかつ枝は子連れの女である。周りはふたりが結ばれることを快く思わない人ばかりである。浩三の妹の竹子などは、かつ枝に対するさげすみの気持ちをあからさまにして、兄は看護婦風情と結婚するはずがないと、いってのけたものだった。浩三は浩三で親から結婚を急かされている。あまりしきりに縁談を持ってこられるので、たまりかねた浩三は思い人がいることを明らかにする。そして愛を成就するため、勘当されてもかまわないと、浩三は家を出て京都帝大の研究室に移ろうと決心する。かつ枝とともに京都へ移って、そこで医学の研究を兼ねて働こうと決心したのだ。ふたりは新橋駅で落ち合うことにしたが、なんとその期に及んで敏子が急病になる。結局、かつ枝は新橋駅に着くのが間に合わず、ふたりは離ればなれになってしまう。そのうえ偶然が働いたりして、ふたりはすれ違いを繰り返す。浩三は京都で仕事につくが、その胸にはかつ枝に対する疑念が広がっていく。浩三はかつ枝に子どもがあることを知らないのだ。一方、かつ枝は音楽の才能を認められ歌手としてデビューすることになる。有名詩人の詩につける曲を募集しているのに応募したら見事に当選したのである。しかも何と自分自身が歌うことになった。

歌手としてデビューしたかつ枝は順調に人気が出た。やがて歌舞伎座でコンサートがおこなわれることになった。そのことを新聞で知った津村病院の看護師たちは、みんなで応援に行くことにする。浩三もかつ枝に会いたくてたまらない。帝劇のコンサートに、看護師たちは白衣であらわれる。かつ枝の名が呼ばれると女たち二八人が惜しみない拍手を送る。かつ枝は四曲歌う。四曲目を歌うとき、かつ枝は自分も白衣に着替えて登場する。会場は割れるような拍手に包まれる。

楽屋でふたりはついに再会する。思えばすれ違いを繰り返し、誤解まで生じたふたりだった。話し合ううちにめでたく誤解も解けて、浩三はかつ枝に求婚する。するとかつ枝は応えていう。あなたに結婚を申し込まれて、こんなにうれしいことはない。天にも昇る心地だ。けれどもどうか結婚するのは待ってほしい。いまわたしが結婚すれば、わたしは津村家の御曹司にもらわれるだけだ。自分は仕事をつづけたい、そうして立派な職業人として津村家の人びとに敬意を持たれるようになってから、あなたと結婚したい、と応えるのである。どうかわたしが歌手として一人前になるまで、もう少し待ってほしい、と。

「……二年でも三年でも勉強して、第一流の人物になります。津村家のお父さんやお母さんが、喜んで私を迎へて下さるやうな、立派な芸術家になつて、御苦労をなさらなくとも、結婚の出来る立場を作るまで待つて下さいまし。今の私では、津村家よりはるかに下に居ります。私の地位が津村家と同じ水準に達するほどな芸術家となる日を待つてゐては下さいませんか」（川口松太郎『愛染かつら』大日本雄弁会講談社、一九三八年、三三一ページ）。

2　名せりふ――通俗小説の芸術性

名せりふである。女性が立派な社会的地位をつくれば、だれも結婚に文句をいえない。それは『小猫』で見たのと同じ結構である。『愛染かつら』では、そのことを女性の口から語らせる。純文学作家でこういうせりふを書けた人物がはたしていただろうか。

当時のことだから、女性は結婚したら当然のように家庭に入ることを求められるだろう。せっかく歌手として作曲家として能力をためす機会を与えられたのに、いま結婚したらみすみすそのチャンスを逃がすことになる。かつ枝は才能を認められたばかりである。経済的に自立した女性である。ここでは恋するヒロインは結婚して家庭に入るのではない。経済的にも社会的にも夫にひけをとらないようになりたいと願う。川口松太郎はそういう女性を創造したわけである。

川口松太郎は出世作になった『鶴八鶴次郎』などで、仕事に生きるかつ枝のようなタイプの女性を好んで描いた。芸に生きる鶴八にとって芸は彼女の人生と不可分に結びついている。『振袖御殿』の主人公、女浄瑠璃語りの小夜は、まだ一〇代の娘である。小夜はいまでいえば美少女戦士セーラームーンのような万能少女で、柳生十兵衛の弟子を御前試合できりきり舞いさせたりする。ときは二代将軍徳川秀忠の時代で、小夜は数奇な運命にもてあそばれながら立派に生き抜いていく。菊池寛とは違って、川口松太郎の考えでは、女性にとって仕事は結婚までの準備期間にだけつくものではないのである。

通俗小説の主題は単純明快でわかりやすくなければならない。芸術性とは、単刀直入、人の心をゆさぶることである。そのゆさぶりかたは一通りではない。通俗小説の読者は知的エリートではない。庶民が読者だからあまり難解な趣向をこらしてはならない。一方純文学の読者は知的に洗練された人びとである。そして作家たちも外国語で外国文学を読み、まるで学問と格闘するような姿勢で創作に取り組んだ。純文学の作家は一様に高学歴で、大衆小説や通俗小説の書き手は学歴のないものが多かった。川口松太郎は小学校卒である。純文学と大衆文学では読者も書き手も違っていた。そこで純文学は高尚で大衆文学は低俗という固定観念がつくり出された。近代文学史に川口松太郎や渡辺霞亭や菊池幽芳の名前が出てこないのはそのためである。だがこれは不当である。

川口松太郎は、はじめ大衆小説を書くことにコンプレックスを持っていたようである。彼の自伝的小説『破れかぶれ』にはそれをあらわす叙述があちこちに見える。川口は文学をこころざしたとき、久保田万太郎に師事した。だが久保田万太郎は川口が大衆小説に筆を染めたことを知ると激怒する。『破れかぶれ』からそのせりふを引いておこう。

「あんなものを書いてて、文学に近づこうと思ったたって駄目だ。あの仕事は文学を汚すようなもので、電信技手の方がずっと正しい。読物小説のアカがついたら浮かび上がれないし、ああいう仕事で金を取る味を覚えたら、文学とは遠くなる。僕は絶対反対だ。僕を慕ってくれるのなら、今日限りやめ給え」
（『破れかぶれ　川口松太郎全集13』講談社、一九六八年、三五四ページ）。

さて、玉の輿婚を目の前にして、貧しい女性が、わたしが一人前の職業人になるまで待ってほしいという。それはリアリティがない。だが札束で女の顔をひっぱたくような男ばかりの世の中だったら、一度はいってみたいせりふだろう。それは対等な男女関係への希求をあらわしている。そういう願望が心の中にあるという事実にもまた、まぎれもないリアリティがある。繰り返していうが、わたしが一人前になるまで待ってほしいというせりふを書けた純文学者がどれだけいただろうか。

3　映画化されて大ヒットした『愛染かつら』

のちに松竹に入社してたくさんのメロドラマを手がけた鈴木和年は『愛染かつら』が封切られたとき一一歳の少年だった。彼は家に奉公に来ていた四歳年上の少女といっしょに『愛染かつら』を見にいった。そしてふたりともすっかり虜になってしまった。ふたりは『愛染かつら』ごっこを考えついて遊ぶようになる。やがて少女は映画のヒロインと同じように大陸に渡って従軍看護婦になった[3]。

三七年に日中全面戦争が始まり、それを境にして言論がにわかに窮屈になった。伝奇的な時代物や柔弱なメロドラマを得意とした川口松太郎も、それゆえに軍部に睨まれ発表の場を奪われていく。川口の年譜を見ると、一九四〇年までは盛んに健筆をふるっているが、四一年になると川口の作品が新聞雑誌に登場する機会はがたっと減る。一九四〇年『大阪毎日新聞』『東京日日新聞』に連載した『蛇姫様』は伝奇的な時代物であるが、この連載が終わると川口への執筆依頼は途絶えてしまった。言論統制をおこなっていた情報局の鈴木庫三少佐（当時）に睨まれたことが川口にとって災難だった。鈴木の強要によって『講談倶楽部』に連載していた『女浪曲師』が中止に追い込まれたのが一九四〇年のことだった[4]。

一方映画会社の松竹は快進撃を始めた。『愛染かつら』は三九年正月から春にかけて全国で逐次上映され、松竹映画始まって以来の一大ヒットになった。同じ三九年には『続・愛染かつら』『愛染かつら・完結編』が封切られた。まさしくその成功のゆえに、川口松太郎は書く道をふさがれた。軍部に睨まれたのである。

時代小説だと女に心を奪われる男はこころざしのない腑抜けとして描かれる。たとえば長谷川伸の

『荒木又右衛門』に和吉という端役が登場する。和吉は荒木又右衛門の仇敵である河合又五郎の従者で、又五郎につき従っている。この和吉には夫婦の約束をした女がいた。主命であるから女に会うことはまかりならないが、和吉はその面影がわすれられない。とうとう又五郎のもとを去ってしまう。『荒木又右衛門』の世界では、和吉は女に心を奪われる、とるに足りないちっぽけな人物である。

ところがそのちっぽけな愛が『愛染かつら』では全編をつらぬく主題になる。ここでは愛こそ生涯をかけるに足る主題である。忠義も人と人をつなぐが、愛も人と人とつなぐ。だがそのつなぎ方は、まるで違っている。忠義は上下関係の中での一方的な義務だが、愛は対等な関係の中での相互の「義務」である。愛は決して大事を成しとげる邪魔になる小事ではない。人間存在の根底を意味づけるかけがえのない営みである。

そのかけがえのない営みを、軍国主義はおとしめ、踏みにじり、人びとの手から奪い取ろうとしたわけである。そして実際に、一九四五年に終わる長い戦争によって、無数の男女の間の無数の愛を、破壊し去ったわけである。そのことに対する痛憤のうえに、日本人は戦後の歴史をつくってきた。戦前の『愛染かつら』と戦後の『青い山脈』は登場人物もストーリー展開もまったく違っている。『愛染かつら』はお涙頂戴だし、『青い山脈』は明るいラブコメである。しかしそこには、人間と人間の自発的な対等の結合を基礎にして社会をつくるのがいいのだという、日本人の痛切な感情が横たわっている。愛し合う男女の結びつきは、そういう自発的で対等な人間関係の原型であり出発点でありお手本なのである。

第5節　吉屋信子におけるジェンダーと義理人情

1　ひとりの男を愛したふたりの女が結ばれる世界

吉屋信子（一八九六～一九七三）は一九三〇年代から一九六〇年代にかけて女性に絶大な人気を誇った作家である。一九一六（大正五）年から一九二四年まで『少女画報』に八年間も連載された『花物語』は、一〇〇年近くたったいまでも多くの読者を持っている。吉屋信子ほど、少女があこがれるロマンチックな世界を美しくつくりあげた作家はいないといっていいだろう。

『花物語』は、一九一六年から二四年まで『少女画報』に断続的に連載され、その後『少女倶楽部』にも発表された。竹久夢二や高畠華宵の絵、中山晋平のメロディ、宝塚少女歌劇などとともに、大正ロマンがつくり出す「少女」の世界にぴったりとおさまる小品集である。ストーリーを見ると、少女が母親のもとから別れて、同世代の少女たちとの友情関係に入っていく姿が繰り返し描かれている。大正ロマンというと竹久夢二の詞と絵で爆発的にヒットした「宵待草」が真っ先に思い浮かぶが、「宵待草」が大流行したのが一九一七年であった。

しかし吉屋信子がつくりあげた世界は『花物語』の延長に広がっているのではない。ロマンチックな夢想とはかけ離れた、のっぴきならないアクチュアリティをおびた世界である。夢想には二種類ある、といえばわかりやすいだろうか。ひとつは、花畑だとか、楽園だとか、実人生とは無縁の夢想である。人は自分が置かれたなまなましい現実を遮断して、いっとき楽しい夢想にふけることができる。『花物語』が提供するのはそういうファンタジーの世界である。だが夢想にはもうひとつの夢想がある。それは現実生活をゆがめたところにつくられる、いわばパラレル・ワールドのような夢想である。大嫌いな人間がいなくなったらと想像したり、自分にふり向いてもくれない人が自分に夢中になっている夢を見たりという、そういう種類の夢想である。こちらは必ずしも寝覚めのいい夢のような夢想ではない。目覚めている間に嫉妬や苦悶や悲しみがいつも自分をとらえて離さないときに、つかの間それを裏返して見せてくれるような夢想である。たとえば、家父長制社会で、男が妻のほかに愛人を持ったとしよう。当然、妻も愛人も嫉妬に苦しみ男の不実に怒り悶えるだろう。そういうとき、ひとりの男を共有する縁によって、女どうしがかたく結ばれるといった種類の夢想が、吉屋信子の世界がつむぐ夢想なのである。

吉屋信子を流行作家の地位に押し上げたのは、一九三六年一〇月六日から翌年四月一五日にかけて『東京日日新聞』と『大阪毎日新聞』に連載された『良人の貞操』である。この小説は女の貞操ばかりやかましくいわれた当時において、男の貞操を取り上げたことで大きな話題になった。ちなみにその連載の二年前、三四年七月二二日から三五年二月四日まで菊池寛の『貞操問答』が同じ『東京日日新聞』『大阪毎日新聞』に連載されていたから、同紙の読者は二度にわたって男の貞操とは何かという問題を考えさせられたわけである。

ヒロインの水上邦子は貞淑な人妻である。夫の信也との間に子どもはいない。女学校の同級生だった加代が信也の従兄弟の磯田民郎と結婚して女の子を産んだ。ところが子どもが生まれてじきに民郎は死んでしまう。やむなく加代は邦子を頼って娘を連れて上京してきた。

邦子と加代は対照的な性格だが、たいへん気が合う。邦子は幸うすい加代のために、なにくれとなく世話を焼いている。ところが、やがて加代はこともあろうに夫と深い仲になってしまうのである。夫は妻を裏切った。しかもその相手は妻の無二の親友なのである。親友と夫のふたりから裏切られた邦子は嫉妬と憎しみとに焼かれて激しく苦しむ。

ストーリーはテンポ良く進んでいくし、人物もうまく書き分けられている。しかし、ここから先に展開していく世界は決してわかりやすくはない。一筋縄ではいかないのである。

加代は夫の子どもを妊娠した。邦子は悶え苦しむが、どうしてか夫をも加代をも憎みきれない。加代はいちずな女性で、自分の感情に忠実なところがある。とても魅力的な美しい女性であり、しかも若い未亡人なので、誘惑もすこぶる多いのだが、加代は愛する人とでなければ決して性的な関係にならない女性である。美貌の加代は幾多の男から言い寄られるが、会社専務の後妻の話も、富豪の妾にという話もきっぱり拒絶してきた。そのことは邦子もよく知っている。実をいうと亡くなった夫との間にも加代は円満な愛情があったわけではない。加代は美貌でありながら、これまで心から男を愛したことがないのである。そういう加代が、自分の夫とのっぴきならない関係になった。それは加代にとって生まれてはじめての命がけの恋愛だったのだ。たしかに夫の行為は言語道断である。しかしその夫も、ふだん女遊びにうつつをぬかしたり、妻をないがしろにしたりしている男ではない。並の男にくらべたら、はるかに行儀もよく誠実な男である。つまり貞節な男なのである。そういう男が一途な女と恋に落ちたのだ。

苦しんだあげく邦子は決断する。邦子がたどりついた結論はこうだ。加代と夫は別れさせる。今後、自分たち夫婦は加代との交際を絶つ。問題は加代が産む子どもをどうするかだが、子どもは自分たち夫婦の子どもとして育てる。それが邦子の結論だった。「生まれた子どもは母親の子でもあるが父親の子でもある」という理屈で、加代の子どもを育てようと考えたわけである。

結論を得た邦子は驚くべき行動に出る。邦子は加代の出産に付き添うのである。その場面は、『良人の貞操』という物語のクライマックスだといってもいいかもしれない。それどころか、吉屋信子が書いたすべての小説のクライマックスである。邦子は陣痛に苦しむ加代の手を握り「加代さん、私付いてます。大丈夫よ、大丈夫よ」とはげましながら、涙が出そうになる。「産婦の受ける苦しみも痛みも、それが同時に邦子の肉体にも精神にも伝わり、邦子は今自分自身が生みの苦しみを、如実に味わう気がした」(『吉屋信子全集』第五巻、朝日新聞社、一九七五年、二二一ページ。以下『全集』と表記)。邦子は生まれてくる子が夫の子であることを実感していて、そのために加代の産みの痛みに自分の体が共振してしまうのである。

これはまた、何という世界だろうか。吉屋信子がいざなう世界は、こういう種類の世界なのである。

2　デビュー作『地の果てまで』も次作『海の極みまで』も悲しい結末で終わる

吉屋信子がつくる世界は単純なハッピーエンドでは終わらない。吉屋信子の最初の新聞小説である『地の果てまで』(一九二〇年一月から六月まで『大阪朝日新聞』連載)も決してハッピーエンドではないが、次の『海の極みまで』(一九二一年七月から一二月まで『東京朝日新聞』『大阪朝日新聞』に連載)は、凄惨な結末の悲劇である。吉屋信子はそういう悲劇の書き手として文壇に登場した。初期に見られた激しさはじょじょに影をひそめていくが、吉屋信子の小説は、社会の理不尽に身をちぢめている女たちが、女のきずなを確かめ合って、そこにしあわせを見いだすというふうな終わり方のものが少なくない。

　夫の愛人の出産に付き添って、妻が愛人といっしょに苦しむなどということが、いったいあり得るのだろうか、と読者は疑うだろう。わたしも疑うが、邦子はたしかに加代との深い深い結びつきを確認しているのだ。その結びつきとは、ひとりの男を共有する女どうしのきずなであり、夫との結びつきより、もっと強いきずななのである。そして女どうしの連帯がもたらすのは、男との結びつきがもたらしてくれる悦楽よりも、ずっとずっと深い悦楽なのである。しかもそれほど強いきずなを確かめていながら、邦子はもう加代とは会わないと決心しているのである。

　邦子は、生まれてくる子は水上の家を継ぐべき子どもだという理屈で自分を納得させている。この時点で、邦子は「腹は借り物」という家父長制の思想を受け入れている。それにしても、これはいかにもいかにも、しっくりしない理屈である。しっくりしない、というのは、何らかの諦めを要求されるのではないか、という意味である。女のきずなを確認するのに、わざわざ封建道徳による必要などあるのだろうか。

　だが、この問いを考えるのはもう少しあとにしよう。その前に、吉屋信子の世界では、未婚男女の一途な愛は、結ばれるにせよ結ばれないにせよ、ひとまずは肯定されるのだということを確かめておこう。一昔前の家庭小説のように男女の自由恋愛が頭から否定されるわけではない。加代と信也のような、妻の親友と夫という組み合わせでさえ、いちばんの当事者である妻が、苦しみながらふたりの純愛を容認するというかたちで、受容されるのである。

　こういう展開は吉屋信子の最初の新聞小説である『地の果てまで』に早くも姿をあらわしている。『地の果てまで』は、大阪朝日新聞創立四〇周年記念事業としておこなわれた懸賞小説に当選した作品で、このとき信子は二三歳だった。

『地の果てまで』は、春藤直子、緑、麟一の三人のきょうだいの物語である。三人の父は外交官であったが、早くに父母を亡くしたあと、叔父に育てられた。三人は性格が違う。直子は柔和な性格であるが、緑は勝ち気で麟一を是が非でも父と同じような外交官にしたいと思っている。しかし麟一は内気で音楽を愛する青年である。物語は麟一の進学を軸に、考え方や生き方の異なるさまざまの登場人物が絡んで進んでいく。

春藤きょうだいの母は園川家に奉公していた。その縁を頼って麟一は園川家の書生にしてもらう。その園川家の息子の良高と妻の千代子は伊豆で農業をしている。良高の妹の関子は一度結婚したが離縁して戻って来ている。

興味深いのは関子と千代子の関係である。外向的な関子にくらべて千代子は内向的と、ふたりは対照的な性格なのだが、関子が麟一を片想いしたことをきっかけに女どうしの友情で強く結ばれる。千代子は「私は人妻でございます。生涯人を愛することの叶わぬ身です、してはならない禁制の身でございます。けれども、貴女は、最初の不幸な結婚にお破れになりました。今度こそ、御自分で摘んだ御自分で選んだ真の人の愛の実をお胸に立派に結んで下さいまし」（『全集』第二巻、一五八ページ）といって関子をはげます。生涯人を愛することの叶わぬ身とは不思議な言い方だが、実は麟一はひそかに千代子を恋していて、千代子はうすうすそれに感づいているのである。そういうわけだから関子も麟一をつかまえることはできない。結局、関子は恋をあきらめ良高夫妻といっしょに暮らす。ここに見えるのは、吉屋信子が繰り返し取り上げたテーマ、つまりひとりの男をめぐってふたりの女が友情で結ばれるというテーマである。関子は麟一を片想いし、麟一は千代子を片想いする。そしてこのような純粋な愛情は肯定される。しかし最後に強いきずなで結ばれるのは、関子と麟一でも麟一と千代子でもなく、何と関子と千代子なのである。

3　女の友情

『女の友情』は吉屋信子が生涯かけて追求したテーマを、ずばりタイトルに持ってきた小説である。一九三三年一月から三四年一二月まで『婦人倶楽部』に連載され、小林秀雄が「二ページ読めばわかる」と、酷評したことが語りぐさになっている。酷評というより罵倒というべきか、いま読んでみても、小林の文章は悪意に満ちている。小林が「二ページ読めばわかる」といった最初の二ページは、ふたりの若い女性の、いわばガールズトークの場面である。会話ははずんでいるし、ふたりの息づかいが伝わってくる。それを酷評するのだから、小林の偏見と嫉妬のほどが伝わってくる。批評界の実力者がジェンダーの偏見に満ちた目で有能な若手女性をこきおろすところは、これより四〇年ほど前に、森鷗外が中島湘烟を執拗におとしめたのとそっくりの構図である。(5)

小林がかちんときたのは、綾乃と豊造の初夜の場面だった。がさつな豊造が自分はお前の夫だ、入り婿だからといって遠慮はしない、夫として自由にふるまうからそのつもりで俺につかえろ、と横柄な態度で言い渡すあたりの描写に、小林は「子供に読ませる本に必ずしも作者は人生の真相を描いてみせる必要はない。だがあんまり本当のことは遠慮する」といい「何とかといふ令嬢が番頭と無理な結婚をさせられて、初夜を明かす温泉宿の描写なぞは殆ど挑発的だ」といって、嫌悪感むき出しにかみついている。『婦人倶楽部』の読者である女性を「子供」とさげすみ、豊造の下劣な男性性の描写を「本当のこと」と表現するのだから、小林は明らかに、男性が女性作家の手によっておとしめられたと感じたのである。ここには、頭角をあらわしてきた有能な女性作家に対する嫉妬と通俗小説に対する蔑視、つまりは女性に対する蔑視と通俗小説に対する蔑視の二重の蔑視がある。底意がすけて見える文章である。(6)

男の物腰や言いぐさを、新婚初夜からその後にかけての場面で、吉屋信子はじっくりと書き込んでいる。これが、世の中のふつうの男というものに対する吉屋信子の印象だったのであろうし、小林秀雄も男というものを同じようにとらえていて、それが当たり前だと思っていたところへ、その醜悪な部分をあまりにもあざやかに書かれたので、思わず向かっ腹を立てたというのがことの真相だったのだろう。

さて、物語の中心は、綾乃、初枝、由紀子の三人で、三人は府立女学校の同級生である。綾乃と初枝は商家の娘である。そして綾乃と由紀子は教育熱心な親のもとで育てられた箱入り娘である。綾乃は本郷の書店の一人娘で、女学校卒業の翌日、父親が決めた男と結婚をする。家付き娘が婿取りをするわけである。ところがその相手の豊造は、「このごろの女学生に処女は少ないそうだから心配だ」などと、面と向かって綾乃にいうような、いかにも無神経で無教養な男であった。

由紀子の母親は亡くなっている。父親は建設会社を営む金持ちであるが、由紀子とはあまりうまくいっていない。父には愛妾があり、由紀子の実母が他界したあとに、その女性が後妻に入っている。母親が父親との結婚を悔やんで亡くなったこともあって、由紀子は生涯結婚しないつもりである。そうして学校を卒業したあと、東北地方のM市にあるマリア館というカトリックのセツルメントでブリュンヌさんという年取ったフランス人女性の秘書になる。

初枝は活発な娘である。三人の中でただひとり円満な結婚生活をおくるのだが、男尊女卑に対する批判は持っている。綾乃と由紀子がものごとを真っ向から受けとめて悩んだり苦しんだりするタイプなのに対して、初枝はからっとしていて、いいたいことを言い切るタイプである。

4　綾乃の死

さて綾乃は豊造が不始末をしでかしたおかげで離婚する。周囲の人たちは同情するが、綾乃は解放されホッとしている。やがて綾乃は店番をしているときに、庄司慎之介という美青年と思い合う仲になる。ふたりは逢瀬を重ねるようになったが、慎之介は設計の仕事で慌ただしく台湾に旅立った。折悪しく綾乃は妊娠したことを知る。しかしだれにも相談することができず、ひとり思い悩む。慎之介に手紙を出すのだが、なぜか慎之介からはいっこうに便りがない。父親はだれか、親身になって心配してくれている初枝や由紀子に打ち明ければいいものを、綾乃は口をつぐんでいる。何しろ慎之介にさえ、仕事の邪魔になってはいけないと、身ごもったことを打ち明けないのである。

初枝はおっとりした綾乃とは対照的な性格である。あとで綾乃が子どもを産んだとき、それでも口を割らぬことを知って「まあ、なんてだらしなくその人に惚れ込んだもんでしょう、綾乃さんともあろうものが……憎らしい、日本のオール女性の恥辱だわ」(『全集』第三巻、二二一ページ)と憤慨する。

相思相愛の綾乃と慎之介であるが、大事なところで何度もすれ違いを重ねる。台湾に渡った慎之介は思わぬ長期出張を命じられ、おなかが大きくなった綾乃は由紀子のいる修道院に身を寄せる。そのために慎之介と綾乃は音信が通わなくなる。身重の綾乃は時々刻々と出産が迫ってきているから日に日に憂慮が深くなっていくし、慎之介は慎之介で綾乃に裏切られたのではないかと疑念を生じる。やがて慎之介は帰国するが、その才能に由紀子の父親はすっかり惚れ込んでしまう。由紀子もまた綾乃の思い人とはつゆ知らず、慎之介に好意を抱くのであった。ふたりは婚約に至るが、やがて綾乃のことばから慎之介は綾乃が愛した男であったことがわかり、由紀子は懊悩する。ひとりの男をふたりの女が愛するという、吉屋信子お好みのパターンである。

いよいよ、ここからの筋の展開に、吉屋信子の本領が発揮される。職場の同僚から、回送されなかった綾乃の手紙を受け取った慎之介はM市へ奔って綾乃と再会する。そしてすべての誤解が氷解してふたりは愛を誓う。そころが、その場で綾乃は心臓発作を起こして死んでしまう。そして慎之介とともに綾乃を看取った由紀子はトラピスト修道院に入る。(7) 由紀子にとってみれば、慎之介は綾乃という大切な人がいながら、やすやすとほかの女に心を動かした男なのである。「〈結婚〉と〈恋愛〉と、然して〈男性〉への烈しい絶望感に襲われた処女は、もはや人の世にある限りは、女性としてこの三つの恐しきものの避け難きを知りて、この上は一生を純潔で神の花嫁としてのみ、生涯を献げ得る修道院の生活を希い願うのも道理だった」（『全集』第三巻、三〇二ページ）と吉屋信子は書いている。三人の仲良しのうち、ひとりは出産直後に他界し、ひとりは修道院へ去ってしまった。あんなに仲が良かった三人は離ればなれになってしまうのである。

こうして『女の友情』もやはりハッピーエンドでは終わらない。吉屋信子はハッピーエンドで終わらない女の物語で一躍文壇の寵児になったのであった。『海の極みまで』など初期の作品には破綻が見えるが、物語の結構が安定するようになるのは『女の友情』からだといっていいだろう。

ところで、ハッピーエンドで終わらない物語で一世を風靡したといえば、何といってもいの一番に思い浮かぶのは長谷川伸だろう。一八八四年生まれの長谷川伸は吉屋信子より一二歳年上だが、一九二〇年代後半から『沓掛時次郎』などの股旅ものの戯曲を次つぎと書き始めて評判になった。吉屋信子と長谷川伸はともに日本人の心の琴線にふれる忍従と自己犠牲を描いた。長谷川伸の股旅ものは、『瞼の母』にしても『一本刀土俵入』にしても『関の弥太っぺ』にしても、物語の最後には一件落着したと見えて、主人公の男はどこへともなく去って行くのである。愛し合う男女は結ばれず、親子はつかの間の再会を果たすだけで、男も女も、親も子も、最後の最後には涙に暮れるのである。ハッピーエンドでは終わらない。そういう作家として、女の吉屋信子と男の長谷川伸は対をなしているのである。このことについてはこのあと、項をあらためて述べたい。

5 『家庭日記』――品子と卯女とのきずな

ふつうの恋愛小説ならば物語は一途な愛が実を結ぶところで終わる。しかし吉屋信子の小説はそこからもう一幕も二幕もある。男女は夫婦になっても、円満に結ばれつづけることはない。そこには必ず家父長制の都合とか男のエゴというものが割り込んできて、ふたりの平穏な結合を邪魔する。

『良人の貞操』が大好評のうちに終了した一〇ヶ月後、一九三八年二月二二日に、同じく『東京日日新聞』と『大阪毎日新聞』に『家庭日記』の連載が始まった。連載は七月一九日までつづいた。

ヒロインの生方品子は和歌山の医者の娘で、夫の修三は医者である。修三は医学博士になるために品子の親の援助を受けて勉学中である。家にはお手伝いさんもおいている。修三の仲の良い友人に辻一郎がいる。一郎には妻がある。実は一郎は気の弱いところがあって、子どもができたので仕方なく結婚したのである。一郎の妻の卯女は貧しい家庭の育ちであるからか、一郎の父親は頑として一郎の結婚を認めようとしない。孫の鐘吉は籍に入れても卯女は頑として嫁と認めない。一歩たりともわが家の敷居をまたがせない構えである。言い忘れたが、一郎の父親も医者である。

中学高校からの親友であるが、修三と一郎の性格は対照的である。「二年の時に肋膜で学校をやめてブラブラして、写真技術なんかに凝っていたが、あげくの果てに莫迦な自由結婚みたいな事をして、家をしくじり、大連へ行って満鉄の情報課とかで写真技師をやっていたんだそうだ」（『全集』第五巻、二七四ページ）というのが、修三の一郎評である。「莫迦な自由結婚みたいな事」ということばが、修三の結婚観をあらわしている。

夫どうしが親友なので品子は一郎夫妻と親しく行き来しているが、そうこうするうちに品子は一郎のことを憎からず思うようになった。たしかに夫のいうように一郎は判断力が足りないかもしれない。しかし一郎は、やさしく、異性の意思を大切にするところがあるのだ。一郎の人間性に対する品子の評価は夫とはまったく違う。

卯女は思うことをすぐ口にする女である。家の中のかたづけも得意ではないし、がさつなところがあるが、品子はそんな卯女をうらやましく思うことがある。品子は専業主婦である自分の生活に物足りないものを感じているからだ。世の中のにぎやかな動きをよそに「こうして小さい屋根の下に、うずくまっているうちに、自分ひとりおいてけぼりにされて、地球は一廻りも二廻りも、するような、さびしい感じだった」（同右、三三一ページ）。おおかたの奥様はこんな一生を送るのかと思うと、卯女のように「闊達自在に、呼吸してゆくのも、一つの生き方だ」と思っている。

結局卯女はひとり息子の鐘吉を一郎の父親に取られてしまう。鐘吉は辻家の孫だが、卯女は辻家の嫁ではないという理屈だった。大事な子どもを取り上げられ、卯女はだまされたと思い、一郎はもちろん、まわりの人たちも信じられなくなって出奔する。そして杳としてゆくえがわからなくなってしまう。しばらく経ってから、しらせがあって喉頭結核で入院していることがわかる。やがて卯女はひっそりと息を引き取る。卯女が死んで、一郎は深い悲しみに沈む。そして品子は「女を一人うらぎって、それでいまぬくぬくと仕合わせな、家庭生活にひたっていられる人には、何の天罰もくだらず――かえって、純情を守りぬいた辻さんに、家庭生活の破滅が来たなんて――なんという不公平な世の中だろう――」(同右、四三八ページ)と思う。夫の修三は独身のころ関係をもった女を弊履のごとく捨てた過去があり、そのことを品子は思い出しているのだ。

『良人の貞操』ほど劇的なかたちではないが、邦子が加代との強いきずなを感じているように、品子も卯女とのきずなを感じている。そしてもう卯女と会うことは永遠にできないのである。

6　家父長制の描き方

さて、ここでひとつ考えておきたいことがある。不思議なのは、男性社会のきびしい批判者であるはずの吉屋信子が、家父長制だとか封建思想だとかを、一概にしりぞけるようにも見えないことである。『家庭日記』では、産んだ子を夫の実家に取り上げられても、母親の卯女は別離の悲しみに耐えるばかりであり反撃しようとはしないし、しかも著者の筆の運びは、この点に関する限り、必ずしも卯女に同情しているようではない。母子のつながりは明治の家庭小説以来、通俗小説の一大テーマで、母を慕う子の思いの強さや、子を思う母の愛の強さが、繰り返し繰り返し描かれた。母ものは通俗小説の最重要ジャンルだったが、吉屋信子の小説には母性に焦点が当たった小説はない。母ものを得意とした竹田敏彦の小説では、子がだれに帰属するかは、だれが子を、子がだれをいちばん愛しているかが決め手になるのだが、吉屋信子の小説では、子の帰属は子がどの家のものかによって決められる。『良人の貞操』でも『家庭日記』でも、子どもは夫の、というより夫の家に属するのである。

一九四〇年に発表された『蔦』の場合は、もっと不可思議である。主人公の糸子は高級官僚であった原が女中に産ませた子である。一度は結婚したが夫の不身持ちのため離別している。糸子には腹違いの姉がいるが、姉とはうまくいっていない。糸子は姉夫婦の家に同居しているが、義兄に関係を迫られたために出奔する。口封じに与えられた手切れ金を元手に糸子は天ぷら屋を始める。手ごろな物件を見つけ、伊能弘吉という実直そうな若い職人を雇って店を始める。

糸子はもう人のいいなりになるのはたくさんだと思っている。何か商売をして生きていきたい。「私、小さい時から日蔭もののやうに、育つて、原の家で小さくなつて、自分を殺して、人のいひつけ通り、お嫁に行つて、またいひつけ通り戻つて来たし――もう、人のいひなりになるのたくさんよ――私、これから、独立主義で暮らすの！」（吉屋信子編『女流作家十佳選〈戦時下の女性文学4〉』二〇〇二年、ゆまに書房、二二六ページ）。

店の二階で暮らすことに決めた糸子はいう。「私、ここに暮らせると思ふと、嬉しくつて――ねえ、だから、やつぱり、女は独立しなくちや駄目ね、親の家に依存したり、良人に依存したり、男に縋りつきたかつたりしてゐるうちは、そんな、もの欲しさうなの、みんな駄目よ、やつぱり、女も人間一人として独立してやるつて、気概さへあれば、どうにかなるんですもの」（同右、二四〇ページ）。

店が順調に動き始めたころ、別れた夫が糸子の前にあらわれる。彼は復縁を迫って店であばれ騒ぎになるが伊能が撃退してくれる。この事件はふたりを急速に近づけ、やがて糸子は伊能と結婚の約束をする。ところが結婚を間近に控えたある日、前夫は軍隊に招集される。そしてそのとたんに糸子の心中では変化が起こる。糸子は、あれほど恐れ嫌っていた前夫に面会に行く。そして前夫に、離婚はしていても、一生独り身で生きていく、子どもはちゃんと育てていくと誓いを立てるのである。伊能に対して糸子はただ結婚できなくなったとだけ告げる。やがて前夫は戦死する。そしてわずかの関係者だけで前夫の葬儀を執り行っている場所へ、いまは京都大学の学生になった伊能がやってくるというところで物語は終わる。愛する人ができて、一度は結婚しようと思った糸子は、結局、独身主義に戻ったのだった。

『蔦』には女の友情という要素はない。それなのに、男女の愛情より「家」が優先されるのである。出征した前夫が戦死すると、いまは前夫とは別に愛する人がいるのに、わざわざ彼と別れて、前夫の面影を偲びながら夫の親につかえようとするのである。ここにあるのは、生き方のマゾヒズムと名づけたくなるような、故意にしあわせを拒絶して、堪え忍ぶことのよろこびをうたおうとする不自然な姿勢である。『蔦』の背景には戦争があるから、ヒロインは国家のために前夫の「家」につかえようとするわけで、そういうかたちで一応の理屈は立っているのだが、その代わりここには、現実生活をゆがめたところにつくられる夢想など存在しない。あるのは男が国家のために犠牲になるのなら、女は家のために自己をささげるのだという、しあわせ断ちの覚悟である。何しろ『蔦』は興亜日本社が戦意高揚を目的として出版した『女流作家十佳選』に収録された中編小説なのである。一九三七年に日中戦争が勃発しており、吉屋信子は国策に従って、銃後の女の覚悟を迫っているのである。

自分に対して愛のよろこびを禁じて、他界した前夫の家につくす。これは自己犠牲である。マゾヒズムならよろこびがあるだろうが、自己犠牲によろこびはあるまい。

7　女の義理人情

吉屋信子は女の義理人情を提示してみせたのだとはいえまいか。長谷川伸が股旅もので描いた男の義理人情に対応するような、女の義理人情である。吉屋信子は長谷川伸の女性版、女長谷川伸なのではなかろうか。そして吉屋信子の人気はそこにあったのではなかろうか。

『蔦』は女性読者に、しあわせを禁じようと呼びかける。男たちが兵隊になって戦地で生死の境をさまよっているときに、銃後にいる女も安閑としてはいられない。銃後の女はしあわせになってはいけない。というわけである。だが『蔦』の主題はわかりやすいだけであって、吉屋信子が語ろうとした本当の女の義理人情ではない。

愛する男と添わないのが女の義理人情なのではない。いくら世間では立派な男として通用していても、自分を裏切った男といっしょに暮らすのは、義理人情ではなく、たんなるがまんである。『良人の貞操』の水上邦子も『家庭日記』の生方品子も、外見は夫に庇護されて平穏に暮らす貞淑な妻である。しかし邦子も品子も夫を愛しているかといえば、それは相当にあやしい。邦子と品子が愛しているのは生活の安定であって、夫は愛しがいがあるタイプの男ではない。本当をいうと、邦子も品子も、女の友情をはげみとして家庭生活に耐えているのである。家庭生活は平穏だが、どこか息苦しさがおおっている。でなければ諦めがおおっている。本当なら、夫なんかいないほうがいい。だが、夫との関係を断つということは、社会秩序に背くということだ。平穏な暮らしを捨てることでもある。『蔦』の糸子には自立して暮らすだけの経済力があるが、邦子にも品子にもその力はないのである。そこで、女の友情を心に抱きながら、現実の生活に甘んじるというわけである。もっとはっきりいえば、本当は女の友情に従って生きていきたいのに、がまんしている。これは長谷川伸の主人公たちがみな一様に自分自身にしあわせを禁じるのと同様の心模様なのではないだろうか。

十分納得のいくような説明になっていないかもしれない。佐藤忠男の長谷川伸論のたすけを借りながら、このあたりのことを説明してみよう。

佐藤忠男の『長谷川伸論　義理人情とは何か』（中央公論社、一九七五年）は出色の長谷川伸論であり義理人情論である。佐藤忠男は長谷川伸の股旅ものについて、やくざの義理人情を賛美したのではない、主人公は義理人情の世界から抜け出そうとしてもがいているのだ、と述べる。

「ただ、長谷川伸の股旅ものを、単純に、やくざの世界の封建的な義理人情を礼賛するもの、というふうに理解する人が多いが、それは違っている、と言わなければならない。長谷川伸は、やくざの封建的な義理人情を礼賛したことはなかった。彼はむしろ、封建的な親分子分関係から逃げよう逃げようと努力するやくざをえがきつづけたと言っていい」（佐藤忠男『長谷川伸論　義理人情とは何か』中央公論社、一九七五年、一〇七ページ）。

自分のようなものはしあわせになってはいけない。だからたとえ思い人があっても添いとげようとしてはならない、というテーマは吉屋信子も同じである。心の中で女の友情を抱いて生きるしかない。そう覚悟するのが女の義理人情である。ではなぜしあわせになってはいけないのかといえば、夫がいるから、好きになっていけない人を好きになってしまったから、自分が同性愛者だからなど、理由はいろいろである。

8　愛する女のために刀を抜かない男、男を通り越して女どうしで手を結び合う女

佐藤忠男は、長谷川伸が描いたのは義理人情から逃げよう逃げようとする底辺の男だったと述べたのにつづいて、重要な考察をめぐらせている。そういう底辺の男が、たとえば凶状持ちであってさすらいの旅に生きるしかないといった事情をかかえる男が、縁あって女性を愛するようになり、愛する女性のために命がけでつくそうとする。ところが自分はいつまでも女性といっしょにいてはならない。心ならずも凶状持ちになってさすらいの人生を送っている男に、どうして女性をしあわせにすることができるだろうか。だから男は命をかけて女を守っても、たたかいが終わったあとは女のもとから去っていく。長谷川伸の股旅ものはそういう構造を持っているのだと佐藤忠男はいう。

重要なのはその先の指摘である。佐藤忠男は、女のために命を賭けてたたかうヒーローなど、それまでの日本の大衆文化にはいなかったというのである。「そういう男が、自分はつまらない人間だし、あなたを幸福にする自信もない、と言いながら、にもかかわらず命をかけてその女のために戦う。そういうヒーローを日本の大衆文化は股旅ものによってはじめて持ち得たわけなのである。侍は主君のためには命を賭けるが原則として妻子や恋人のためには刀を抜かないし、町人はそもそも抜く刀を持たない。したがって、そもそも日本の大衆文化の中では、妻子のため、恋人のために男が奮闘するというロマンが成り立ちにくく、その点、やくざというものははなはだ重宝な存在だということが発見されたわけである」（佐藤忠男、同右、一六二ページ）。

佐藤忠男は、「侍は主君のためには命を賭けるが原則として妻子や恋人のためには刀を抜かない」と

いう。時代小説に登場するヒーローは、たしかに主君のためなら妻子を顧みないのである。それが忠義ということであった。妻もそのことを覚悟していて、夫に殉じることが武家の妻たるものの心得になっていた。腕がたち、主君のために身命を投げ捨てる侍と、夫につくし、いざというときは夫に殉じる覚悟をしている妻と、それが日本人に推奨される男女の組み合わせだった。

さて、では吉屋信子の小説で、主人公の夫として登場するのはどういう男かというと、多くは有能でしっかりしたタイプの男である。邦子の夫の信也は学生時代の恩師に誘われて本の執筆に参加するほどの力を持っているし、品子の夫の修三は医者である。そのうえふたりとも妻を尊重する気持ちを持っている。決して暴君ではないのである。しかし、ふたりとも妻との間にかたいきずなを築こうとするタイプかといえば、そうでもない。自分の主義や趣味は決してくずそうとしないのである。つまりは「妻子のためには刀を抜かない」タイプの男なのである。一方ヒロインである妻は、従順に夫につくすだけではない。夫の身勝手を黙って受け入れているように見えて、決してそうではない。女の友情か、または自立できる経済力があれば、いつでも自由としあわせを享受できることを知っている。

吉屋信子の小説ではほとんど場合、女は外形では男につくし秩序に従うのであるが、内実はそれとはうらはらに、男を介し男を通り越して、女たちが手を結び合う。本当のしあわせは男によって与えられるものではないのだということを吉屋信子は示す。じぶんは無力な人間だし、自分ひとりの力でしあわせをつかみとるのは難しいかもしれないが、自分には同性の親友がいて、お互いに支え合い導き合うことができる。そういう女のコミュニティを、女たちはつくることができるのだということを、吉屋信子は暗黙のうちにほのめかしているのである。『蔦』では、男を介して女たちが手を結び合うという図式は崩壊している。しかしその代わりに自立して生きる力が守られている。『蔦』の糸子は邦子や品子のように、主婦として夫の稼ぎに依存して暮らしている女ではないのである。

とはいえ、吉屋信子が読者につきつける結論はこうだ。自分のために刀を抜いてくれない男との間に、かたいきずなどつくれるはずがない。男女関係は主従関係とは違う。だがホモソーシャルな社会では、立派な男ほど主従関係の中に生きている。しかも愛情関係にいるときより、主従関係の中にいるほうがいきいきとしている。つまりは、立派な男に限って、自分のために刀を抜いてはくれないのだ。そうであれば、女が本当にいきいきと生きるためには、同性の親友が必要だ。お互いに支え合い導き合う、そういう女のコミュニティが必要なのだ、と。

戦後、一九五一年から五二年にかけて、『毎日新聞』に『安宅家の人々』が連載された。この作品に、吉屋信子は知的障がいを持つ安宅宗一という男性を登場させた。宗一はうそいつわりのない美しい心の持ち主であるが、その代わり女のために刀を抜ける男ではない。この作品にも宗一の妻の国子と義妹の雅子というふたりの女性があらわれるが、この作品では、ふたりとも宗一に心惹かれるのである。知的障がい者というかたちで、理想の男性像が示されたわけである。宗一の死後、ふたりの女性が思いを語り合う場面は、吉屋文学のもうひとつのクライマックスである。

註

(1) 高松市菊池寛記念館版『菊池寛全集』第七巻の解題によれば、版元の改造社はすべて本を回収し指摘された部分を伏せ字にし、あらためて出版した。ところが五年後の平凡社版『菊池寛全集』では伏せ字はすべて解禁されているとのことである。
(2) 萱原宏一『私の大衆文壇史』青蛙書房、一九七二年、一五三ページ。
(3) 鈴木和年『「愛染かつら」とニッポン人』情報センター出版局、一九八四年。
(4) 萱原宏一、前掲書、一四七〜一四八ページ。

（5）小林秀雄の文章は『小林秀雄全集・第四巻』新潮社、二〇〇一年、二五九〜二六〇ページ。また森鷗外の主宰する『めさまし草』が湘烟の「一沈一浮」を酷評した文章は、『鴎外全集』第二四巻、岩波書店、一九七三年、二三八〜二三九ページ。関口すみ子『良妻賢母主義から外れた人々　湘煙・らいてう・漱石』みすず書房、二〇一四年を参照。

（6）なおこの小林秀雄の批評については、駒尺喜美『吉屋信子　隠れフェミニスト』リブロポート、一九九四年を参照されたい。

（7）いわずもがなかもしれないが、実在するトラピスト修道院は男子修道院で女子禁制。由紀子が入ったのは男子禁制のトラピスチヌ修道院でなければならないはずである。

第三章

自己実現とものづくり

第1節　自己実現とものづくり

1　自己実現とは何か?

恋愛は人間の根源的な営みであり、自己実現は人間の究極の営みである。

恋愛は文学の最も重要なテーマのひとつであり、文学という表現形式が起こったそもそもの始まりから、繰り返し繰り返し描かれてきた。それにくらべて自己実現が文学のテーマになったのは近代になってからである。なぜなら、自己実現はありふれた、日常的な営みだからである。どうしたらもっといいものがつくれるか、どうしたらもっと売れるか、といったことに心を砕き、日々こつこつと努力する。そういう姿は文学の対象になりにくい。

自己実現は人格の成長や完成といった概念と深く結びついているが、自己実現と人格の成長や完成は同じではない。このふたつは区別しておきたい。自己実現はほとんどの人が自覚なしにめざしているものであるが、人格の完成は自覚を必要とする。それだけに人格の完成を意識している人はそれほど多くない。とはいえ人格の完成をめざす人も、宗教家のような少数の選ばれた人だけではない。人格の完成についてはこの章の後半で取り上げることにする。

さてどんな人にも自己実現がある。つまり自己実現は多様なかたちをとる。しかし多様な自己実現が存在するということは、昔から認識されていたわけではない。だれでも自己実現をめざしているという認識は、どんな職業活動にも人間の努力が込められているということへの敬意がなければ成り立たないからである。多くの宗教は厳しい修行を求めるが、その場合特定の方法で特定の悟りに到達することだけが尊敬されている。たとえば座禅。座禅によって悟りをめざすといった視点からだと、新しい農具を開発したり、彫刻刀の使い方を工夫したりすることには、なかなか光が当たらない。

一九三七年に書かれた島木健作の『生活の探求』には、主人公の大学生が農業に従事する姿が描かれている。井戸掘りをしたとき、彼は石の積み方ひとつにも昔から蓄積された知識があることを知る。それまでただ遅れているとか無知蒙昧とか考えていた人たちにも、代々受け継がれてきた深い知恵があることに圧倒される。だれにでも自己実現があることを意識するとは、こういうことなのである。

島木健作が取り上げたのは農業であるが、農業ばかりでなく、ふつうの人の生業《なりわい》が小説に詳しく描かれるようになるのは一九二〇年代から一九三〇年代にかけてのことであった。つまり比較的最近のことなのである。言い換えれば自己実現は近代に特有の問題なのである。

恋愛と並んで、文学のもうひとつのテーマは崇高な行為や英雄的な行為だった。勇気、廉潔、信義、奇跡、知略、寛容、自己犠牲などなど、武将や賢人や宗教家らの気高いおこないが描かれてきた。これは自己実現というより人格の完成というべきことがらである。トルストイの『戦争と平和』に登場するピエールやアンドレイ、ヴィクトル・ユゴーの『レ・ミゼラブル』の主人公ジャン・ヴァルジャン、司馬遼太郎の『坂の上の雲』に登場する秋山真之・好古兄弟など、彼らがどのように描かれているかを思い浮かべてもらえればいい。戦前の大衆小説でいえば、さしずめ吉川英治が『宮本武蔵』で描いた宮本武蔵の求道者的な生き方が人格の完成に当たる。人格の完成はたぐいまれな人物だけのものだった。

繰り返しておこう。自己実現は稀有な生き方をあらわすための概念ではない[1]。賢人や宗教家や王侯将相や英雄にのみ適用されるものではなく、都市の商工業者にも、農民にも、自己実現はある。自己実現ということばは、おいおい定義していきたいと思うが、とにかくまず、自己実現は、主として勤勉に働くことに関係する概念だということを確認しておきたい。

2　だれにでも自己実現はある

だれにでも自己実現があるという思想は、日本では一九一〇年代中ごろから二〇年代にかけて、いろいろなかたちで登場してくる。わたしの考えでは、そういう思想を最もまとまったかたちで述べたのは、与謝野晶子である。与謝野晶子は「心的労働」と「体的労働」という一対の概念を立てて、人間はだれもが体を動かす労働と心を動かす労働の双方に従事するべきだと論じた。「体的労働」には家事などもふくまれており、与謝野晶子の考え方は、いまでいえばワーク・ライフ・バランスに通じる考え方なのであるが、その思想の特徴は、「心的労働」と「体的労働」に同じ重さの価値を与えたことであった。そのことによって、農民も商工民も労働者も、宗教家や知識人や官僚と同じように尊敬すべき存在なのだと与謝野晶子は考えた[2]。

同じ時期に民芸運動が始まる。柳宗悦が陶芸家の河井寛次郎や濱田庄司らとともに民芸運動を始めたのは一九二〇年代中ごろのことであった。民芸は名高い芸術家がつくる美術品ではない。安価で、日常生活に用いられ、粗末に扱われる。しかしそんな雑器にも何ともいえない美しさがある。それは日常の暮らしで使い込まれ馴染まれるところから生まれる美である。「用の美」ともいうべき美しさである。柳宗悦が民芸の美を提唱する視点は、与謝野晶子が労働をとらえる視点に共鳴する。すなわち両者の視点は、名もない人びとへの敬意に満ちたまなざしなのである。柳宗悦はまた木喰仏《もくじきぶつ》の美しさを発見した人でもあった。柳宗悦が、民芸という概念を提唱し、木喰仏の美しさを強調したことの根底には、農民や商工業者のような庶民の生き方と美的感覚に対する共感が存在する。もっといえば、他者の「用」に奉仕するものづくりの意義に対する認識がよこたわっている。

このようにして、だれにでも自己実現があるという考えは、日本では一九一〇年代中ごろから二〇年代にかけての時期に形成されたのである。

自己実現が一握りの人たちにだけ開かれたものではないという考えに、社会主義が大きな影響を与えたことは間違いない。しかし社会主義者の影響は半分だけにとどまった。マルクス主義者は労働力の搾取を問題にし、暴力革命による以外に階級的搾取をなくす道はないと考えていた。だから自己実現など二の次だった。これにくらべるとアナーキストの思想は多様で、直接行動をとなえる人びとから協同組合主義による社会改造をめざす人びとまでいた。後者は今日の市民社会思想に近く、その中には自己実現や人格の成長を重要なテーマとして取り上げた人もいた。しかしアナーキストは一九二〇年代にマルクス主義に押されて劣勢になり、三〇年代になると国家主義に転じる人たちも出た。

このように社会主義者がめざした理想と方法は一様ではなかったが、共通していたのは資本主義のとらえ方であった。そもそも資本主義社会では、弱肉強食の風潮がはびこる。人格的にすぐれた人たちが片隅に押しのけられ、日の当たらないところに追いやられているではないか、というわけである。初期社会主義者の木下尚江は『火の柱』や『良人の自白』で、よこしまな者がはびこり清く正しく美しい人びとが迫害されるありさまを描いた。

マルクス主義は歴史の法則とか労働力の搾取といった「客観的」な思想に依拠する方向に向かった。木下尚江は社会主義から離れるが、それはまさしくそういう方向を嫌ったからであったし、賀川豊彦のように人格の成長を重んじた人物が、マルクス派の指導者から激しく攻撃されたのもそれゆえであった。しかも、その賀川豊彦は、阿部次郎の人格主義にも強く反発していた。阿部がとなえた人格主義には、一握りの知的エリートだけに人格完成の扉を開く資格が与えられているというニュアンスがあったからである。賀川豊彦にとって、自己実現は労働者階級にこそ開かれたものでなければならなかった(3)。

3　自己実現とものづくり

もう少し自己実現という概念について考えておこう。

人にはそれぞれ「良き生き方」がある。人はいろいろな能力を持ち、いろいろな希望を持っている。アマルティア・センのことばでいえば、人はさまざまなケイパビリティ（潜在能力）を持っている。それを生かして、人はそれぞれに、仕事を選び、その道に生きている。だから良き生き方はさまざまである。自己実現とはそういうことである。

ところで、ケイパビリティ（潜在能力）を活用して職業につき、仕事を通じて社会に貢献する生き方は、多様な職業が分化し、かつ世代間社会移動が高くなって、子が親の職業を継ぐのが当たり前といった状態がなくならない限り、社会のすみずみにまで広がることはない。すなわち自己実現の観念は、やはり近代化が始まらなければ成立しないのである。だから、自己実現は近代の産業化が始まったときに、

ようやく文学の主題として登場することになる。たとえば、ものづくりに関連する小説として、である。(4)

自己実現とものづくりの間には切っても切れない関連がある。とはいえ自己実現の道はものづくりだけではない。品物を売買したり、人を教育したり、ゴミを廃棄したりする人たちにも自己実現はある。まずこのことは、確認しておこう。それなのになぜものづくりを強調するのかといえば、ものづくりの仕事は非常に多様だからである。ものづくりと一言でいっても、ある仕事に従事している人は他の仕事のことがわからない。甲冑をつくっている人には羽織袴のつくり方の大事なところはわからないだろう。羽織袴を仕立てている人は農作物を育てるときに必要な無数の知識は持っていないだろう。『生活の探求』の主人公がふるさとの農民の仕事に見たように、ものづくりはしばしば高度の工夫や熟達を要求するのである。

もちろん熟達を要する仕事はものづくりに限らない。小中学校や高等学校で教えるにも、それにふさわしい技能と経験が必要である。しかし先生たちがどんな仕事をしているかは、だれにでもおよその想像がつく。品物を売買する仕事にも、もちろん経験や知識が必要である。しかし売買ということがどういうことかは、だれにでもわかる。それにくらべて、ものづくりの奥深いところは一部の人にしかわからない。染色や塗り物の工程から旋盤の使い方まで、それぞれに余人にはうかがい知れない世界がある。ものづくりには、何かしら秘密めかした雰囲気があるのである。現代社会では高度なものづくりに対しては、その知識を保護する特許という制度があるが、そのことはものづくりの世界が秘密めかした特権的な雰囲気を持つことを象徴的にあらわしている。

そのうえ産業革命によって、ものづくりの方法は劇的に変わった。そのことが人びとの関心をいっそう強くものづくりに引きつけた。民芸はそういう関心の代表的なあらわれのひとつであろう。機械制生産が浸透し始めたときに、手づくりの良さに人びとの目が向いたのである。いずれにしても、ものづくりは多くの人が従事する活動であり、創意工夫や熟達が求められる活動である。しかもものづくりは近代という時代の特徴を照らし出すのである。

第2節　幸田露伴の『五重塔』から島木健作の『生活の探求』へ

1　幸田露伴の『五重塔』はものづくりを主題とした文学だった

ものづくりを最初に取り上げた文学は矢野龍渓《りゅうけい》の『浮城《うきしろ》物語』（一八九〇年）と幸田露伴の『五重塔《ごじゅうのとう》』（一八九二年）である。前者は浮城という最新式の軍艦に乗って南洋の海を駆けめぐるという空想冒険小説であるが、科学技術について啓蒙的な記述がここかしこに見られる。これからの国づくりには科学技術によるものづくりが大切なことを読者に印象づけようとしている。後者は腕利きの大工を主人公にして五重塔の普請にかかわる人びとの人間模様を描いている。主人公の人物造型に焦点が当てられており、一見したところ芸術至上主義の香りがただよう。というわけでものづくりといっても分野は全然違うし視点もまったく異なっているのであるが、両方とも江戸時代までには書かれることがなかったであろう小説である。そういう小説が期せずして同じ時期に登場したのである。

まず『五重塔』から見てみよう。『五重塔』は幸田露伴の代表作である。物語はふたりの腕利きの大工をめぐって展開する。あらすじは次のようである。感応寺では五重塔を普請することになった。大事業であるから、感応寺では著名な大工の棟梁である川越の源太に請け負わせようと考えていた。ところが、どうしてもこの仕事を手がけたいと願う十兵衛という腕利きの大工がいた。十兵衛はミニチュアモデルまでつくって感応寺の朗円上人のもとに持参し、この仕事はぜひ自分にさせてほしいと訴える。

源太は十兵衛といっしょに仕事をしようと提案するが、十兵衛は自分ひとりでやりたいのだといって拒絶する。結局十兵衛の熱意に押されて、朗円は思案の末、十兵衛にまかせることにした。

十兵衛のつくった五重塔は見事なものだった。落成式の前夜、大嵐がやってきた。寺のものは恐れあわてて十兵衛のところに駆けつけてくるが、十兵衛はびくともするものかとまったく動じなかった。十兵衛のいう通り五重塔は小揺るぎもしなかった。だいたい以上のようなあらすじである。

十兵衛という人物の性格設定において、幸田露伴は芸術至上主義にギリギリまで接近している。しかし『五重塔』の主題は芸術至上主義ではない。芸術至上主義ということばで連想するのは芥川龍之介の『地獄変』であるが、『地獄変』に登場する絵師の良秀は、地獄絵図を描きたいばかりに娘が火炎の中で身悶えているのを眉ひとつ動かさずに写生する。尋常の人間ではない。それにくらべれば『五重塔』はずっと世俗的な物語である。十兵衛は仕事のために妻子を捨てたり、見殺しにしたりするタイプではない。十兵衛はただ、やりがいのある仕事に挑戦したいのである。

何より『五重塔』はいかにもものづくりらしい世界を描いた小説である。ものづくりは大勢の人の協力の世界である。物語の筋道の中でおもな登場人物が優先するのは五重塔普請という一大事業を成しとげることである。源太は自分の不満も周囲の人びとの不平も抑えるだけの度量の持ち主である。源太は十兵衛に仕事を譲り、そして十兵衛が思うさま力をふるえるように心をくだいた。朗円上人も同様である。このようにおもな登場人物のだれもが、たとえ表面では対立していても、暗黙のうちに、深いところにおいて五重塔普請という共通の目的で結びついているのである。

しかしながら『五重塔』はやはり例外的な小説であるといわざるを得ない。明治大正を通じて、いわゆる純文学において、登場人物の仕事の内容にまで立ちいって描写した小説は無に等しい。坪内逍遙らが主唱したリアリズムは人間の内面を直視しようとしたが、人間の生業の内側を詳細に観察しようとはしなかった。近代日本文学において最初に隆盛を誇ったのは硯友社《けんゆう》であり次に自然主義だったが、いずれもものづくりとは縁のない世界を描いた。硯友社の総帥・尾崎紅葉の作でたいへんな評判になった『金色夜叉』では、主人公の間《はざま》貫一はお宮との恋に破れた末に高利貸しになる。小説の中で高利貸しが毛嫌いされていることはしきりに強調されるが、寛一が貸金業者として日々どんなことに頭を悩ましどんな活動に従事しているかは少しも描かれない。金利がどのように決まるかさえ書かれていないのである。

のちに紅葉門下の柳川春葉が書いた『生さぬ仲』は、『金色夜叉』をしのぐ人気になった。主人公の夫は会社社長であるが、彼は人柄は良いのだけれど、社長としてはまるで無能である。会社が破産したばかりか、彼自身詐欺の嫌疑で投獄される始末である。小説の中で、仕事をしている場面はまったく描かれていない。せいぜい金策に駆け回る姿がちょっと描かれているくらいである。というしだいで『金色夜叉』や『生さぬ仲』とくらべてみると、『五重塔』はたしかに注目すべき作品なのである。

2　自己実現とものづくりを取り上げた文学の系譜

一八九二年に『五重塔』が書かれたあと、いわゆる純文学の分野ではものづくりや自己実現の文学はしばらく途切れ、一九二〇年に、武者小路実篤の『友情』が発表された。『友情』はものづくりの文学ではないが、自己実現を真っ向から取り上げた文学である。前途有為な若者がひとりの女性をめぐって競う。主人公の野島は杉子を恋するが、杉子は野島の親友の大宮と相思相愛になり結婚を約束する仲になる。野島は悲しみ苦しむが物語の最後で大宮に手紙を書き「これからは仕事の上で決闘しよう」と宣言する。ふたりは芸術をめざしているのである。ふたりの若い芸術家が、作品創作のうえで競い合う。そういうかたちで自己実現を打ち出した、『友情』は画期的な小説だった。そのあと自己実現がふたたび文学の世界に姿をあらわすのは、一九三〇年代後半以後のことである。一九三七年、島木健作（一九〇三～一九四五）が『生活の探求』を書き、四二年には、宇野千代（一八九七～一九九六）が聞き書きの手法で『人形師天狗屋久吉』を書いた。舟橋聖一が四一年から書き始めた『悉皆《しっかい》屋康吉』を完成したのは四五年のことだった。『悉皆屋康吉』は康吉の心の中に入って、康吉の仕事への打ち込み方を綿密に描いたことで、注目すべき作品である。悉皆屋というのは呉服のディレクターのような仕事である。客の注文に応じて染物屋に指示したり、呉服に関するあれこれを差配する仕事である。康吉は仕事熱心で、色柄や風合いをひとつひとつ覚えていき、いつしかだれからも一目置かれる存在になっていくのである。

文学者の目が自己実現に向かったのは、日中戦争が全面化して戦時色が濃くなってからのことではないかと私は考えている。島木健作の『生活の探求』が刊行された一九三七年には、七月に盧溝橋事件が起こり日中全面戦争が始まった。戦前の経済活動のピークはこのころだった。しかし日中戦争が始まってから、増大する軍事費の圧迫で経済統制は進み、生活は日を追って逼迫していった。新聞の紙面には連日のように戦意をかきたてる文字が躍った。奢侈や華美や享楽を排撃する運動がおこなわれた。そしてこのころから、言論統制は格段に厳しくなっていく。もちろん統制は文学にもおよび、事実上の執筆禁止に追い込まれた作家も一人や二人ではなかった。国民は国家への献身と忠誠を要求された。そういう時世の中で、文学者は自己実現に目を向けるようになったのである。

島木健作は転向作家といわれる。たしかに島木健作は一九三四年に処女作『癩』を発表して以来、『盲目』『再建』と、執拗に転向問題を追及してきた。しかし共産党運動からの脱落という視点から島木の作品をとらえるのではなく、人間の良き生き方の多様性を認めるという視点から見るとき、農民の知恵にたいする敬意を前面に打ち出した『生活の探求』は、中野重治に通じるというより、宇野千代や舟橋聖一に通じる道のほうが太いと見ることもできる。わたしはそう考えたい。このことはあとでもう一度取り上げることにする。

3　戦争が作家の目を自己実現に向けさせた

戦争は社会を民主化するという考え方がある。紀元前五世紀のペルシア戦争のとき、サラミスの海戦で勝利したギリシア側は優位に立った。海軍が勝利に貢献したわけである。古代ギリシアでは自分で武具を整えることのできる中産市民が重装歩兵になり、調達できない貧しい下層民がガレー船のこぎ手になった。そのため戦後下層民の発言力が強くなったといわれる。このような力が働くため戦争は民主化するというわけである。もちろん現実はそう単純ではない。戦争が社会を変える力はいろいろな方向に作用する。

だがそれはともかく、ここで考えたいのは、戦時下できびしい統制がおこなわれるようになったとき、当局に睨まれた作家たちはどんなテーマを選んだかということである。作家の態度を大別すれば、心ならずも時局に迎合したものと、なかば筆を折ったもののふたつになるだろう。

一九三八年、内閣情報部が音頭をとって従軍ペン部隊が結成され、陸軍班二四人海軍班八人が漢口攻略戦に派遣された。ペン部隊は四二年に日本文学報国会が発足するまで何度も中国戦線に派遣された。ちょうどこの三八年あたりから大本営陸海軍部と情報局の検閲は猛威をふるうようになり、男女の愛憎を描く小説や荒唐無稽な怪奇小説は書けなくなった。

丹羽文雄は一九四二年に海軍報道班員として第一次ソロモン海戦に従軍して『海戦』を書き、戦後は占領軍から仮追放の指定を受けた。結局、指定は取り消されるのであるが、戦時中の当局の言論弾圧がいかにきびしいものであったかを、戦後に発表された長編小説『告白』に書いている。『告白』は紋多ものといわれる丹羽の一連の自伝小説のひとつである。もともと男女の愛欲を描くことを得意としてきた丹羽文雄の著書は、一九四一年に『中年』と『逢初めて』の二作が発禁になっている。『中年』は「この時局下に、酒場のマダムや妾を小説に描くのがけしからん」という理由で、『逢初めて』は「学生の恋愛を取り扱うのは不謹慎」という理由だった。[5] やがて丹羽は時局に迎合した戦意高揚のための小説を書くほかなくなる。たとえ生活のためでも、筆を執る以外の仕事は丹羽には選択できなかったのである。

丹羽文雄は不平をつのらせながら時局小説を書くようになったが、同じく時局的でないと認められた永井荷風、川口松太郎、舟橋聖一らは雌伏する道を選んだ。自他ともに認める丹羽のライバルだった舟橋聖一はこつこつ『悉皆屋康吉』を書いていた。康吉は丁稚奉公から染め物の仕事一筋に生きた男である。そういう人物を舟橋は描いた。書くことの内容が制限され、しかも国民がこぞって出征兵士の「尽忠報国」に声援を送っているとき、人間にとって本当に重要なのは国家への自己犠牲ではないということをつきつめようとしたら、ひとりひとりの真摯な自己実現の姿を丹念に描くことが残された唯一の方法だったといえるだろう。

打ち明けていえば、わたしは、舟橋聖一や島木健作らの自己実現の文学には、同じころ大河内一男や風早八十二がとなえた生産力理論に通じるものがあると主張したい誘惑に駆られるのである。生産力理論がとなえた経済構造の合理化は、ひとりひとりの経済活動に相応の重みを与える考え方であった。戦争遂行のためには、限られた生産要素を最大限に効果的に作動するシステムをつくらなければならない。生産の効率化が必要である。その生産の効率化はひとりひとりの労働のすべてを重く見ることから始まる。生産力理論はそういう角度で経済をとらえようとした。生産力理論をとなえた風早八十二や大河内一男はマルクス経済学者であり、生産力理論は戦時下において沈黙するのでもなく、便乗するのでもなく、戦時体制の構築に即して自己の主張を滑り込ませようとするこころみだった。とはいえ舟橋や島木の文学を生産力理論と対比することは本稿のテーマではない(6)。まずさしあたり、島木健作や舟橋聖一のように、農民や職人の仕事の中に踏み込んでいく作家の視点というものに注目しておきたいのである。

第3節　大衆小説に描かれたものづくり――矢野龍渓と白井喬二

1　科学技術に目を向ける矢野龍渓の『浮城物語』

筆が横道にそれてしまった。本筋に戻ろう。

前節でわたしは『五重塔』から『友情』を経て『生活の探求』や『悉皆屋康吉』に至る道をたどってみたが、次にもうひとつ矢野龍渓の『浮城物語』に始まる大衆文学の系譜を見てみたい。『浮城物語』はものづくりの文学の嚆矢として忘れてはならない作品である。

『浮城物語』は『五重塔』が書かれる二年前に、『郵便報知新聞』に連載された。浮城という最新型の戦艦に乗った日本人がインドネシア独立運動を助けて大活躍するという物語である。空想冒険小説であり、おりからの南進論の時流に乗ったのであるが、この中で注目したいのは南進論ではなく、矢野が科学技術とものづくりの重要性に対してしきりに読者の注意を惹こうとしていることである。

福沢諭吉の高弟であり、立憲改進党の幹部でもあった矢野龍渓は、『経国美談』で民権をはることが国権の伸張になるという、いわば「民主帝国」のありようを、古代ギリシア史に舞台を借りて描き出していた。これに次いで『浮城物語』では、富国強兵の基礎は科学技術とものづくりであることを空想冒険小説のかたちで主張したわけである。こののち一九〇二年に、矢野は『新社会』を書いて、未来のユートピアのありさまを描くことになる。矢野は文学の使命と効用を、近代国民国家の建設に向けて読者の知見を高めることに求めていた。『経国美談』『浮城物語』『新社会』は、矢野のそういう考えの結晶である。

矢野が経営した『郵便報知新聞』では、矢野に見いだされた村井弦斎などが、文明開化と立身出世を宣揚する小説をしきりに書いた。前章で見たように、村井弦斎の『小猫』は、房州の漁師の子である坂田金太郎少年が、星雲の志を立てて東京に出、そこで数々の有力者の謦咳に接して器量の大きな人物に成長していくという物語である。そして金太郎はアメリカに渡って大漁業会社を起こす。金太郎を慕う雪子は富豪の娘だが、実力者のもとに嫁すよりは、金太郎とふたりでつくる将来に賭けたいと、親のすすめる結婚を頑なに拒否する。そして金太郎を追って単身アメリカに渡り、立派な看護師になる。お互いに功成り名とげたあとに、ふたりは晴れて華燭の典をあげる。いま流にいえばやり手の新鋭事業家とキャリアウーマンのカップルである。

同じ村井弦斎の『食道楽』は、住宅の設計に留意すべき点を述べたり、西洋料理のレシピを書き連ねたり、バランスのよい栄養を摂取するために栄養価に富む食品を紹介したりと、さかんに文明開化の生活的諸相についての議論を並べている。物語は至極単純なのであるが、横道にそれ枝葉を張るようにして、弦斎はさまざまな新知識を紹介している。弦斎のねらいは、文明開化を進めるため、西洋わたりの新知識を読者に伝えるところにあった。このように見てくると、『郵便報知新聞』の連載小説の書き手たちは、矢野龍渓の方針にもとづいて、近代とは何かということを啓蒙するために、ものづくりや起業や生活改善のあれこれを取り上げたのである。

ここでひとまず、矢野龍渓と幸田露伴とを対比しておこう。ものづくりが文学に取り上げられるとき、その取り上げられ方は、二通りだった。第一は、富国強兵・文明開化の欠くべからざる構成要素として政治小説およびその系譜に立つ新聞小説に取り上げられたことである。矢野龍渓の『浮城物語』がその代表格である。だがこの系譜は発展しなかった。第二は、特異な才能をもつ人物が、ものづくりに打ち込むときの尋常でない姿が、純文学に取り上げられたことである。芥川龍之介は好んでそういう人物を取り上げた。たとえば『戯作三昧』で芥川は滝沢馬琴の鬼気迫る創作態度を描いている。『地獄変』に登場する絵師・良秀は、そのようにしてつくられた人物造型の典型であろう。幸田露伴の『五重塔』にも、そういう性格がある。

だが一九二〇年代以後、大衆小説にものづくりが描かれるようになる。それは一応第一の系譜を受けたものであるが、第一の系譜が啓蒙的な政治小説の系譜であるのに対して、一九二〇年代に起こったのは伝奇小説的な性格をおびたものだった。第一第二のものづくりは、いずれも少数の人たちのものづくりである。近代科学をおさめたか、大学を出たか、特異な天才にめぐまれたか、といった人びとによるものづくりである。だが一九二〇年代に大衆文学に描かれたものづくりは、至極普通の人たちのものづくりなのである。『五重塔』はいわゆる純文学に属する作品であり第二の流れのはじめに位置するのであるが、同時にこの第三の流れの草分けでもあった。のっそり十兵衛は腕の確かな大工であり、偏屈な頑固者ではあるが、普通の人である。芥川龍之介が『戯作三昧』で描いた滝沢馬琴や『地獄変』の良秀のような特異な性格を持つ天才ではない。

2　ものづくりを描きつづけた白井喬二

第三の系譜でものづくりの世界を描いた作家として、注目しなければならないのは白井喬二である。一九二〇年、『怪建築十二段返し』でデビューした白井の小説には、デビュー作自体が建築設計を軸にした物語だったように、ものづくりを扱った作品が非常に多い。とはいえ『怪建築十二段返し』は伝奇小説であって、建築設計のことは物語展開の一要素をなしているに過ぎない。デビューしたころの白井喬二はもっぱら伝奇小説を書いており、そのころの代表作ともいうべきものが『神変呉越草紙』である。こちらは幻術使いの物語である。

『怪建築十二段返し』は博文館の『講談雑誌』に発表された。つまりそもそも白井喬二は、いわゆる書き講談から出発した作家であって、登場人物の内面世界を描くといった純文学的なテーマには無関心だった。

白井喬二の作品を読んでいると、珍奇な職業が次々と登場するし、また必ずといっていいほど登場人物の生業についての記述が見られる。これは白井喬二の非常に顕著な特徴である。こころみに学芸書林刊『白井喬二全集・第九巻』を開いてみると、屋敷の門をこしらえる門大工の話（『遠雷門工事』）、彫刻師の話（『神体師弟彫』）、笛づくりをしている男が名笛を鑑定する話（『本朝名笛伝』）、屋根瓦づくりの話（『瓦義談』）などなど、ものづくりにまつわるものばかりである。といっても、どれもこれも求道者的な修行や鍛錬とは縁のない物語ばかりなのだが、白井喬二は門づくりにせよ笛づくりにせよ瓦づくりにせよ、ものづくりについての講釈をひとしきり並べて、ものをこしらえることがいかに奥深く玄妙な業であるかということを際だたせる。そのうえで伝奇的な物語を展開するのだから、ものづくりは彼にとって、伝奇ロマンに必須の要素になっているのである。

おもしろいのは『盤嶽の一生』のように、人間不信や社会批判をただよわせた、白井喬二のものとしては異例の作品においても、登場人物の生業がきちんと描かれていることである。『盤嶽の一生』は、主人公の阿地川盤三（盤嶽）が何で生計を立てているかを明かす場面から始まる。阿地川盤三は下級武士の出だが、いまは貧しい浪人暮らしである。どうして収入を得ているのかというと、何と樹木の接ぎ木によって生計を立てている。盤三は、殿様がつくった水道樋が、通過する村の人たちの生活を脅かすからといって、壊すだの守るだのといった争いに巻き込まれる。これが物語の発端である。そのあげくに盤三は、心ならずも放浪の旅に身を置くことになる。そしてさっそく、どうしたら路銀を得ることができるか、心配しなければならなくなる。

このころ時代物を書いていた他の作家たちは、主人公が何によって生活していたかなどということにはまったく関心を示さなかった。そもそも宮本武蔵が剣術をおしえて謝金を受け取っている場面など描いても、読者はしらけただけだろう。だが白井喬二はそうではない。それればかりか白井喬二だけは例外的に、実にさまざまな職業を登場させているのである。接ぎ木で暮らしを立てている武士などというのは、いい加減なつくり話かもしれない。しかしそこに滲み出ている白井喬二のものづくりに対する強烈な関心には、つくづく驚くのである。

『新撰組』は一九二四年五月から一年半にわたって『サンデー毎日』に連載された。『サンデー毎日』は一九二二年に創刊されたが、白井の『新撰組』によって同誌の売り上げは大きく伸び、それによって小説を巻頭におくという『サンデー毎日』の編集方針が定まったといわれる。新撰組といえば近藤勇や土方歳三の名が思い浮かぶが、この物語では近藤も土方も脇役である。白井の『新撰組』の主題は但馬織之助の恋物語である。但馬織之助は名のある職人が大勢住んだことがあるという長屋に住んでいる。武士ではない。どういう人物かというと、何と独楽づくりの名人である。ちゃきちゃきの江戸っ子である。というわけで、白井喬二が取り上げたのは、今度は独楽づくりである。白井は例によって、綿密な考証をほどこして、独楽づくりという仕事をいかにも特異かつ玄妙なものに仕立ててしまう。そして物語の山場に、チャンバラの場面ではなく、恋の成否をかけた独楽試合の場面をもってくるのである。

3　『富士に立つ影』と『金襴戦』

白井喬二の代表作『富士に立つ影』は築城術をめぐる争いの物語である。『富士に立つ影』は、一九二四年、『報知新聞』で連載が始まった。この小説は、築城術をめぐる争いに始まり、三代にわたる確執を描いた。時代は、文化文政期から明治の開化期まで七〇年におよぶ。物語のはじめの部分に、赤針流熊木伯典と賛四流佐藤菊太郎というふたりの築城家が藩主の前でプレゼンテーションする場面が出てくる。ふたりが藩主の前でうんちくを傾けて滔々と築城プランを語る場面は圧巻である。『富士に立つ影』は中里介山の『大菩薩峠』と並ぶ一大巨編になった。この二作と、少しあとに出た吉川英治の『宮本武蔵』の三作が、戦前における代表的な大衆小説の巨編となった。

『金襴戦』は木曽の山奥の村の金襴織りをめぐる、ふたつの村の騒動の物語である。薬種商の箕屋専蔵は蝉の抜け殻を取りに飛騨の畑佐村へ出かけ、そこで一月以上滞在するうちに、金襴織りをめぐる騒動に巻き込まれる。専蔵は蝉の抜け殻取りの名人ということになっていて、何のことかと思われるだろうが、蝉の抜け殻は蝉退といって、実際に漢方薬に使われている。白井喬二はそこから蝉の抜け殻取りなどという実在したかどうかわからない怪しげな職業をつくり出すのである。さて金襴織りは畑佐村にとって大事な産業だが、排出される鉱汁《かなじる》のため川下にある笠田村の畑のものがまったく取れなくなってしまった。いま流にいえば公害問題である。そこで笠田村の有志の衆が金襴織りの織元である岩本吾平のところに談判に行く。はじめ専蔵は傍観者で、話を回す役目だったが、じょじょに両村の騒動に巻き込まれていく。そして物語の最後に思わぬどんでん返しが専蔵を待ち受けているのであった。

この物語には、経木《きょうぎ》の神様といわれる滝兵衛という男が、経木による産業振興を熱っぽく語る場面がある。滝兵衛は経木づくりによって村が豊かになると信じ、それゆえに経木づくりの奥義を惜しげもなく村人に伝授している。飄々とした軽いタッチで描写しているが、ここはものづくりにいそしむ人への敬意が軽くにじみ出ているくだりである。滝兵衛のような人物を登場させるところが、白井喬二の白井喬二たるゆえんである。

ところで、白井が取り上げたものづくりの世界はどこまで事実にもとづいているのであろうか。『新撰組』には生独楽という特別な独楽が出てくるが、それを使って占えば必ずぴたりと当たるなどというのは伝奇ロマンをおもしろくするつくりごとだとわかる。それなら独楽づくりには江戸の流儀と京都の流儀があったなどというのは本当だろうか。こうなると虚実の判別はにわかにはつかなくなる。読者は各自調べてみていただきたい。

第4節　『国史挿話全集』と国民文学論——白井喬二の歴史意識

1　なぜ白井喬二は『国史挿話全集』を編纂したのか？

ものづくりの世界を描くことは、そもそもそれが歴史的事実に合致するかどうかということとは別に、読者に対してものづくりについての関心を促す。これは、すぐれたリーダーが紛糾した事態を収拾する姿を描けば、読者は強力な指導者への待望論にうなずくということと同じである。大衆小説の書き手と読み手の関心が共有されているとはそういうことである。

しかし、ものづくりを描くことと政治を描くことは性質がかなり違う。荒木又右衛門や薩摩藩のお由羅騒動は多くの人が知っていた。周知のできごとである。知っているといっても名前だけかもしれないが、荒木又右衛門といえば有名な仇討ち事件のヒーローだとか、幕末の薩摩藩は藩主の後継をめぐって斉彬派と久光派の暗闘があったということは知られていた。これに対して築城術だの独楽づくりだのになると、にわかには読者の興味関心を呼び起こさない。ただし、読者の中には日頃からものづくりの世界で仕事をしている人が大勢存在している。大工とか、井戸掘りとか、植木とか、旋盤を操作するとか、だれに尊敬されるというわけでもないが、それなりに熟練と知恵を要求される仕事を生業にしている人が大勢いる。ものづくりを描くことは、そういう人びとに対する敬意を下敷きにしている。そのことをわたしはいいたいのである。

一九二九年、白井喬二の編集による『国史挿話全集』全一〇巻が、万里閣書房から出ている[7]。白井は国史のエピソード蒐集に並々ならぬ関心を寄せていた。「日本歴史の再検討というか、われわれが歴史と思っている表街道の歴史ではなく、党派党閥の圧力のかかっていない裏街道の歴史、即ち日本人の素顔を知るための文献、これが本当の歴史ではあるまいか」（白井喬二『さらば富士に立つ影』六興出版、一九八三年、一五二頁）と考えていたからである。もともと『国史挿話全集』は白井の発案になるもので、そもそも当初は出版の目当てもなかった。とにかく編纂して原稿だけでも後世に残せばいいというつもりだった。ところが白井の考えを知って、万里閣書房がぜひともうちで出版させてもらいたいと申し出てきた。白井はよろこんでその申し出を受けた。白井は全国の知事に手紙を出して協力を依頼した。すると多くの資料が届いた。後年白井は、そのときのことを回想して、「日本の古典や古文書をあさってその中から挿話にあたる箇所を抜粋するのだから資料を読むだけでも大変である」と述べている（同右、一五二頁）。

『国史挿話全集』には、巨匠編、逸話編、畸人編といった巻があるが、それを開いても築城術や門づくりや独楽づくりの話は見当たらない。しかし収録されたおびただしいエピソードを眺めていると、白井が歴史の中からつかみ出そうとしていたものの姿がぼんやりと浮かび上がってくる。

白井は祖父が所蔵していた『日本字引』という書物の中に「小説とは文字で綴る学問なり」ということばを見つけ、たいへん気に入っていた（同右、一一七頁）。自伝にはその意味を詳しく説明したくだりはないが、要するに歴史的事実を背景にすえて、その上に伝奇ロマンを繰り広げたということである。

『富士に立つ影』の執筆について、「古い築城師名鑑の中から二名を拉しきたって筋とした。徳川十五代記に富士山麓に訓練城を築くという予定のくだりがあったのでそれを活かした」（同右、一三〇頁）というのは、まさしく「小説とは文字で綴る学問なり」の一半だったであろう。

2　白井喬二が提案した東京作家クラブの人間文化賞

白井のこのような関心は、『明治事物起原』を書いた石井研堂に照応するものがある。『明治事物起原』は、産業考古学のはしりともいうべき書物で、日本最初のマッチ工場はいつだれがつくったかとか、日本最初のデパートはいつ開業したかといったことが、これでもかこれでもかと並べられている。『明治事物起原』は一九〇八年に初版が出て、石井研堂はそのあと増補を繰り返した。石井研堂は吉野作造が主宰する明治文化研究会にも参加しているが、急速に変貌する明治社会の、その変貌の様相を、だれがどんな事業を起こし、いつどんな職業が始まったかといった具体の次元にまでおりて、詳細に記録しておこうとした。

石井が明治の変容に注目したのに対して、白井は明治以前に、人びとが従事していた事業や仕事に関心を寄せた。それらの多くは白井が小説を書き始めた一九二〇年代には、すでに姿を消したものか、または姿を消そうとしているものである。石井研堂と白井喬二は、産業構造の変動がもたらす人びとの暮らしの変化に対して、いわば対をなす関係にある。笛づくりひとつとっても、そこには玄妙な工夫がほどこされている。常人の想像もつかないような、苦労と創意が込められている。それは明治になってマッチ工場を起こそうとした技術者の創意工夫と本質的に同じ性質の努力であるというべきだろう。

石井にせよ白井にせよ、明治以後の産業化の歴史過程に身を置いていなかったら、ものづくりに対するそこまで強い関心が起こったかどうかはあやしい。はっきりいえば、産業化そのものが、彼らにそのような関心を引き起こしたと見られるのである。白井は築城や門づくりや独楽づくりを、それをきわめれば摩訶不思議な現象を引き起こす玄妙な技として伝奇ロマンを書いた。築城という仕事に対する敬意、門づくりに対する敬意、独楽づくりに対する敬意がそこにはある。そういう敬意が白井喬二の胸に宿るのは、産業化という過程の進行を自分の目で目撃しているからである。昔からさまざまの人がものをつくってきた。それは形ある物には限らない。有形無形のものを、人びとは創意工夫をこらし試行錯誤しながらつくり出してきた。それはふつうの人びとの、ひたむきな営為の産物なのである。そして、ここまでくれば、そこから人びとの自己実現に注目するまでの距離はいくらもないであろう。

白井が何を考えていたかをうかがわせるエピソードはほかにもある。一九五八年、白井は乞われて東京作家クラブの会長になった。会長になった白井が最初に手がけたのが「交通安全作家画家肉筆展覧会」というもので、肉筆の作品を販売して交通安全のためのチャリティとした。花いっぱい運動もおこなった。そして一九六二年、白井喬二は東京作家クラブの委員会にはかって、文化芸術界のかくれた人材を表彰する文化人間賞を新設した。文化人間賞の最初の受賞者は日本画家の奥村林暁で、奥村は京都の織物業「たつむら」の社員として、「たつむら」を世界的な企業に押し上げた立役者だった。第二回受賞者は『西日本新聞』学芸部長の黒田静男だった。黒田は雑誌『九州文学』を立て直し、幾多の作家を世に送り出した。第三回は歌舞伎役者の実川延童だった。実川延童は当時六九歳の老優で名こそ知られていなかったが、歌舞伎の生き字引ともいうべき存在だった。『国史挿話全集』や『日本逸話大辞典』を編纂したことと、そして人間文化賞を提案したこと、これらを白井喬二の文学と重ね合わせると、白井が考えていたことの方向がかなりはっきりするだろう。

3　国民文学――ひとりひとりが精魂込めてものづくりに打ち込んでいる世界

白井喬二は大衆文学ということばの提唱者であり、先頭に立って大衆文学を引っぱってきた。白井のいう大衆文学は、ストーリー性があって、読書人ばかりでなく広く大衆的規模で読者に支持される文学というくらいの意味であった。やがて一九三〇年代になって、国家による文学統制が強まる。国家による文学統制は一部の官僚と文学者の動きから始まった。

一九三四年に文芸懇話会が設立された。これは内務省警保局長の松本学が菊池寛や吉川英治にはかって設立したもので、島崎藤村、徳田秋声らの大御所を担ぎ、大衆文学からは吉川英治、白井喬二らが参加していた。文芸懇話会はもともと直木三十五と松本学あたりから出た構想で、直木の名前がないのは一ヶ月ほど前に死去していたからである。ちなみに松本は昭和一九三四年に警保局長を辞任するが、やがて「邦人一如」をとなえて、「皇道主義による世界家族主義の実現」をかかげる邦人社を設立することになる。

そういう中で国民文学の叫びが起こると、白井もまた、白井流の国民文学をとなえるようになる。この場合大衆文学を国民文学と言い直すと、白井が考えていた歴史や国民の具体像が浮かび上がってくるだろう。一般に国民文学論というと戦争協力と切っても切れないつながりがある。白井喬二も、一九三八年に、陸軍に従軍して中国戦線の視察をおこない、帰国後『従軍作家より国民に捧ぐ』という従軍記を平凡社から出している。大政翼賛会の評議員にもなっているし、日米開戦の翌年に日本文学報国会が結成されると小説部会の幹事長になっている。とはいえ大衆小説作家は軒並み戦争に協力したから、それは白井だけのことではない。いずれにしても、白井の国民文学論を、時局面からだけ位置づけるのは適切ではない。

白井はつとに大衆文学の理論的な提唱者であった。白井は国民を歴史の深い理解にいざなうことを大衆文学の目的と考えていた。ただし白井のいう歴史は政治史のことではなかった。政治史は支配者が書いた歴史であり、勝者自身による正当化がほどこされている。それは偽史である、と白井は考えていた。日米開戦を約半年後にひかえた一九四一年、『大衆文芸』に、白井は「正道大衆文学論」と題するかなり長い評論を書き、近年にわかに叫ばれ始めた国民文学論と、自己が以前からとなえてきた大衆文学論との違いを力説している。「古書の中で（史）を表題としている本と言うものは極端に言えばほとんど捏造したものだとみられている。これは何故かと言えば、そうした文書は大部分、時の権力者に支配されて、権力者にとっては都合のよいことばかりを書き立てているものが多く、結局この史を使用してある本は、一方に都合のよい事実をかきたてた本だと裏書きされているのと同じことである。それとは反対に（志）と表題にある書籍には、ヤヤ真実を伝えられているものが多い」（白井喬二・国民文学研究会編『大衆文学の論業　此峰録』河出書房、一九六七年、一五九～一六〇ページ）。

国民文学論は、日中戦争前後から日本浪曼派の浅野晃らによって提唱された。提唱者のひとりであった浅野晃の論を見ると、浅野は日本文学における「タイプ」の不在を嘆いている。日本文学は国民が真に自己を投影できる主人公を造形できていない。その証拠に、本当に生き生きとした感動を得るのは鷗外や漱石ではなく、ツルゲーネフやプーシキンだというのである。実際に一九〇〇年ごろツルゲーネフの『ルージン』がたいへん話題になった。ルージンは雄弁で人の心を動かす力を持っているが、それを実行にうつす力はまったくない。口先だけの人物である。新聞小説でも、話題になった『青春』の主人公・関欽哉がルージンをモデルに造形されたことはすでに述べた。浅野の念頭には、そういう事実が置かれていた。なおツルゲーネフ『ルージン』については本書の第一章第2節を参照されたい。

これに対して、白井が考えていた「国民」は、歴史と文化によって統合され、「タイプ」によって象徴されるような運命共同体というよりも、ひとりひとりが精魂込めてものづくりに従事している、そういう人たちの集合体なのである。どの時代にも、さまざまなものづくりがあり、それに従事している人たちがいる。その人たちは人知れず苦労して、ものづくりの業をきわめようとしている。だれもが生業を持っていて、それぞれの生業に奥深い世界がある。そういう人たちの集合が国民である。そのすべてを知悉することはとてもできない。しかし、そういう生業がお互いに連関し合って社会は成り立っているのであるし、それによって国民という集合ができている姿を想像することはできる。そういう姿に思いをはせること、それが国民文学の役割である。白井の国民文学論は、そういう認識の上に立っているのである。

第5節　自己実現と人格の完成との間——山本有三

1　阿部次郎の人格主義と人格の完成

さて時計の針を少し戻そう。人格の完成が思想界のテーマになったのは一九二〇年代のことである。この時代はカント哲学が流行した時代であり、人生と社会の目的は人格完成であるという思想は大正デモクラシーの思潮を代表する理念になった。中でも阿部次郎の『三太郎の日記』は二〇年代の思想を代表する著作である。阿部次郎は人格主義をとなえ、その思想をまとめた『人格主義』の出たのが一九二二年であった。人格主義は幅広い賛同を得、キリスト教社会主義者であった賀川豊彦も人格社会主義をとなえて、人格の完成を社会主義の目的にすえた。ただし賀川は阿部の人格主義につきまとっている文化主義への傾きに対してきびしい批判を浴びせている。

わたしがここで読者の注目を促したいのは、賀川が指摘したように、阿部次郎が職業的な経済活動をあまり重視していないことである。阿部はいわばストア派的な立場に立った。この点は阿部が私淑した夏目漱石に通じるところである。職業的な経済活動を重視しないということは、とりもなおさず貴族主義的だということである。人格社会主義をとなえた賀川豊彦が激しく反発したのもこの点であった。

以下は別のところに書いたことと重複するのだが、人格主義の内容を確認しておこう。『人格主義』の中で、阿部は社会には三つの類型があると論じている。第一は「主人と奴隷との社会」、すなわち権力という強制的要素によって編成されている社会であり、第二は「利己的約束の社会」、すなわち成員の利己主義によって自然につくられた社会である。そして第三が「人格主義的根拠の上に立っている」社会である。

第一の「主人と奴隷との社会」では、支配階級は利己主義によって支配し、被支配階級は恐怖や打算によって服従している。このタイプの社会は強者の力が衰えたときにはたちまち分解してしまう。いつ崩壊するかわからない不安定な社会である。第二の「利己的約束の社会」は、利害の一致が団結のかなめをなしている。いわばヘーゲルのいう市民社会である。共通の利害によって結ばれた社会は内部の矛盾が小さいから、「主人と奴隷との社会」にくらべて団結力は強い。今日の社会において主流をなしているのは第二のタイプの社会だと阿部はいう。しかし利害は有為転変するものであるから、第二のタイプの社会もやはりしっかりした基盤に立っているわけではない。

これに対して第三の「人格主義的根拠の上に立っている」社会は自由な人格の相互尊重の上に立つ社会である。第一の社会と第二の社会は利己主義の上に立っている。だから利害が一致しないとき、社会は分解する危険がある。第三の社会ではすべての人が真善美聖という高い価値を追求しており、利害の一致不一致によって結合をさまたげられることはない。独立した人格と人格の相互の尊敬と愛を基礎としている。だから安定した基盤に立っている。(8)

以上を見るとわかるように、阿部次郎は職業生活が人格の完成にとって重要なものとは考えていない。職業生活を動機づけているのは利害関係だが、阿部によれば、利害関係によって人格が成長することはない。人間は自己の利害を乗り越えてこそ成長するのだと阿部は考えていた。だから阿部は、第三の社会の担い手を、「君主人」と呼んでいる。「君主人」とは哲学者リップスのことばに由来するもので、真に自由な人格、すなわち欲情に屈服せず、自己の人格の陶冶をめざして、真善美聖の実現をめざして行動するもののことである。人格の完成を導くのは真善美聖の追求なのである。

真善美聖を追求しようとしたら、芸術家とか学者とか宗教家といった一握りの人たちは別としても、ほとんどの人は職業生活とは無縁の領域に身を置かなければならないだろう。しかし職業活動が人格の完成とは無関係だとしたら、人格の完成はたちまち貧弱な概念になってしまうのではないだろうか。

阿部次郎の影響を受け、人格の完成を理論の中心にすえたのが河合榮治郎である。河合榮治郎は、だれにでも人格の完成をめざす権利があるという視点によって、阿部次郎の限界を克服した。河合榮治郎は学生に対してこそ教養主義的な人格完成を説いたが、社会政策をとなえるときの河合には阿部次郎のような貴族主義的な偏向はない。河合榮治郎は、社会が人びとの人格完成を阻害することがはなはだしくなったときには、国家が社会のゆがみを正すために介入するべきであるとした。人格完成ということばは、ここでは知的能力の高低を問わず、職業のいかんを問わず、すべての人に当てはまるものとして定義されている。だれにでも人格の完成があるということである。人格完成ということばをつかっているが、わたしの用語法ではその中身は自己実現である。

2　山本有三

山本有三（一八八七～一九七四）と夏目漱石の関係は、河合榮治郎と阿部次郎の関係に似ている。前者が自己実現に近く、後者が人格完成に近い。

阿部次郎は職業活動は人格の成長に無縁だと考えた。利益追求は社会的紐帯をつくらないと考えたからである。だから阿部次郎にとって人格の成長を実現できる人は限られていた。河合榮治郎は人格主義に賛同したが、この点には同意しなかった。政治の目的はすべての人の人格の成長だと考えたのである。この本でのわたしの用語法に従えば、河合榮治郎は人格の成長ではなく自己実現を論じていたのである。

同様のことが山本有三と夏目漱石についても当てはまる。夏目漱石はあくせく働くことを評価しなかった。人格の成長は本を読んだり絵を鑑賞したりすることにあるのであって、あくせく働くことは人生の貴重な時間を無駄にすることだと、ストア派のような考えを持っていた。それに対して山本有三の小説に登場する人物は額に汗を流して働きながら、まさしく「人格の成長」をとげていくのである。わたしの用語では自己実現と人格の成長が同時並行して進んでいくのである。一九三七年に『朝日新聞』に連載された『路傍の石』の主人公・愛川吾一はそれを最もよく代表している。

吾一は極貧の家に生まれた。父親は意固地な男で、訴訟沙汰に明け暮れている。ろくに家に帰ってこない。そのため母親が袋貼りの内職で家計を支えている。吾一は成績優秀で中学校に進みたかった。しかし親が貧乏しているため進学することは許されず、高等小学校を卒業すると近くの呉服屋に奉公に出された。やがて母親が死ぬと、吾一はひとりで上京して文選工になる。そして働きながら夜学に通うようになる。学資は高等小学校のときの恩師の次野先生に出してもらった。一九歳になっていた。せめて教科書代くらい自分で出そうと思って、懸賞の出ている雑誌にさかんに投書した。あるとき吾一は三等に入賞して賞金二円を手に入れた。

だれにでも自己実現はある。われわれはそれを尊重しなければならない。そのことはデモクラシーの重要な原理である。しかし尊重することと尊敬することは違う。価値観や立場は人によってそれぞれであるから、気に入らない自己実現もあるし、軽蔑したい自己実現もある。競争相手の自己実現と自分の自己実現が競合することもある。そういうことがあるのは認めなければならない。社会学では職業威信などといったことばをつかうが、社会には地位が高いと見なされる職業とそうでない職業が事実として存在するのである。印刷屋の文選工など高学歴エリートの目には取るに足りない存在に映っているかもしれない。しかしそういう偏見や差別があることを認めたうえで、なおかつ他者の自己実現を尊重するのが、多元主義ということであり寛容ということである。

山本有三は人格完成を到達目標として自己実現をとらえた。阿部次郎や夏目漱石のように、あくせく働くことは人格完成とは無関係だという立場はとらなかった。こつこつと仕事にはげみながら、しかも自己利益の追求が社会公共の利益と合致する道を模索する、そういう生き方を描いた。『路傍の石』は教養小説（ビルドゥングス・ロマン）の影響を受けているといわれるが、わたしにいわせれば強調すべきことは吾一が職業活動を通じて成長していくことである。吾一の生き方は夏目漱石や阿部次郎が推奨するようなストア的な生き方ではない。吾一の姿には、まさしくヘーゲルが『法の哲学』で描いた市民を彷彿させるものがある。

『生きとし生けるもの』は一九二六年に『東京朝日新聞』『大阪朝日新聞』に連載された。山本有三のはじめての長編小説であり新聞小説であった。連載にあたって掲載された「作者の言葉」は山本有三の作風をこのうえなくはっきりと表明している。「……この世に生を受けてゐるものは、必ず何等かの意味において、太陽に向かつて手を伸ばしてゐないものはないと思ひます。……しかしお互いにより多くの光を浴びようとする結果は、あるものは光を得て栄え、あるものはそれが得られないで衰へてゆきます。同じ生をこの世に受けながら、乏しい光しか恵まれないためにやせ細った人々が沢山あることを思ふと胸が痛みます。けれども天空に高く、広く枝を張ってゐる大木は、地上に大きなかげを作るからといって、その枝を切り取られなければならないものでせうか……」（『東京朝日新聞』一九二六年九月二四日付）。

実際、このことばの通り、『生きとし生けるもの』は「太陽に向かって手を伸ばしてゐる」人たちを描いている。ただしそれはたんに営々努力して成功やしあわせを手に入れるというのではない。だれにも経験がありそうな誘惑、自分さえ黙っていればだれにもわからないといった誘惑とのたたかいが描かれる。人生をよく生きるとは良心に照らして恥じることのない生き方なのである。『生きとし生けるもの』はすぐれて倫理的な小説である。

わたしは『生きとし生けるもの』を中学一年生のときに読んだ。何ともいえずすがすがしい気持ちになったことを覚えている。けれどもまもなくストーリーはすっかり忘れてしまった。読み返してみると、ひとつひとつのエピソードが倫理的な葛藤を取り上げており、ストーリーの記憶より倫理的な葛藤の印象がずっと強いのだ。物語は曽根周作の生い立ちから始まる。周作は炭鉱の坑内で生まれた。両親はふたりとも炭鉱で働いている。周作は優秀な子だった。そのうえ正義感の強い子だった。周作は小学校を出るとカンテラを下げて坑道で働くようになった。ある日坑道に発破をかけるときに周作は逃げ遅れた。しかし奇跡的に助かった。周作を見込んだ老技師がお金を出すから学校をしこんでやりたいといい、そのおかげで周作は進学することができた。ここまでが最初の章で、次の章から物語は周作の息子である夏樹の時代に飛ぶ。数十年後、周作は実業家として成功している。夏樹は周作の息子で、周作が起こした銀行に勤めているが、そこで偽かわせ事件が起こったり、給料袋に女子職員が間違えて余計なお金を入れてしまう事件が起こったりするのである。そしてある人は安易に人を信頼したことを悔やんだり、別の人は間違えて渡されたお金をこっそり使ってしまって罪の意識にさいなまれたりする。そういうことを通じて、だれもが社会人としての生き方を身につけていくのである。

3　道徳的な主題に取り組んだ作家を国家は目の敵《かたき》にした

『路傍の石』の吾一や『生きとし生けるもの』の周作は、どんな貧しい生まれのものであっても、能力と努力次第でかならず道が開けることを証しする存在である。アメリカンドリームということばがあるが、それにならっていえば「日本の夢」を体現している。山本有三が描く「日本の夢」は、アメリカンドリームよりずっと堅実で道徳的な生き方である。周作の人生は駆け足で描かれただけだし、吾一の人生は『路傍の石』が中途で終わったために十分に描かれていないが、こころざしを抱き努力を怠らず、不正を憎む彼らは、周囲の人たちにも支持され、少しずつ社会のはしごを登っていくのである。そういう人たちが大きな発言力を持つようになれば、勤勉な人が増え、正義が守られるようになり、社会は良くなっていくであろう。山本有三は至って健全な社会道徳を描こうとした作家なのである。

ところが往々にして山本有三は社会主義運動に共感し革命運動に声援を送る「同伴者」と見られた。周作は炭鉱夫の子どもであるが、労働運動の闘士になるのではなく銀行家になるのに、である。おかしなことではないだろうか。山本有三の作品には貧しいものに対する同情や社会不正を憎む感情が表現されているが、貧しい人びとに対する同情や金持ちのエゴイズムに対する憤りはあっても、ブルジョア道徳に対する批判は見られないし、まして革命戦略を応援するような記述はどこにも見られない。

国家がこういう作家を大切にしなかったら人びとは国家を信用しなくなるし、道徳は廃れるばかりである。ところが大切にするどころか陸軍や情報局は共産党シンパではないかと目をつけていた。『女の一生』は一九三二年一〇月に連載が始まったが、連載中に主人公の息子が左翼運動に傾倒するくだりにさしかかると、山本はとうとう特高に呼び出された。特高部長室へ行くとそこにいたのは安部源基だった。安部は『女の一生』があとどのくらい続くか尋ね、それが二日や三日で終わらないことを聞き、それならと留置場に収容することを告げた。安部が戦後に書いた『昭和動乱の真相』を読むと、なかなか胆力のある人物だったようであるが、安部のような人物でも山本有三の示す道徳が日本人にとって有益だと判断する賢明さはなかった。有益と考えるどころか、共産党にカンパしたのではないかという嫌疑をかけ連載を中止させることに興味を持っていた。正直や勤勉の徳を宣揚する作家を留置場に入れてしまう。そういうところが軍国主義時代の日本国家の弱さだったというしかない。

山本有三の受難は一九三〇年から三一年にかけて連載された『風』が原因だった。『風』の中で山本は陸軍で横行していたいじめを描いた。上等兵が初年兵の口に馬糞を押し込むといういじめである。これを陸軍が問題にした。火元は第一一師団長の松井石根だった(9)。松井石根は足下の規律の緩みを正すより軍の体面のほうを重んじた。長たる立場の人間が松井のような過剰な反応を示す。それを形容するのは軍の増長ということばより、やはり国家の道義的弱さということばのほうがふさわしいだろう。

ちなみに『風』の馬糞の場面は朝日新聞社を困惑させた。検閲を恐れて大幅にカットしたが、それでも軍の干渉は免れなかった。この一件で山本は軍に睨まれることになり、あとあとまで災難がふりかかるのである。山本のもうひとつの代表作『路傍の石』も中断を余儀なくされた。『路傍の石』第一部は一九三七年六月に無事完成した。ところがその翌月に上海事変が勃発した。寺内内閣以来軍部に睨まれていた朝日新聞は窮地におちいり、『路傍の石』の第二部はいつになったら始められるかわからなくなった。そこで『路傍の石』は未完で終わることになった。山本は主婦の友社から新しく書き直したものを『新編路傍の石』として連載することにした。このように山本有三の作品は未完に終わったものがたいへん多いのである。

4　新聞小説を書けるのは戯曲を書ける作家

夏目漱石が一九一六年に四九歳で他界して以来、朝日新聞は漱石のあとを襲うべき作家をさがしていた。実はその白羽の矢を立てられたのが山本有三であった。山本有三ははじめ戯曲を書いていた。長編小説に手を染めたのは、東西の『朝日新聞』に連載した『生きとし生けるもの』(一九二六年)が最初だった。菊池寛にすすめられたのがきっかけだったが、当時、菊池寛はその朝日に『第二の接吻』を連載中だった。

新聞に連載小説を書くのは作家にとってはたいへんな仕事である。純文学なら締め切りなど気にせず、自分の書きたいことにじっくり取り組むことができる。しかし新聞連載となるとそうはいかない。毎日決まった量の原稿を書きつづけ、毎回、小さな山場をつくらなければならない。その点、巧みなのは劇作家である。というわけで新聞社は戯曲を書く作家に書かせることが少なくなかった。菊池寛、山本有三、岸田国士、獅子文六など、みな戯曲を多く書いていた作家である。

山本の朝日新聞第二作は『波』であった。一九二八年に連載された。山本は、朝日以外に小説を書かない、朝日は毎月決まった手当を支給するという契約を、朝日新聞社と結んだ。だから掲載紙は東西の

『朝日新聞』である。かつての漱石に準じる待遇だった。そのあと山本は『風』（一九三〇〜一九三一年）、『女の一生』（一九三二〜一九三三年）、『路傍の石』（一九三七年）を『朝日新聞』に書いた。

山本有三は同時代の良心を象徴する作家だった。『風』が陸軍を刺激したことはいましがた述べたばかりだが、この物語はミステリー仕立てで、昭和初年ころの社会を描いたものである。上層階級の家庭の生態、革命運動に奔走する人びとの姿など、きめ細かに書き込まれている。主人公の佐賀もと子は裕福な実業家の娘だが、女性や下層の人びとを蔑視する父や兄に反発して家を出ている。父親は人間の値打ちを金で測るような価値観の持ち主である。もと子は革命運動に駆け回っている瀬川といっしょに暮らし派出婦として働いている。派出婦として働いている家庭にはおときという女中がいた。おときは腹膜炎になるが、ろくな手当もしてもらえないまま実家に送られ、そのまま死んでしまう。

おときが腹膜炎で苦しんでいるとき、あるじはお出かけの準備に余念がなかった。もしも奥さんに、少しでも同情があったら、おときは死ななくてすんだのではないか。「もとより、あの奥さんは意識してああやったわけではないけれども、そうかといって、あれは決して無意識状態とは言われない。しかし法律はもちろん、社会もそれに対して、なんにも言わない。いや、そんなことを言えば、人はかえって笑うかもしれない。工場についてだと、搾取だとか、酷使だとかいうことばが盛んに叫ばれるが、家庭労働については、何ひとつ言われたことがない。それは組織を持たないからかもしれないが、組織さえ持っていない人びとのために、それはもっと叫ばれてもいいのではあるまいか」（『山本有三全集』第六巻、新潮社、一九七六年、三八九ページ）。

物語の最後のほうで、もと子が社会を川の流れにたとえて語る場面がある。川の流れは長い時間のうちに変わる。川は両側に岸があって、その岸に沿って流れているように見えるけれど、そうではない。

国や社会も同じだ。法律だの道徳だのというものは大きな川の岸のようなものだ。流れが変わらないように高い土手をつくったり堤防をコンクリートにしたりするけれど、いつか大水がきて堰を切ってしまう。そして川はいままでと全然違うところを流れるようになる。同じように国や道徳も、いつまでも時代の流れにあらがいつづけることはできない。そう妹ののり子に語る。するとのり子は、お姉様はいまのような生活をしていてしあわせなのか、と聞く。もと子は自問する。たしかに当たり前の目で見たら、愚かのきわみかもしれない。しかし、それなら、女学校を出て、恋愛のまねごとをして、結婚して、それからあとは一生おみおつけとおしめの苦労をする。それがはたして利口な生活だろうか。幸福な生活だろうか、と（同右、三八〇ページ）。

5　一九三〇年代には民主主義の基盤となる意識が形成されていた

一九三〇年代前半までに戦後のデモクラシーの基盤が形成されていたという視点で通俗文学を考えるとき、山本有三は最も重要な文学者である。繰り返しになるが、山本有三は自己実現と人格完成をめざす生き方を心を込めて描いた。『女の一生』『路傍の石』『心に太陽を持て』はその代表作である。

中でも山本の本領が最も発揮されているのは、一九三二年から三三年に『朝日新聞』に連載された『女の一生』である。物語は主人公の御木允子《まさこ》の少女時代から始まる。冒頭のシーンは幼なじみの昌二郎との場面である。允子と昌二郎はたいへん仲良く、いずれ結婚すると周囲も思っていたし允子も思っていた。ところが昌二郎は友人の弓子に取られてしまう。允子は気落ちするが、気を取り直して医師になろうと思い、医学専門学校に通う。

専門学校生のときにドイツ語教師の公荘《くじょう》と知り合い深い仲になる。そして赤ん坊を身ごもってしまう。ところが何と公荘は結婚していた。公荘は金を工面してきて堕胎するようにいうが、允子はそういう公荘に愛想を尽かす。公荘と別れ未婚の母になる決心をして子どもを産む。すると公荘が産院に訪ねてきた。そうして君ひとりの手で子どもを育てるのは無理だ、自分の子どもとして育てたいと申し出る。しかし考えたすえ、允子はそれも拒絶する。この子は自分の子どもだ、どうしても渡すことはできない。戦前のことだから私生児に対して社会は冷たい。しかしそれを覚悟のうえで允子は医者として働きながら息子を育て上げようと産褥の床で決心する。

ここには結婚も仕事も、女であれ男であれ、生きていくことは自分の意志で選び取るものだという思想がはっきり打ち出されている。そして間違ったことをせず、実直に生きる人には、必ず周囲の人たちが手を差し伸べるものだという考えが、そしてまた、そのような関係をこしらえることによって、人びとはともに手をつないで社会を良くしていくのだという考えが、表現されている。たとえば兄の大介は允子が意にそぐわない道を選ぶと真剣に反対する。しかしだからといって允子を見放すことはない。独身の允子が妊娠したことを知って、允子の兄は私生児を産むのかと怒りをあらわして允子を非難する。しかし赤ん坊が生まれると、兄は当分の生活費の足しにするようにと、まとまった金を允子に渡す。たとえ考え方は違っても、兄は妹の生き方を尊重しているのだ。公荘もかげに陽に允子を助ける。允子が働き始めたとき、最初に雇われた医者は闇で堕胎手術をおこなう悪徳医だった。まもなく悪徳医は逮捕され、允子も何度も手術をしたのではないかと疑われるが、公荘のおかげで嫌疑がはれて釈放される。

それから公荘はたびたび赤ん坊に会いに来るようになる。允子はもう来ないでほしいと思いながらも、どこかで公荘に心をゆるしている。実はこの一年の間に公荘の妻は長年の闘病の甲斐なく病死していた。

公荘は允子との結婚を望んでいるのである。結局ふたりは公荘の前妻の一周忌がすむのを待って結婚する。そしてふたりの暮らしが始まる。

『女の一生』の後半で允子は、息子の允男の育て方をめぐって公荘と対立したり、左傾して家を飛び出した允男にはらはら気をもんだりする。息子の行方は杳として知れず、やがて公荘にも先立たれて、允子はひとりになる。それから允子は小児科と産婦人科を開業する。物語は允子が昨夜ある労働者の赤ん坊を取り上げて帰るところで終わる。次はその最後の一文である。「どこかでかけているラジオ体操の勇ましい声が聞こえてきた。彼女は歩いていながら、自分も一、二、三、四と、いっしょに叫びたいくらい、大地を力強く踏みしめていた」（『山本有三全集』第七巻、新潮社、一九七六年、五三八ページ）。

6　女の一生は働く女の一生

山本有三はひとりひとりの人間が正直かつ勤勉に生きることとの大切さを訴えた。小説の題名にもなっている「真実一路」とはそういうことである。それを根本にすえ、社会はそういう人たちの努力が報われるように公平でなければならないと訴えた。「真実一路」の価値を山本有三ほどしっかり訴えたものはいなかった。どんな境遇にあっても、正直・勤勉・思いやりなど大切なものを失わない。そういう人と人とのつながりを描いた。

『路傍の石』では、吾一が文選工として働く工場の様子を、山本有三は克明に描き込んでいる。こういう労働の具体的な描写は二〇年前の家庭小説には見られなかったものである。『風』ではブルジョア家庭を描いたが、その主婦はお手伝いを人間扱いしない。お手伝いは腹膜炎を起こすが、ただの腹痛だとしか思わない。その結果、彼女は死んでしまう。二〇年前の家庭小説に登場する悪役は嫁いびりをした。いま悪役は貧乏な下女を、それという悪意もなしに死に至らしめるのである。主観的な善意は客観的な害意を意味することがある。新しい社会的な紐帯はそれを乗り越えたところに築かなければならないのだ。

山本有三の登場で新聞小説の視点は変わった。上流社会から庶民の社会へ。かつて描かれることのなかった仕事の場面が描かれた。あこがれから理想へ。家庭小説の諸作では、富豪や華族やといったあこがれの人たちの家庭が物語の舞台になった。山本の小説では、上流階級の人びとと庶民とは同じ共同社会の成員である。両者がいっしょに生きるための規範を模索しなければならないのだという課題が提起される。山本有三はしばしば「同伴者」といわれたが、彼は階級的な敵愾心を描いたわけではない。この点はプロレタリア文学と違うのである。

ではジェンダーの視点から見るとどうか。肝心かなめの点は女性の生き方がどうとらえられているかである。まず結婚について。昌二郎を仲良しの友人の弓子に奪われた允子だったが、親や兄は傷心の允子を心配し見合いをすすめる。しかし允子は気が進まない。「結婚ってそんなにバカげたものだとも思わないけれど、世間の人が考えているように、人生の一大事だとも思ってやしないわ。せいぜい生きていくうえの一事件ぐらいにしか考えてないわ」（同右、一二七ページ）と語る。允子は見合いの口をすべて断り、父親の反対を押し切って医学専門学校に進学する。

次に子育てについて。兄が結婚して赤ん坊が生まれると、犬ばかり可愛がっている兄に対して、赤ちゃんの世話くらいもっとしなくてはダメだという。「ねえさん、これからおむつの世話ぐらい、少しさせるほうがよくってよ。男ってほんとうにわがままなんですもの」（同右、一五一ページ）と、父親の子育て参加を慫慂する。

山本有三はひとりひとりが正直かつ勤勉に生きることの大切さを訴えたと書いたが、正直かつ勤勉に生きるというのは、男も女もという意味である。『女の一生』をしめくくる「第二の出産」の章には、山本有三が女性の生き方についてどう考えているかをあらわす一節が見える。

「女には二つの出産がある。肉体的の出産と、もう一つの出産が。肉体的の出産によって女は母になる。そしてもう一つの出産によって母おやは人間になるのだ。肉体的の出産はどんな女でもする。それは動物にだってある。もう一つの出産は、非常に幸福な母おやか、ぐうたらな母おやは経験しないでしまうことがあるかもしれない。しかし、世の中がこう騒がしくなってくると、それを知らないで過ごすことは、ほとんどあり得ないのではなかろうか」（同右、五三七ページ）。

かわいがって育てた息子が出奔し、夫は病死した。允子は長い間苦しんだが、いまやっと一歩踏み出した。開業医として仕事を始めた。それが允子の第二の出産である。子育て中、允子は家庭に入っていた。子育てと仕事の両立に苦しんだあげく、子育てに専念する道を選んだのである。そして子育てには子育ての悩み苦しみがあった。何より允子が心を痛めたのは、息子が自分の選んだ人生を歩むために決然と親から離れていったことである。允子は息子の身の上を案じながらも、息子がよき人生を歩んでいくことを信じようとしている。やはり本人の意志を尊重しているのである。そうして夫とも死別してひとりになったとき、彼女はまた仕事を始める。自己実現は男にだけ開かれた道ではないのである。

第6節　島木健作の『生活の探求』

1　ベストセラーになった『生活の探求』

島木健作は新聞小説の書き手ではなかったが、自己実現を考えるときは避けて通ることができない作家である。

島木健作の経歴を年譜によってたどってみると、島木は東北大学法学部専科に在学中学生運動に参加し、やがて学業を捨てて香川県で農民運動にかかわる。一九二八年、三・一五事件の共産党大弾圧で検挙され、転向声明して下獄した。四年間の服役後、仮釈放される。一九三四年、三一歳のとき、島木は『癩』を書いて一躍有名になった。こうして作家島木健作が誕生した。共産主義からの転向を追究したので転向作家といわれる。

転向ということばは定義が難しい。まず、たんに共産党の運動から離れるだけのことを転向という。逮捕され収監されているときに、今後自分は革命運動をしないと約束して自由の身になること、これがいちばん一般的な意味の転向である。難しいのはその先のことである。中野重治は逮捕されて転向したあとも作家活動をつづけ、革命思想を捨てない人物を描きつづけた。戦後は日本共産党の最高幹部にまでなっている。政治運動はやめるが、思想を捨てない転向である。これと対極にあるのがマルクス主義の思想も捨ててしまって国家主義者に変貌し、これまでとは打って変わって激しく共産党を攻撃するタイプの転向である。林房雄はこのタイプである。

島木健作の転向はこの中間である。『生活の探求』に登場する人物は何らかの体験によって信奉していた思想に対する確信が揺らぐ。権力によって思想や行動が強制的に変化させられるのではなく、自分自身の内的理由によって思想が変わるのである。その内的理由を形成したのがものづくりの体験だった。この場合は農業体験である。

主人公の杉野駿介は優秀な少年だったが家庭は貧しかった。しかし篤志の人物の仲介で同郷の裕福な事業家の家に書生として住み込み夜間中学に通った。そして大学に入った。ところが大学に入ったとたんに肺炎で倒れた。療養のため帰郷した駿介はこのまま大学をやめて農民になろうかと考えている。彼は革命運動にシンパシーを感じているが、どこか納得できないと感じるところがあった。思想は正しいと思うのだが、現実から遊離しているのではないか。頭でっかちの知識青年は真に現実を把握することができるのか。大地に根をはった生活をするべきではないか、そう苦悩する駿介だったが、父親の農作業を手伝ううちじょじょに農民の知恵に畏敬の念を抱くようになっていく。

駿介の転向は人格の完成から自己実現への転向であった。社会の構造や歴史の方向を把握し、自己の利害を捨てて人びとのためにたたかう人は、人格の完成という立場から見ると敬仰すべき立派な人である。駿介は思想を信じることから人格の完成をめざすようになっていた。そういう立場に立つと、自分たちがつくすべき民衆は自分のことも社会のこともよく知らない人びとである。だから自分たちは民衆を指導しなければならないということになる。

ところが実際に農作業の現場に立ってみると、そこには歴史につちかわれた深い知恵がつまっていることが見えてくる。農民は無知蒙昧でただ指導を待っているだけの存在ではない。ひとりひとりにかけがえのない自己実現があるのだ。そしてそのことを実感するにつれて、駿介は革命思想の観念性をますます強く意識するようになり、革命思想の内的変革が必要だと考えるようになる。そうして農民に対する敬意と革命思想の両立を模索しなければならないと考えるようになるのである。それはいわば自己実現と人格完成との両立である。あるかなきかのその道を駿介は歩もうとするのである。

2　井戸掘りに込められた農民の知恵

『生活の探求』は大衆小説ではない。難解な思想小説である。人生いかに生きるべきかを問う重厚な内容の小説であるが、驚くべきことに一九三七年に刊行されるやたちまち大ベストセラーになった。物語は井戸掘りの場面から始まる。この場面は小説全体のテーマを象徴する場面である。今年は日照りつづきによる水不足で、作物の出来が心配された。そこで駿介はこれを機会に、井戸の掘りさげをしたらどうかと父親に提案した。

はじめて経験する井戸の掘りさげは、実際にやってみるとたいへんな労働だった。なにしろ長年つちかわれた知恵がなければとても作業はできない。井戸の側壁に組まれた石をどうはずすか、などなど、ひとつひとつの作業に何百年もの蓄積がふくまれているのだ。井戸底は冷え冷えとしていて、暖かな陽気の日でも一時間つづけて作業するのがせいぜいである。はずした石をもう一度側壁に戻すとき、並べた石の裏側にバラスを詰めなければならない。それはウラグリと呼ばれて、井戸が土中の水の圧力で崩壊するのを防ぐのに欠かすことのできないものだった。そういうことを駿介は何ひとつ知らなかった。そのうえろくに体を動かしたことのない駿介は、石もうまく持ち運べない。四苦八苦したあげくに石を足の上に落として怪我をする始末だった。

井戸掘りは村の若者に応援してもらって無事完了した。彼らの作業の一部始終を見ていて駿介は感動した。長い年月をかけて農民の間に蓄積された無名の知恵に、そして神経痛持ちの六五歳の父の、ものなれた力強い物腰に、駿介は名状しがたい、心の底からの、あたたかい尊敬を感じたのである。

このあと駿介は、父の農作業を手伝ったり、あるいは村の相談ごとに出るのをまかされたりして、だんだん農村の生活に入っていく。麦の収穫で鎌をふるったときは、父のようにうまく刈り取りができなかった。鎌の扱いひとつにもコツがあることを駿介は思い知らされた。この年は日照りつづきで、夏が近づいても雨が降らなかった。この様子ではとてもすべての田に一度に水を引くことはできないというので、田への水引きをめぐって村はもめた。もめながらも田植えのための早乙女を出したり、村の農事は進んでいく。結局さんざんもめたあとで恵みの水が降って村人の心配は解消したのであるが、その後も駿介は、タバコの乾燥、秋の祭礼、そして稲刈りといった年中行事の進行につれて、だんだん村の生活にとけ込んでいった。そういった村の生活のひとこまひとこまが、駿介にとっては心の糧だった。乾いた田が雨を吸い込むように、駿介の心はよろこびをもって村の生活を吸収した。同時に彼は、田に引く水を貯水するといったことひとつをとっても、何か工夫ができるはずではないのかと思い、そういった農村改善の仕事が彼自身に与えられた役目のように感じるのだった。

物語の最後のところで駿介はふとしたことから、この改善の仕事を成しとげることになる。それは県の地方専売局に掛け合って、タバコの耕作反別をふやしてもらうことだった。タバコをつくっている村人たちは皆、もっと多くの耕作を望んでいた。各農家の耕作反別は、部落耕作者組合の総代を窓口にして専売局と交渉する制度になっていたが、総代は村いちばんの耕作面積を許されており、そのためか村民の切実な願望にはまったく無関心だった。そこで駿介は総代の頭ごしに専売局と掛け合って耕作反別の大幅増加をかち取ったのである。人びとはまるで奇跡が起こったとばかりによろこび、駿介はこれからの彼の生きていく道にひそかな展望を見つけ出すのだった。

だいたい以上が『生活の探求』のあらすじである。

3　観念から経験への転向

実をいうと『生活の探求』は検閲を通るために用心深く選ばれたことばで、つまりいわゆる「奴隷のことば」で書かれている。駿介は「脱出の道のない、泥沼のやうな観念の世界」にはまり込んだと書かれているが、それは日本の革命運動の観念性を指しているのであり、そういう革命運動を正しいと見て自分自身もそこに惹かれていた駿介自身の観念性を指す。自己批判のことばである。

いま駿介は別の道、つまり「何か生活的なもの、実質的なもの、中身のぎつしり詰まつてゐるもの、生産的なもの、建設的なもの、上附かずにじつくり地に足のついたもの」を求め始めている。小説の出発点では、駿介はまだその道に踏み出したわけではなかったが、物語の進行を通じて、駿介は実践によってだんだん変わっていく。そしてその過程における主人公の内面のよろこびをつぶさに叙述していくのである。

駿介が学業を放棄して農民になろうとしたのは、「生きるための彼のいとなみが、そのまま彼の全人間を生かすための道と一つになつてゐるやうな状態、多くの人がそれを求めてゐる。駿介も亦それを求めてゐる」(『島木健作全集』第五巻、国書刊行会、一九七六年、七九ページ)からである。このことばは、われわれにはわかりやすい。現代人はますます自己実現的になっており、まさしく「生きるためのいとなみがそのまま自己の全人間を生かす」ような、そういう生き方を求めているからである。

ところが、それではわかったことにならない。駿介は学業を中途で放棄して帰郷しようと考えたからである。帰郷とは要するに農業に従事することである。この一〇年間、親元を離れ篤志家の家に寄宿してまで学業に励んできたのに、いまさら方向転換して農業を継ぐことが、どうして自分の全人間を生かすことになるのか。せっかく大学で専門知識を習得したのに、なぜ帰農なのか。

実は駿介の考え方を要約すれば次のようになる。いまの社会は矛盾に満ちている。その矛盾をなくして正義を実現するためには革命が必要である。革命のためには個人のささやかな自己実現などにかかずらわってはいられない。みずからを犠牲にする覚悟が求められる。そのことは一応理解できるのだが、しかし古くから伝わる知恵を受け継いだ農民の暮らしに接していると、農村を封建的と決めつけている革命運動のほうが間違っているのではないかと思えてくる。みずからを犠牲にするのは革命運動の方針に忠実であることではなく、うすっぺらな観念を捨てて農民とともに日々を過ごしていくことなのではないか。そうであれば学生などつづけていられない。駿介は農民の自己実現に対しては尊敬の念を抱いていながら、自分自身に対しては自己実現ではなく自己犠牲を課さなければならないと考えているわけである。実に窮屈な考え方なのである。

そのくせ駿介は農業の営みによろこびを見いだしている。駿介が農業をこころざした根底には、インテリである自分に対する自己否定の動機が働いていたはずであるが、次の文章にはそういった響きはない。

「彼は考へを練り、次々に計算することがたまらなく愉快であつた。半年前までは全く知らなかつたこれは愉快さだ。彼は自分がこのやうに行動的な人間であり得るといふことを新しい発見のやうに思つた。彼の計画は、彼自身の欲するところに基づいてゐる。いやいやながらでもなく他からの強制でもない。さうして今のところ、計算したことを直ちに実行に移すことが出来る。実行の成果は彼の労働の生み成した具体物としてはつきりそこに現れる。彼の曾つて知らなかつた爽快な愉快さはそこから来る」（同右、一九四～一九五ページ）。

これは作物を育てるという「ものづくり」に対する敬意が自分の内側から自尊感情としてわき出ているような文章である。ここにあるのは、勤勉で、進取の気風に富んだ、営農意欲あふれる、ひとりの自己実現的な農業人である。別の言い方をすれば、農民としての駿介はまるで小さな企業経営者のようである。駿介は理屈では窮屈な思想にとらわれていながら、感情的には自己実現のよろこびを肯定しているのである。いずれにしても島木健作は白井喬二とはまったく違う道筋をたどってものづくりへの敬意にたどり着いたわけである。

第7節　舟橋聖一の『悉皆屋康吉』

1　日米戦争中に書かれたものづくり小説

舟橋聖一が『花の生涯』『絵島生島』『新・忠臣蔵』など、さかんに新聞小説を執筆するようになったのは戦後のことであるが、戦争中こつこつと書き進められた『悉皆屋康吉』は注目すべき作品だと思うのでここで取り上げておきたい。舟橋聖一は一九二〇年代中ごろに作家活動を始めた。はじめは比較的政治に近い立場にいた。しかし一九三〇年代中ごろからは政治にかかわらない態度を保持した。

舟橋聖一の『悉皆屋康吉』は、一九四一年に巻の壱が書かれ、そのあと巻の弐から巻の四までは一年に一回のペースで書き継がれた。それから巻の五から巻の八までが一気に書き上げられ、単行本として刊行されたのは敗戦間近の四五年五月のことであった。主人公の康吉は、丁稚奉公からこつこつと働き、やがて染め物の世界で押しも押されもしない名匠になる男である。律儀で、仕事熱心で、研究と工夫を怠らない人物である。染め物の美に惹かれて夢中で仕事をしてきた康吉は、いつからか自分は職人じゃない、芸術家だと、ひそかな矜持を抱いている。

康吉はいまや自他ともに許す名匠である。震災や昭和恐慌の取りつけ騒ぎやを乗り越えて、やっと自分の店を持つまでにこぎつけた。あこがれていた奉公先の一粒種の娘と結婚した。康吉が送り出す商品は評判になり、あるとき店を持ったままでいいからデパートに入社しないかという誘いを受ける。和服の展示会のとりまとめをまかせたいというのである。その展示会で、康吉は五名家のひとりに選ばれ、小紋などを出展した。斯界で尊敬されている老大家の阿蘇金助が展示会の帰りに感想を伝えるためわざわざ康吉の店に立ち寄ってくれた。阿蘇は康吉の作品を激賞した。

康吉が最近の時勢に対する不安をもらすと、阿蘇は語った。「だれにだってある。が、それをはっきり取り上げている人とないひと。そのちがいだ。だが、康吉さん、世の中がいつまでこれでいいというわけはない。時流に媚びたら、おしまいで、そこに気をつかいさえすれば、あとは火の玉のようになって、一生を燃やしつくしていくのがいい」（『舟橋聖一選集』第二巻、新潮社、一九六九年、一二九ページ）。

地味でも、自分が天職と心得た仕事にはげんでいけば、おのずと生計が立つ。そういう安定性を社会に求める気持ち、それが市民生活の自由の基盤である。そのいちばんかなめの市民生活の自由に対して、時代が爪を立てて襲ってくる。自然災害はしかたがないとしても、金融恐慌が、戦争が、自分たちの生活を襲う。しかもそのものの正体はよくわからない。だれとも見定めのつかないものたちが、よってたかって自分を翻弄する。得体の知れないものたちが市民生活の自由を破壊しようとしている。康吉が感じている不安は、ひとことでいえばそういう不安である。老大家はそれに答えて、自分の仕事に「火の玉のようになって」打ち込むしかないと答えたのである。

『悉皆屋康吉』は中村真一郎（『文学的感覚』）や亀井勝一郎（新潮社版日本文学全集『舟橋聖一集』の解説）によって激賞されたが、そのかくれた理由は明らかである。この作品が、自己実現的に生きている人間の姿を丹念に描いているからである。であるから読者は、自己実現的に生きる人に対する敬意を抱くのである。『悉皆屋康吉』ほど、丹念に自己実現的な生き方を描きあげた小説は、戦前の日本文学には見当たらない。主人公の康吉は政治や経済の先行きに漠然とした不安を感じている。ただし積極的にどうあるべきかということは、康吉の思慮の外にある。だから小説には政治経済について踏み込んだ言及はあまり見られない。しかし読者が痛切に感じさせられるのは、庶民の自己実現的な生き方を踏みにじる政治や経済は、本質的に首肯できないということである。これは遠回しながら軍国主義に対する批判になっている。台頭する軍国主義に対して自由主義や社会主義は後退を強いられたが、その中でも『悉皆屋康吉』は戦後民主主義につながる立派な後退戦ではなかっただろうか。

2　宇野千代の『人形師天狗屋久吉』

一九四二年、宇野千代の『人形師天狗屋久吉』が『中央公論』に二回に分けて掲載された。『悉皆屋康吉』が逐次発表されていた、その間のことであった。これは宇野千代得意の聞き語りのかたちで書かれた作品で、内容は文楽人形をつくる老人形師の芸術談義である。やはり『悉皆屋康吉』と同じ系列に属する作品である。宇野千代は一九三五年に『色ざんげ』を書いたときから、聞き書きという方法をしばしば使った。宇野は中央公論社長、嶋中雄作の家で『阿波の鳴門』のお弓の人形を見た。そのとたん作者である天狗屋久吉（天狗久）の話を聞きたくてたまらなくなり、すぐに徳島を訪れた。そのとき天狗久は八六歳になっていた。

天狗久は一六歳のときから、七〇年間、板の間の小さな座布団にすわって鑿をふるってきた。天狗久の話は、どうかすると身の上話にはならないで芸談になりがちだった。自分はほかの人と違って、制作上のわざを秘密にしないとか、人形をつくっている間が神さまを拝んでいる気持ちだ、自分の技のおよばないところが神さまだとか、天狗久はそういうことを語った。そして自己実現的に生きることに対する尊敬の気持ちを天狗久は次のように語っている。「いつもいつも、このさきのことを考えとる人が一番えらいと私は思うとりますのや。職は大工でも百姓でも、修業の上に修業を重ねる人が偉いのやないかと思います」(『宇野千代聞書集』平凡社、二〇〇二年、五五ページ)。「私の思いますには、誰でも、死んだらあとに残るもんとして、死ぬる際まで稽古をつむのが務めやと思います。なるべきなら、人が笑うもん作って残そうより、ほめてくれるものを残したいと、死ぬる際まで思うていたいものでござります」(同右、三七ページ)。

日中戦争が泥沼にはまり込み、さらにまた一九四一年一二月八日にはアメリカと戦端を開いた。そういう時代に舟橋聖一は染め物一筋に生きてきたある人物を造型し、宇野千代は八六歳の老人形師の話に耳を傾けた。そのことが戦後の民主主義につながるというのはいささか飛躍に見えるだろう。悉皆屋康吉は妻に対してあまり民主的ではないし、天狗久が倦まずたゆまず修行を重ねる人が偉いと語るのは、これも民主主義などとは無関係の立場からの発言である。それにもかかわらず、わたしが康吉や天狗久に力をそそぐ作家の心事に注目したいと考えるのは、康吉も天狗久も国家に自分をささげるといった自己犠牲とは無縁の生き方をしているからである。ものづくり一筋に生きるということは自分を大切にするということにほかならない。

それでもやはり『悉皆屋康吉』や『人形師天狗屋久吉』が、戦後民主主義につながる後退戦と見るのは、無理があると思われるかもしれない。この点は転向の問題も絡むので、整理しておかなければならないことである。というのは、転向はしばしば、転向者を、自己実現の擁護という立場に誘ったからである。ベストセラーになった島木健作の『生活の探求』はそういった思想的格闘をあらわす代表的な作品である。非常に思弁的な小説だが、叙述の底辺に響いているのは、革命運動への献身と自己実現的な生き方の擁護との間で揺れている作者の苦悶である。

3　自己犠牲から自己実現へ

島木健作は、自己実現を擁護する明確な立場を打ち出したわけではない。主人公はインテリゲンチャという自分をいったん傍らに置いて、農民の生活のために奉仕しようと決心したにとどまる。主人公は農民を尊敬するようになった。農民も、いわば集合的な自己実現とでもいうような、長い時間をかけて共同で創意工夫を蓄積するといったかたちの、自己実現の主体なのだととらえる立場に、主人公は立とうとしている。そして主人公は、日々の農民の生活に寄り添って、農民のために奉仕しようと決心する。主人公はそういう立場に立ったのであって、彼自身の自己実現が何であるかは依然として漠然としたままである。労働者農民に対する献身という線を清算したわけではない。

よく三・一五事件の弾圧と転向後に文学者たちは後退戦をどうたたかったかといわれるが、後退戦をしっかりたたかったのはプロレタリア文学者ではなかった。もし、たたかいということばをつかうなら、一九三〇年代後半から、たたかいの主役に押し出されたのは非政治的で自由主義的な人びとだった。彼らは個人の自己実現の大切さを訴えた。それがたたかいだった。彼らの仕事を見ると、なぜ戦後に民主主義がすみやかに定着したかがよく理解される。ひとりひとりの自己実現を大切にしないところに民主主義は成り立たない。国家が国民の自己実現を支えるのであって、その逆ではないのである。

とはいえ、自己実現に対する尊敬だけでは、戦後民主主義の基盤としてはまったく不十分である。もともと明治のはじめから、自己実現的な生き方は、福沢諭吉の『学問のすすめ』や中村正直の『西国立志編』がいち早くとなえていたものだった。ただし、それは福沢の「実学」が示すように、近代産業をつくる人びとを推奨したのだった。福沢の弟子であった矢野龍渓は『浮城物語』で、電気や火薬や等々、近代のものづくりに関心を示したが、矢野もその師である福沢諭吉も染物屋や人形師の仕事をどのくらい評価したかは、はなはだ疑問である。

それはともかく、一般に近代化が進むと、ものづくりや勤勉を尊重する意識が広がっていく。文学の世界でものづくりに対する関心を最初に示したのは『浮城物語』と『五重塔』だっただろう。ただしこと文学ということになると、戦前の文学においては、ものづくりに対する関心は目立つほどの現象ではなかった。露伴の仲間の石井研堂が『明治事物起原』を書いたのは文学に関係の深い人物の著作としては、例外的なことだったというべきだろう。とはいえ『明治事物起原』が文学的関心の産物であったわけではない。文学や批評の世界で『五重塔』の次に注目されるのは柳宗悦である。白樺派の柳宗悦が提唱した「民芸」の概念は、手づくりの作品を機械制生産に対置して、その美しさを称揚する概念であった。「民芸」もやはり、職人の自己実現に対する敬意の表現である。小説家たちの中心的なテーマではなかったとはいえ、ものづくりに敬意を払う意識は二〇世紀になって着実に浸透したのである。

『悉皆屋康吉』や『人形師天狗屋久吉』は『五重塔』の系譜を引くものであるが、戦前の日本文学の中ではそれはか細い系譜である。ものづくりと文学は相性が悪いかもしれない。戦後になるとものづくりはしばしばビジネス小説を舞台にするようになるが、ビジネス小説のすぐれた書き手はそれほど多いわけではない。だからものづくりの世界が小説に取り上げられる背景には、それだけものづくりに対する敬意が社会の中に広がっていたといってもかまわないであろう。いずれにしても『悉皆屋康吉』は、伝統的な文化の担い手もまた、地道な職業活動の中で自己実現の道を歩いているのだということを示した。人びとの自己実現を尊敬する視野は、一九四〇年代前半までにここまで広がったのである。とはいえ、そこにとどまる。

4　自己実現に取り組む文学

そろそろ第三章を結びたい。

一九三七年に日中全面戦争が始まってから、自己実現がしばしば文学のテーマになるようになったと述べたが、実際のところ、高度国防国家の建設が叫ばれ、総力戦体制づくりが現実のものとなり、年を追って物資の欠乏が深刻になるのと並行して、あたかもそれにあぶり出されるかのようにして、自己実現の思想は、文学ばかりでなく、思想の世界にも、社会科学の世界にも、姿をあらわすようになる。軍人が先頭に立って、すべての国民に対して国家への献身と自己犠牲を強要するようになったとき、その対極にある普通の人間の自己実現を光の中に押し出そうとする力が文学者や思想家や社会科学者を動かしたのである。わたしが生産力理論と島木健作の文学に共通性を見ると述べたのも、それゆえのことである。

ただし献身と自己犠牲はマルクス主義の要求でもあったから、いったんはマルクス主義を信じた島木健作はそこで懊悩し揺れなければならなかった。軍国主義者が国家への献身と自己犠牲を要求したのに対して、マルクス主義は党と労働者階級への献身と自己犠牲を求めたのだが、いずれにしてもこれら左右の政治はひとりひとりの人間を自己実現から隔てようとしたのである。民主主義の政治はこれとは正反対である。政治は国民の自己実現に奉仕しなければならないのである。

仏教哲学者の鈴木大拙が書いた『日本的霊性』（一九四四年）も自己実現の主張という地平の上に置くべき作品である。『日本的霊性』の中で鈴木大拙は、佐渡に追放された親鸞がどんな生活をしたかを想像し、驚くべきことに、田畑を耕して生活したに違いないという結論に達している。農業を営んだに違いないというのである。そして額に汗して働くよろこびを経験した親鸞は、新しい悟りを見いだしたのだというのである。『日本的霊性』の主題は鎌倉仏教であり、禅と念仏である。鈴木大拙は、漁師のように殺生を生業とする罪深い衆生も極楽に往生できるのだという浄土思想の意味を明らかにしたり、日常の仕事の中でひたすら念仏をとなえることが信心なのだとする在俗の妙好人《みょうこうにん》の生き方の意義を明らかにしたりしている。

仏教にはきびしい殺生戒がある。殺生を犯すものは極楽に往生できない。仏教は人間を聖なる世界に生きるものと俗世に生きるものに分けて、殺生戒を守る僧侶には土地の中の虫けらを殺すからという理由で田畑を耕すことを禁じ、世俗の人びとの喜捨によって生きるべきことを教えた。しかしそれはおかしいのではないかと鈴木大拙は考えた。聖なる世界に生きる一握りの人が極楽往生するために、大多数の人が殺生を犯さなければならないというのでは仏の大慈大悲にかなわないのではないか。そういうわけで流刑の親鸞は自分で田畑を耕したに違いないというのである。

このようにして戦争の時代に、多様な自己実現を尊重する視線が、言い換えればすべての人の自己実現を尊重する姿勢が、文学者や経済学者や宗教哲学者の意識にのぼってきた。ただし経済学では、戦後、大塚久雄の「近代的人間類型」があらわれるのに対して、文学の世界ではこういう現象は戦時期だけの一過性のものに見えるかもしれない。島木健作は敗戦の二日後肺結核のために病死した。彼には戦後に活躍する時間が与えられなかった。山本有三は敗戦後、貴族院勅撰議員に選ばれ、貴族院が廃止されると参議院議員になった。戦後はほとんど小説を書くための筆を執らなかった。舟橋聖一は一九五三年に『花の生涯』を『毎日新聞』に連載して以来、新聞小説の名作をいくつも書く。ただし舟橋の場合、『悉皆屋康吉』の線は途切れてしまったように見える。一九四八年から『小説新潮』に連載した『雪夫人絵図』は、意に反してどうしても官能の誘惑に打ちかつことができず、ずるずると恐ろしい夫に引きずられ翻弄される女の性を描いた。戦後の諸作はどう見ても『悉皆屋康吉』の線上ではなく『雪夫人絵図』の線上に位置している。

だが途切れたととらえるのは間違っている。戦後の作家たちは登場人物が仕事をしている場面を本格的に描くようになった。たとえば大佛次郎が戦後に書いた『帰郷』や『宗方姉妹』には仕事の場面が丁寧に描かれている。これは大佛の作風の目立たない変化だった。戦後、風俗小説とか中間小説とかいった概念が提唱されるのは、批評家が無意識のうちにも、仕事の場の描写がふえていることを実感していたことのあらわれだった。しかし戦後の批評家たちは、このことを真っ正面から論じるだけの知的かまえを持たなかった。

さて、自己実現と民主主義は必ずしも不可分に結合しているわけではない。仕事に熱心な男が専業主婦の妻をバカにすることはありふれた光景である。まして戦争に対する批判にまっすぐつながるのでもない。こつこつ自己実現の道を生きようとする人は国家の政治の動向には従順なのである。しかし自己実現は政治が拠って立つべき基礎理念をこのうえなくはっきりと浮かび上がらせる。自己実現は一握りの人間にだけ開かれた道ではない。良き生き方は人によってさまざまである。それを政治は大切にしなければならないのである。

註

（1）自己実現の概念をつくった心理学者のアブラハム・マズローは自己実現を人間の欲求を五段階に分け、その最上位の欲求を自己実現と名づけた。マズローによれば低次の四つの段階の欲求は満たされたらそれで止むが、自己実現の欲求だけは限りがない。マズローは人間性心理学の創始者のひとりである。以下にマズローの著書を数点あげておく。『完全なる人間　魂のめざすもの』上田吉一訳、誠信書房、一九六四年。『人間性の心理学　モチベーションとパーソナリティ』小口忠彦監訳、産業能率短期大学出版部、一九七一年。『創造的人間　宗教・価値・至高・経験』佐藤三郎・佐藤全弘訳、誠信書房、一九七二年。『人間性の最高価値』上田吉一訳、誠信書房、一九七三年。

（2）広岡守穂『ジェンダーと自己実現』有信堂、参照。

（3）賀川豊彦は『自由組合論』（一九二一年）で、人格主義を批判して次のように述べている。「資本家も青白い顔をした哲人もよく聞け、労働者は『生』を要求して居るのだ。生の付録を要求して居るのでは無い。自由を要求して居るのだ。文化を要求して居るのではない」（引用は『賀川豊彦全集』第一一巻、キリスト新聞社、一九六二年、一八ページ）。

（4）本稿でわたしは、人格の完成と自己実現を区別して使うこととする。たいていの場合、人格の完成と自己実現は区別する必要はないが、子細に見ると論者によってかなり違いがある。人格の完成という場合、直接に意味するのは、道徳や感受性や識見が高くなることである。その場合、人格の完成に至る道筋は、しばしば商売をしたりあくせく働いたりすることとは両立しないものと見られる。したがって人格の完成を実現するのは、商取引や商品生産の現場から離れた人に限られることになる。夏目漱石はしばしば、登場人物にあくせく働くことに対する批判のことばを吐かせているが、まさしくそういう考えのあらわれである。他方、自己実現は、自分の潜在能力のひとつまたはいくつかを発展させて、生業をもって生きることを意味している。その場合の潜在能力は、道徳や感受性や識見に限らない。人にやさしいことであったり、コミュニケーションが巧みだったり、運動能力が高いことであったりする。自己実現はだれにでも開かれた生き方なのである。

（5）『新聞小説史昭和編Ⅱ』国書刊行会、一九八一年、四四〇ページ。

（6）生産力理論は一九四〇年代にさかんだった経済社会政策の理論である。風早八十二や大河内一男が提唱した。生産力理論については、風早八十二『労働の理論と政策』（時潮社、一九三八年）、大河内一男『社会政策の基本問題』（日本評論社、一九四〇年）を参照。

（7）一九六七年には『日本逸話大辞典』が、やはり白井の監修で人物往来社から出ている。

（8）広岡守穂『市民社会と自己実現』有信堂、二〇一三年、一四八～一五二ページ。
（9）新延修三『朝日新聞の作家たち』波書房、一九七三年、四三ページ。

第四章

戦後民主主義と通俗小説

第1節　戦後の新聞小説

1　第二次世界大戦後、民主主義はなぜ定着したのか？

民主主義は政治的概念である。第二次世界大戦に敗れて日本は民主主義国に生まれ変わる。しかし戦後民主主義は自由民主主義と社会主義のふたつに引き裂かれ、両者はともに不倶戴天の敵のごとくにふるまった。民主主義は政治的にどういうことを意味するか、その基本的な問いについて、戦後の日本人はイデオロギー的に二分され、だれもが納得できる共通の理解を持つことができなかったのである。いうまでもなく、その最大の原因は東西冷戦にある。にもかかわらず戦後民主主義は急速に定着する。なぜだろうか。

不思議なことはそれだけではない。戦時中、軍部も政治家も言論人も、自由主義や民主主義の排撃にきわめて熱心だった。一九三一年の満州事変で国民は軍の行動に熱狂的な歓呼の声を上げ、翌年の五・一五事件を経て軍部の露骨な政治介入が始まった。一九三四年に陸軍省がつくった『国防の本義と其強化の提唱』は総力戦体制を築くために全体主義をとなえて物議をかもした。物議をかもしたというより、この六〇ページほどのパンフレットは政財界を震撼させた。軍部が経済界に本気で手を突っ込んでくるのではないかと危惧されたからである。パンフレットが国民に求めるものについて論じた部分から引用してみよう。「尽忠報国の精神に徹底し、国家の生成発展の為め、自己滅却の精神を涵養すること。国家を無視する国際主義、個人主義、自由主義思想を芟除《さんじょ》し、真に挙国一致の精神に統一すること」(陸軍省新聞班『国防の本義と其強化の提唱』一九三四年、一五ページ)。

一九三七年に文部省がつくった『国体の本義』には「天壌無窮」とか「万世一系」といったことばが解説されており、国民の道徳として「忠孝一本」がかかげられている。忠孝一本とは、水戸学派が説いた考えで、中国の儒教では忠と孝は別々のものであり孝が忠に優先するが、日本では忠と孝は同じだという思想である。この『国体の本義』は国体明徴運動を受けて文部省が作成した文書であった。さらに一九四一年になると同じく文部省によって『臣民の道』がつくられた。すでに日中全面戦争下であり、まもなく対米開戦をひかえた時期でもあって、『臣民の道』はきわめて激しいことばで個人主義・自由主義・功利主義・唯物主義を罵り、「国家奉仕を第一義とする皇国臣民の道」の実践を求めている。

ところが一〇年以上の長い年月をかけて国家をあげて称揚されたこういう思想が、敗戦を境にたちまちのうちに国民の支持を失ってしまうのである。

なぜだろうか。政治と市民社会を区別して考えなければ、この疑問に対する答えは見つからない。個人主義・自由主義が排撃されたのはあくまでも政治についての話であった。右にあげた三つのパンフレットを実際に読んでみて、それと当時の小説を読みくらべてみるとわかるが、つかわれている語彙もそれがつくる文脈も、さらには道徳や価値観も、同じ時代の同じ国のものかと疑いたくなるほどに違っているのである。市民生活にかかわる道徳や価値観について、一九三〇年代には民主主義を構成する重要な要素がほぼ出そろっていた。自己実現的に生きることへの尊敬、人びとが自発的に団体や組織をつくる営みが社会の基盤をつくること、とくに結婚は男女の自発的な結びつきであること、などなどである。だからこそ戦後、民主主義がどういう政治経済体制をめざすべきかということについては宥和しがたい対立があったのに、民主主義がどういう人間関係をつくるべきかについては、揺るがぬ合意が幅広くできたのである。いわば社会的な民主主義についての広汎な共通認識が成り立っていたのである。

自己実現的に生きること、個人が国家に命をささげるのではなく国家が個人の自己実現を支えるべきだということ、団体や組織は自発的につくられるべきだということ、結婚は男女の自発的な結びつきであること。わたしが社会的な民主主義といったことのおおまかな内容は右のようなところであろうが、実をいうと、これらの観念は一九二〇年代にはっきりした輪郭を結んでいた。ただ民主主義という概念とうまく結びついていなかっただけである。

民主主義という概念に結びついていなかっただけだから、戦後、民主主義が正統な統治原理だということになったとたんに、これらの観念は民主主義と結びついて、あっという間に日本人の間に広がった。石坂洋次郎の『青い山脈』を読んでいると、頑迷な年寄りを若い世代が「民主的でない」といって非難する場面がたくさん出てくる。この場合『青い山脈』に登場する若者が「民主的」ということばで意味しているのは、まさしくわたしのいう社会的な民主主義のことである。そして社会的な民主主義のかなめにあったのは何かというと、未婚男女の自由な恋愛、つまり男女関係だった。

民主主義の社会的な内容について共通の認識がはば広く成立したこと、とくに次代を担う若者の間に広がったこと、そのことが政治的な分裂から民主主義を守った。政治的分裂の溝は深かったが、内乱状態になったことはなかったし、武装蜂起をくわだてた者もごく一握りだった。憎しみのあまり殺し合いになり、収拾がつかなくなるといった事態も生じなかった。政治的民主主義の対立（つまり資本主義と社会主義の対立）が暴発することを、社会的民主主義が防いだ。それが戦後民主主義の実態である。

2　林芙美子の『うず潮』

戦後、用紙事情が逼迫していて、新聞は各社ともペラ二面か四ページというありさまだったから、小説を掲載するのははばかられた。いち早く小説の新聞連載を再開したのは『読売新聞』で、一九四五年一一月に藤沢恒夫の『彼女は答へる』が始まった。ただしこれは一ヶ月あまりで中断している。『朝日新聞』は四七年六月に後述する石坂洋次郎の『青い山脈』が最初であった。『毎日新聞』は四五年一〇月に大佛次郎の『丹前屛風』の連載を始めたが、一ヶ月足らずで中断していた。そしてその次に小説の連載が始まったのは一九四七年八月のことだった。それが林芙美子の『うず潮』である。

林芙美子は新聞社にとって戦後最初の連載小説の執筆をゆだねるのに打ってつけの作家だった。流行作家として有名になっており、たくさんの読者を持っている。作家として戦地に出かけ吉屋信子と功を競ったという汚点はあるものの、出世作の『放浪記』が、戦時中、時局に合わないという理由で発売禁止になっていた。そのうえ戦争末期には二年ほど執筆から遠ざかっていた。

林は若い戦争未亡人を主人公にして戦後の混乱期の問題を描き出したうえで、『うず潮』をハッピーエンドで終わらせた。主人公の高濱千代子は二五歳で、三歳八ヶ月の子どもをかかえて生活に窮している。公職追放になった元教師の兄を訪ねていくが、体よく追い返される。思い惑ったあげく、子どもを施設にあずけて料理屋に住み込みで働き始める。しかし美貌の千代子は店の主人に片恋慕されて大騒ぎになり、店を追い出される。やがて千代子は復員兵の杉本と相思相愛の仲になる。物語の最後で千代子と杉本が愛を確かめる場面で、杉本はいう。「もう、僕は人工化した人生の中に、白々しい常識で生きているのは厭になつた。――家のものたちを幸福にしてやる為に僕は生まれたのかね？　国や家の為を思つて、僕は戦争にも行つた。結局は真実だけが残つた」（『林芙美子全集』第六巻、文泉堂出版、一九七七年、三七七ページ）。自己犠牲的に生きるのは、もうやめよう。自分を大切にして生きていこう。杉本はそう決心し、千代子の唇に接吻することで千代子にもそれを求める。千代子はそれを受け入れる。

大佛次郎は戦中戦後を通じて途切れることなく新聞小説を書き続けた少数の作家のひとりである。敗戦直後、いくつかの新聞に大佛の短い文章がのった。三者聯盟の配信で「大詔を拝し奉りて」、『朝日新聞』の「英霊に詫びる」がそれである。大佛次郎はそういう文章を書くにふさわしいと見られる立場にあった。九月になると『東京新聞』に「日本の門出」と題した評論が上中下三回に分けて掲載された。それは、道義の腐敗を指摘することから始めて（上）、外来文明に軽佻浮薄な態度で飛びついた近代の歴史をふりかえり（中）、南宋の白画を書いた梁楷と宋末元初の水墨画家である牧谿の名をひいて美の再建をとなえた（下）。

さて少し時間を遡るが、大佛次郎の声価を高からしめたのは、一九二七年から二八年にかけて約一年半『大阪毎日新聞』と『東京日日新聞』に連載された『赤穂浪士』であった。『赤穂浪士』は四七士を義士ではなく浪士ととらえ、堀田隼人という若い浪人ものを主人公として、その目を通して武士のあり方を批判的にとらえてみせた。大佛は、大石内蔵助に討ち入りは公儀に対する異議申し立てだと語らせたり、蜘蛛の陣十郎に武士がどうして町人より偉いのかわからないといわせたりしている。二七年三月に金融恐慌が発生してから長引く不況の嵐が吹きすさんでいた当時の世相を織り込んで、『赤穂浪士』はふだん大衆小説を読まない知識人層をも虜にした。

『終戦日記』（文春文庫、二〇〇七年）を見ると、戦時中、大佛はゲーテはじめ西洋の本ばかり読んでいた。ゲーテの『エグモント』に感心し、鞍馬天狗はエグモントのような明るさを持っていなければならないと思った。トルストイの『戦争と平和』を読めば、トルストイがナポレオンとクトウゾフの人間像をたくみに描き分けていることとともに、兵士や農民もいきいきと書いていることにしきりに感心している。「ヒトラーの顔は人工的につくられた顔だ。ＴＯＪＯの顔も似ている」（一九四〇年九月一一日）という文章も見える。なるほど大佛は敗戦直後の新聞紙面を飾る文章を書くにふさわしい人物だった。

3　戦後とは人びとが自分自身に自己実現を禁じている時代なのか?——大佛次郎の『宗方姉妹』

大佛の戦後最初の小説は『帰郷』で、一九四八年四月から一一月まで、『毎日新聞』に連載された。『帰郷』は国際的な視野から敗戦後の日本人の姿をとらえようとした作品で、主人公の守屋恭吾の目がすなわち国際的な目である。恭吾はデラシネの無国籍者のような立場から祖国のありさまを見ている。

主人公の守屋恭吾は元軍人である。同僚の使い込みの罪を一身にかぶって、国外を放浪する身となり、いまでは死亡したことになっている。われていた。第二次大戦が始まったころにはシンガポールの華僑の家にかくまわれていた。そのとき高野左衛子と関係ができた。しかし左衛子はイギリス軍が撤退すると恭吾を裏切って軍に密告したのだった。恭吾を拷問にかけた若い憲兵は復員して、いまは金持ちの女性の後ろ盾を得て出版事業で一儲けしようとしている。高名な倫理学者は参議院選挙に出馬を期待されているが、その実は、時勢に身をまかせ保身にたけた男に過ぎない。このあたりの登場人物の動きを読んでいると、道徳的な退廃と利己主義の跳梁に対する失望まじりの憤りが伝わってくる。

ところで大佛の小説で注目しなければならないのは、仕事の場面がよく登場することである。恭吾が妻子を捨てたとき、娘の伴子は四歳だった。いま伴子は洋裁の仕事をするかたわら出版社の仕事も手伝っている。水着をデザインする場面や画家との打ち合わせの場面など、職場のシーンが何度も登場する。「洋裁の仕事のほかに、雑誌の編輯を手伝うことになったので、収入に安定を得たのである。エトワールというのは、前から時々洋裁の記事を書いていた雑誌なのである。女でも自活できるようにというのは、古くから母に訓えられたものだったが、自分も出来るとは信じなかったものを、終戦後のいろいろの事情が、無理矢理のように彼女を押し出して不意に形がついたものだった」(『筑摩現代文学大系53 大佛次郎・海音寺潮五郎集』筑摩書房、一九七七年、八二ページ)。そういう事情で働き始めた伴子だったが、仕事はおもしろく、洋服のデザインも原稿取りも、こつこつとこなしている。

一九四九年には朝日新聞に『宗方姉妹』が連載された(1)。

宗方節子と満里子の姉妹は敗戦で父親とともに満州から引き揚げてきた。父親の忠親は戦犯として京都で隠栖生活を送っている。癌をわずらっている。節子の夫の三村亮助は満州国の高級官僚だったが、いまは失職して酒浸りの毎日を送っている。節子はひとり子どもを産んだが敗戦時に亡くした。節子には若いころ愛し合ったまま別れた恋人・田代宏がいた。宏は家具を設計したり、室内装飾の仕事をしている。宏はフランス生活が長かった。

節子と宏は、やがてじょじょに心を通い合わせるようになる。そしてふたりはいよいよ恋慕の情を抑えがたくなる。まさにそのとき、亮助にダム建設の仕事を手がけてほしいという話が舞い込む。亮助はいよいよ自分の出番が来たと張り切るが、その矢先に脳溢血であっけなく死亡する。引き揚げのときに子どもを失い、いままた夫を失った節子は夫と子どもとの思い出に生きようと決意し、宏に別れを告げる手紙を送る。

『宗方姉妹』は、仕事を持つことが人をいきいきとさせるという考えが全編に行き渡っている。そして仕事に対する姿勢が登場人物の性格を描き分ける手段になっている。仕事を取り上げられて、生きる目的を失ったようになっている忠親と亮助、戸惑いながらも、バーや画廊の経営に乗り出して、引っ込み思案な性格を克服しつつある節子、戦争で職を失ったが、かねてからの趣味を生かして家具の仕事を始めた宏、体を動かすことが少しも苦にならない前島五郎七、そして何ごとにも積極的な満里子。

おもしろいことに、節子と宏の会話がいきいきするのは、お互いの仕事が話題になるときである。若いときから神社仏閣を見て回るのが好きだった宏は、戦後、家具設計の仕事を始めた。インテリアデザインである。「この仕事には、確かに人の知らない未来や希望があるんですね。職人の腕を、戦争前のものに帰らせたら、それだけで外国人を驚かすことが出来ませう。実際、やらせて見ると誠実で確かな仕事をしますからね」（『大佛次郎作品集』第三巻、文藝春秋新社、一九五一年、一一〇ページ）。それから宏は、日本の家具職人の腕が良いことを具体的に語り始める。

宏のアイデアで画廊を始めた節子が宏に語る。

「さつきも、絵の先生方にお会いしてゐて、あたし、随分、出たらめなお話をなさつたり、五十近い方が顔を赤くして真気になつて議論したり、変だと思ふくらゐにお若いのに、びつくりしたんです。宏さんにも、やはり、同じやうなところがあるのね。いつか、神戸でご自分の家具のことを、夢中で話していらしつたのを、私、思ひ出してゐました」（同右、一九一ページ。）

『宗方姉妹』が大勢の読者を夢中にさせたわけではないが、著者の心事はひしひしと伝わってくる。戦争で数え切れないほどの人が自己実現の道どころか人生そのものを絶たれた。戦争は終わった。しかしいまも戦争の傷跡が、生き残った人びとを自己実現から遠ざけている。いや人びとが自分自身で、自分に生きがいを禁じるかのようにして、自己実現から遠ざかろうとするのだ。節子の夫である亮助は仕事を見つけてはり切っている矢先にあっけなく死んでしまう。そして夫が死ぬと、まるで自分にも望みをとげることを禁じるかのように節子も宏との別れを決意する。せっかく生きがいを見つけても、いざそれを手に入れようとすると、生きがいはするりと逃げていってしまう。戦争は終わったのに、人びとはささやかな自己実現の望みを手に入れることに躊躇している。死んでいった同胞へのとむらいの気持ちがそうさせるのである。大佛はそんな時代として敗戦後の社会を描こうとした。

4　新聞小説の黄金時代と風俗小説論

一九四〇年代末ごろからから五〇年代中ごろにかけての時期は新聞小説の黄金時代だった。新聞社は読者によろこばれる小説を連載しようとする。いきおい少数の人気作家に注文が集中することになる。この時期でいえば、大佛次郎、石川達三、獅子文六、石坂洋次郎らは、毎年のように、朝日、毎日、読売のどれかに執筆していた。これらの作家たちは、時代の性格を浮き彫りにするよう、それぞれの仕方で気を配っていた。そのうち、石坂洋次郎と獅子文六の作品から、そしてそれに加えて源氏鶏太の作品から、戦後民主主義の性格に迫ってみようというのが、この章のねらいである。

石坂洋次郎も獅子文六も、文学史の中では重要な扱いを受けていない。無視されるか、せいぜい脇役程度の位置づけである。源氏鶏太の扱いも同じである。その理由は明らかで、石坂や獅子や源氏の小説は大衆小説、すなわちエンターテインメントだからである。しかも三人ともユーモア小説を得意とした。

小林秀雄や平野謙や中村光夫といった同時代の評論家たちの目には、本腰を入れて論評するべき文学には映らなかった。しかし公平にいって、それはこの時代の文芸評論の考え方が偏っていたからだといわなければならない。

そのことは中村光夫が提唱した『風俗小説論』（一九五〇年）の論理を見るとよくわかるだろう。『風俗小説論』は欧米の文学を範にとって、日本の近代小説の特異な性格を明らかにしようとしたもので、島崎藤村の『破戒』と田山花袋の『蒲団』を対比し、『蒲団』に示された私小説の方向が日本の近代小説を決定的に性格づけたというのである。その限りでは同感するところの多い論ではあるが、中村光夫が取り上げているのは、まず出発点における小栗風葉、島崎藤村、田山花袋であり、次に私小説のゆがみを受けているとして中村がやり玉にあげているのは、横光利一、武田泰淳、丹羽文雄である。ここには大佛次郎の『赤穂浪士』はもとより、当時『毎日新聞』に連載中だった石川達三の『風にそよぐ葦』への言及もない。『風にそよぐ葦』は戦中の残忍な言論弾圧事件である横浜事件を題材にした骨太の小説である。黒岩涙香の名もなければ、渡辺霞亭の名もない。驚くべきことに、といっていいと思うが、中村光夫の視野に大衆小説は入っていないのである。どうしてそうなるのかというと、中村光夫は深い思想性をもって人間の本質に迫っているかどうかという一点を文学の本質と考えているからである。

しかし人間性の本質に迫るということは、人間がつくる社会の本質に迫ることを伴っていなければならないはずである。その点でわたしは、通俗小説こそ純文学よりはるかによく社会の本質に肉薄したのではないかと主張したいのである。横光利一や武田泰淳や丹羽文雄は、吉屋信子や川口松太郎や山本有三ほどに恋愛関係の姿を単刀直入に指し示すことができただろうか。家族制度にまつわる諸問題に切り込むことができただろうか。

中村光夫の風俗小説論は非常に辛口だったが、一九四七年ごろに登場した中間小説ということばは積極的な意味も持つことばだった。大衆小説と純文学の両方の性質を兼ねるのが中間小説であった。伊藤整はそういう意味でこのことばを使い、石坂洋次郎、石川達三、舟橋聖一、丹羽文雄、井上友一郎、田村泰次郎を条件つきではあるが積極的に評価している。井上友一郎や田村泰次郎の名前があげられているのは今日の時点から見ると腑に落ちないが、この文章は一九五〇年に書かれた。田村泰次郎の『肉体の門』が出たのは一九四七年のことで、これは一〇〇万部を超える大ベストセラーになった。モデル問題で物議をかもした井上友一郎の『絶壁』が出版されたのは一九四九年のことであった。とはいえ伊藤整の文章を見ても、『小説の認識』や『小説の方法』には、いまわたしがこの本で取り上げている小説家の名前はほとんどまったく出てこない。

もし中間小説がどっちつかずの中途半端な小説という意味なら、これははなはだ不当である。中間小説はたんねんな取材によって書かれたものが多いが、調査にもとづくことは、本来、小説のリアリティを構築するうえできわめて重要な作業である。聾者を主人公にするなら、聾者や手話や国の福祉制度について調べておかなければリアリティのある小説は書けない。これはいまなら常識である。

5　文学観のゆがみ

横道にそれてしまうが、新聞小説が大衆文学の流れをひくものとして低く評価されていたことに触れたいきがかりから、もう少し文学評論家と文学史のゆがみについて述べておきたい。たんねんな取材という作業は、戦前の文学には欠落していた。[2] 竹田敏彦の項で見たように事実に取材して書かれた小説は、実録ものといわれて一段下に見られていたくらいである。小説のリアリティが意識されたのは人間の内面生活であって、小説家たちはそれをありのままに描こうとした。したがってリアリティが強く意識されたのは私小説的な世界においてであった。社会的規模の人間の相互行為を描こうとすれば、つくりごとの世界にならざるを得ないというわけで、トルストイもドストエフスキーも大衆小説だというおかしな言説がここから出てくるのである。[3] 評論家たちも、一部の人びとを除いて、多くはそういう考えに引きずられていた。

中間小説ということばは中村光夫の造語ではないが、中村光夫は一九五七年に「中間小説論」を書いている。この時点でも中村は中間小説を小説の俗化と堕落の形態と見なしている。風俗小説論の延長で中間小説論が書かれているのである。自然主義から私小説へという日本の近代小説の流れを果敢に批判した中村光夫だったが、ではどういう文学がいいのかということになると、中村はそれを示すことができなかった。戦後の本格的な小説でさえ中間小説として軽く見られたのだから、まして大衆小説がかえりみられる余地はなかったのである。

しかし石坂や獅子の読者層の大きさを考えても、これはやはり不当な処遇である。風俗小説論や中間小説論は文学を読者の社会的な性格から逆算して定義しようとするこころみである。知識人読者をうならせるのが文学の本質であって、大衆受けする文学は文学の中心から離れているという思い込みにもとづいている。

一九五〇年代中ごろになっても、文芸評論家は純文学偏重の呪縛から抜け出すことができなかった。それを如実に物語っているのが、小山いと子の『ダム・サイト』を、臼井吉見と北原武夫がこきおろした事件である。これは女性蔑視もからんで、たいへんあと味の悪い事件だった。小山いと子の小説『ダム・サイト』は『中央公論』一九五四年一〇月号に掲載された。主人公のますみが住む村は豪雪地帯にあり、五、六月ごろになると村人たちはわらびとりに余念がない。わらびとりは「途方もない」収入をもたらす貴重な源になっている。『ダム・サイト』の舞台はそれほどに貧しい村である。

これに対して『文學界』一九五四年一一月号に載った「小説診断書」が激しいことばで攻撃した。「小説診断書」は北原武夫と臼井吉見がその前月に発表された小説数編を批評するコーナーで、ふたりは思う存分になたをふるった。そこがこのコーナーの持ち味だったが、ときに猛烈に攻撃することもあった。『ダム・サイト』についてふたりは、絵空事でしかないとか、女流作家の悪いところが出ているとか、要するに幼稚だとか、いいたい放題にこきおろした。攻撃の主導権をとっていたのは臼井吉見であった。そしてふたりは、こういう作品を読むと私小説の良さを感じるというところに落としどころを持っていっている。これにはさすがに小山いと子は猛反撃した。あまりにも不勉強ではないかと抗議したのである。たしかにあまりにも不勉強だったし、あまりにも安易だった。純文学優位の偏見にあぐらをかいて、リアリズムの何たるかについてちゃんとした検討もせずに、女性蔑視をむき出しにした批評だった。森鷗外が中島湘烟を罵倒したことや、小林秀雄が吉屋信子を攻撃した事件と同様に、文芸評論家の不見識を露呈した事件であった。

ずいぶん長く書いてしまった。戦後の本格的な小説は、日本の文学がやっと自然主義の伝統から離脱しようとする地点に立った、それが中間小説だというとらえ方は、戦前の文学を狭くとらえたことからくる思い込みに過ぎない。そういう思い込みにとらわれてしまうと、夏目漱石も山本有三も文学の中心から離れてしまう。まして川口松太郎や白井喬二の仕事の意味は照明さえ当たらなくなってしまう。わたしはここで、そういう思い込みから離れて、不十分ではあるが、新聞小説の書き手と読み手が何を共有したかという視点から論じてみたいと思うのである。

第２節　石坂洋次郎の『青い山脈』が描いた民主主義

１　フランス革命は男どうしの友愛、日本の戦後民主主義は男女の恋愛

一九五〇年代前半は新聞小説の黄金時代だった。連載が終了すると、そのうちのいくつが映画化された。そしてさらに、しばらく間を置いて、いくつかはテレビドラマになった。ちなみにＮＨＫテレビの本放送が始まるのは一九五三年二月のことである。新聞は発行部数が非常に大きかったから、読者の層もきわめて厚かった。「とんでもハップン」とか「よろめき」とか、新聞小説が流行語にしたことばも多い。

新聞小説は民主主義がどのように受け入れられたかをおし量るひとつの手がかりである。わたしが確認したいと思うのは、民主主義が解放であったこと、とくにそれは男女関係の解放だったこと、恋愛結

婚が良きこととされたこと、男女関係の解放が、戦前からつづく家意識に大きな打撃を与えたこと、そしてそのことが民主主義のすみやかな浸透を促したこと、である。

フランス革命には「自由・平等・博愛」という標語がある。このうち自由と平等については説明することはないだろうが、博愛（フラテ）とは何かというと、もともと男どうしの友愛を意味していた。博愛はホモソーシャルな概念だったのである。これに対して日本のデモクラシーを支えたのは男どうしの友愛ではなく、男女の恋愛であった。

新聞小説から読み取れるのは、もちろん、手放しの肯定ではない。しばしば民主主義の行き過ぎに対する懸念が表明されているし、それは少なくない国民の実感だっただろう。しかし、女性には自分の意見を表明したり仕事を持つ権利があり、それを男性は尊重しなければならないという意識は色濃くにじみ出ている。それに戦後世代の女性のほうが戦前世代の女性にくらべて、ずっと自立しているし能力も高くなっているという意識もはっきり見てとれる。何よりも、恋愛結婚は認めなければならないのだという主張が強くにじみ出ている。

戦後の新聞小説の書き手として引っ張りだこだったのは、大佛次郎（一八九七～一九七三）、石川達三（一九〇五～一九八五）、獅子文六（一八九三～一九六九）、石坂洋次郎（一九〇〇～一九八六）といった作家たちである。いま一九五〇年代前半だけをとってみても、大佛次郎の『おぼろ駕籠』（五〇年、『毎日新聞』）、『旅路』（五二年、『朝日新聞』）、『その人』（五三年、『朝日新聞』）、『風船』（五五年、『毎日新聞』）、石川達三の『青色革命』（五二年、『毎日新聞』）、『悪の愉しみ』（五三年、『読売新聞』）、『四十八歳の抵抗』（五五年、『読売新聞』）、獅子文六の『自由学校』（五〇年、『朝日新聞』）、『やっさもっさ』（五二年、『毎日新聞』）、『青春怪談』（五四年、『読売新聞』）、石坂洋次郎の『丘は花ざかり』（五二年、『読売新聞』）など話題作が目白押しである。

四人は四、五〇代の働き盛りで、戦前から知られた存在で、戦時の生き方は四人四様であった。軍部に睨まれたのは石坂と石川で、石川は一九三八年に書いた『生きてゐる兵隊』で起訴された。石坂には『朝日新聞』への連載が決まっていたのにそれが右翼の策動で取りやめとなった苦い経験があった。大佛次郎は敗戦まで新聞小説を連載したが、軍部に迎合するような内容ではなく、実にしたたかだった。獅子文六は戦時中岩田豊雄の本名で『海軍』（一九四二年）を書き戦意高揚の片棒を担いだことがあった。ともあれ四人とも卓抜なストーリーテラーであり、敗戦後の新聞小説に起用するには打ってつけだった。四人は新聞小説の黄金時代を代表する作家であった。

五〇年代前半の新聞小説から、民主主義のすみやかな浸透を検証しようというのは、あまりにも単純と思われるかもしれない。たしかにそれは認めなければなるまい。それには二つの意味があるだろう。第一に、五〇年代前半からいわゆる中間小説がさかんに書かれるようになり、『小説新潮』『小説公園』『オール讀物』『別冊文藝春秋』など、中間小説をのせた雑誌が非常によく売れた。新聞小説の読者層とは比較にならないにしても、新聞小説の書き手は、これらの雑誌の書き手でもあったわけであるから、本当なら、この時期の中間小説も検討しなければならないだろう。第二に、戦後民主主義は、政治的に、東アジア冷戦のもとでイデオロギー的に引き裂かれていた。五〇年代前半の時期ばかりでなく、かなり長い間、文学者の間でもマルクス主義は強い影響を持っていたし、文学者の思想的影響は大きかったから、文学者の思想そのものを踏み込んで検討しなければならないはずである。

わたしはこの点を認めるのにやぶさかではない。しかし、文学者の思想の検討などはこれまで無数に繰り返されてきた。だからこそ、これまであまりに軽視されてきたものがあるのではないかと主張したいのである。第一に大衆小説は文学史の上で十分に検討されてこなかった。新聞小説が読者のどんな期待や要求に応えているのか、また読者にどれほど影響を与えたか、確かめてみる必要がある。第二に、民主主義は少数の知的生産者の思想の問題ではなく一般国民の意識と行動の問題であり、それも政治的意見ばかりでなく社会生活全般にわたる規範の問題である。新聞小説が社会的な生活態度をどのような視点で描いたか、そのことは大いに確かめてみる必要がある。

2　石坂洋次郎の『青い山脈』

ところで新聞小説と民主主義という点で、まず最初に取り上げなければならないのは、一九四七年に『朝日新聞』に連載された『青い山脈』である。敗戦後『朝日新聞』が小説の連載を再開したのは四七年六月八日で、日本国憲法が施行された一ヶ月後だった。それが石坂洋次郎の『青い山脈』だった。『青い山脈』はラブコメである。連載終了後その年のうちに新潮社から単行本が出版され、一大ベストセラーになった。

戦後、解放のよろこびをうたい上げた第一声は、一九四六年『新潮』四月号に掲載された坂口安吾の『堕落論』だったとわたしは思うが、『青い山脈』は解放のよろこびと未来への希望を明るい調子でうたい上げた戦後の小説の第一声だった。『堕落論』には民主主義ということばはない。『堕落論』が訴えかけてくるのは自由である。人間は自由になれば堕落する、堕落は自由であることのあかしだ、堕落のどこが悪いのか、堕落せよ、堕落せよ、と訴えかけてくる。それに対して『青い山脈』は解放された社会関係の到来を告げている。愛し合った男女は正々堂々と交際するがよい。だれにも遠慮することはない。

それが民主社会のルールなのだと囁きかけてくる。

主人公の寺沢新子は農家の娘で旧制女学校に通っている。ある日新子は学用品を買うお金を得るため、米を売りにまちの商店に飛び込む。商店の息子の金谷六助が出てくる。六助は旧制高校生である。今年大学に進学するはずだったが、六助は落第した。そういう設定で物語は始まる。

新子は明るい性格だがその自由な言動が同級生たちの反感をかっている。そんなとき女学校でラブレター騒ぎが持ち上がった。それは新子宛の偽ラブレターだった。さわぎは地域のボスを巻き込んだ大騒動になり、思わぬなりゆきで、進歩的な女性教師である島崎雪子先生の排斥運動に発展する。とうとう問題は学校理事会にまで持ち出されるが、島崎先生に好意を持つ学校医の沼田玉雄らの働きで、結局、自由な男女交際を認める新しい考え方がそれを汚らわしい行いと見る封建的な考え方に勝つというストーリーである。

新子はじめ登場する善玉はみな、自由で、のびのびと行動している。異性を好きになったら、その気持ちを大切にする。間違ったこととはたたかう。六助も、教諭の雪子も、校医の沼田も、芸者の梅太郎も、みんなそうだ。

『青い山脈』はセップン（接吻）やダンスや闇米といった敗戦直後の風俗をふんだんに取り入れつつ、新しい考えで行動する若者たちを明るく描いてブームになった。偽ラブレターの「変しい、変しい、私の変人」の一節はすっかり有名になった。偽手紙を書いた女生徒が「恋」の字を誤って「変」と書いたのである。これを重要な証拠だからといって校長やPTA役員らの前で教頭が大真面目で朗読する。

『青い山脈』は一九四九年、一九五七年、一九六三年、一九七五年、一九八八年と都合五回も映画化された。四九年版と五七年版は正続二編構成になっている。六三年版は吉永小百合が寺沢新子を演じた。

「若く明るい歌声に……」で始まる主題歌をなつかしく覚えている人も多いことだろう。

さて『青い山脈』が明るくうたい上げた民主主義とはどういうものかというと、そのかなめは男女同権であり自由恋愛であり、率直で隔意のない誠実な人間関係である。つまり政治の民主主義のことではない。政治的民主主義を連想させるのはせいぜい理事会の場で多数決により守旧派が敗れる場面くらいである。小説の中に民主主義ということばは何回も出てくるのであるが、それは政治の話ではない。民主主義ということばは、男女の自由で対等な関係を肯定しようとするときにつかわれるのだ。民主主義の理念が、お互いの人格を尊重する恋愛と、それをはぐくむ自由な人間関係を明るく肯定するための基礎に置かれているわけである。民主社会をつなぐきずなは、男たちの友愛ではなく、男女の恋愛なのである。

新子をおとしいれようとして「変しい、変しい」の手紙を書いたのは、新子の同級生だった。島崎雪子先生は、新子を擁護して、学校にはびこる古い考えとたたかうために立ち上がる。雪子は教室で生徒に語る。「いいですか。日本人のこれまでの暮し方の中で、一番間違っていたことは、全体のために個人の自由な意志や人格を犠牲にしておったということです。学校のためという名目で、下級生や同級生に対して不当な圧迫干渉を加える。家のためという考え方で、家族個々の人格を束縛する。国家のためという名目で、国民を無理矢理一つの型にはめこもうとする……」（『石坂洋次郎文庫』第五巻、新潮社、一九六六年、一二五ページ）。このように語っておいてから、雪子は、ふしだらな気持ちを持たない異性との交際は悪いことではないと言い切る。雪子は女性の抑圧とたたかって、民主的な学校をつくりたいと思っているのである。

3　芸者の梅太郎が語る民主主義論

民主主義的な社会とはどんな社会であるか。それを理解しているのは理想に燃える若い先生だけではない。難しい話ではないのである。芸者の梅太郎は重要な脇役のひとりであるが、民主主義とは何かについて最も堂々たる長広舌をふるうのは実は梅太郎である。梅太郎は独身の校医の沼田玉雄に好意を持っている。だが沼田は女学校教師の島崎雪子に思いを寄せている。三人は三角関係であるが、三人ともお互いに隔意なく明るくふるまっている。

梅太郎は恋敵の雪子について「はつらつとした、きれいなお色気がふんだんにあって、いい娘さんだわ」と語る。とてもかなわないわと、恋敵に降参しているわけだが、それにつづけて梅太郎は、これからの時代について、つまり民主主義について長広舌をふるう。この梅太郎のせりふが、登場人物によって語られる民主主義についてのいちばん長く詳細な主張である。

「これから素人のご婦人たちも、おいおい、ああしたお色気を遠慮なくふりまけるようになるんだろうし、そうなったら私たちの商売は上がったりだね。……戦に負けたから人並みの理屈をこねくる訳じゃないんだけど、だいたいいままでのやり方が間違っていましたよ。そうでしょう。家の中でも世間へ出ても、みんな孔子さまや孟子さまをちぎって食ったように固苦しくしている。ところが生身の人間は、そんなことでは納まりがつかないもんだから、男の人たちはときたま私どもの所へやって来てはうさ晴らしをする。それもふだんにたまったものを、ゲロのように一度にはき出すんだから、しつっこくて下卑ていまさあね。

女は台所や子どもにしばりつけられて、なんのうさ晴らしもできないから、みんな少しずつヒステリーになってしまう。ねえ、そういうのがいままでの世の中ですよ。それじゃあ間違ってるんで、家の中にも世間にも、上品なお色気をふんだんにみなぎらせて、私どもの商売がいらなくなるようにしなきゃダメだと思うんですよ」（同右、一四三ページ）。

民主主義と男女交際の関係は、自由な男女交際は民主主義なら認められなければならないという一方的な関係ではない。ふつうの女性たちが「上品なお色気をふんだんにみなぎらせる」ようにならなければ本当の民主社会とはいえないという関係でもある。つまり、人格を尊重する恋愛と自由な人間関係は、政治的な民主主義を定義するための基礎に置かれているという関係でもあるのだ。梅太郎が語った民主主義イコール上品なお色気論はそのことをあらわしている。

あとでもふれるが石坂文学にはわかりやすい論理をきちんと打ち出すところがあって、小気味の良いやりとりが読者を痛快な気分にさせるのだが、『青い山脈』全編の中で、民主主義についていちばん踏み込んで述べられているのは、実はこのくだりである。いくら政治的に民主主義の制度が確立されても、男女の自由な恋愛がおこなわれなければ、そういう社会は民主社会とはいえないというわけである。国民が求めていた市民生活の自由がここにうたわれている。

梅太郎のことばは大衆小説に出てくる低俗な怪気炎としてかたづけるべきではない。人は国家の権威を受け入れるとき、しばしば国家の権威を自分たちが経験している家族の権威になぞらえているからである。父が一家の家長であるように、国王は人民の父のようなものだ、というふうにである。そもそも家族という組織体の原理と国家という組織体の原理は、何百年も前から政治思想の中で中心的な課題のひとつだった。ジョン・ロックは一六八八年の名誉革命の政治原理を基礎づけたが、ロックは、父が家族を支配するという論理によって政治権力を基礎づけるべきだとは考えなかった。それは『統治二論』の最も重要な論点のひとつである。ロックは父が家族を支配する権力を持つことは認めていたが、だからといって、父権は政治権力の正統性を供給しないと考えたのである。

4　『石中先生行状記』——エロと民主主義

この節の最初の見出しに、「フランス革命は男どうしの友愛、日本の戦後民主主義は男女の恋愛」と書いたが、『石中先生行状記』を開くと、まったく戦後民主主義は「男女の恋愛」だったと痛感する。いま社会契約説まで引き合いに出してしまったが、要するに、『青い山脈』で描かれる世界は、国家においても家庭においても、自由と平等が実現されるべきだという考えにもとづいてつくられているということである。国家と家庭はともに、共通の原理によって秩序立てられるべきだ。すなわちそれが民主主義である。芸者の梅太郎はそれを、家庭の側から、しかもなんとセクシュアリティの観点から、女性が遠慮なくお色気をふりまくようになるというかたちでいいあらわしたのである。素人の女性はお色気をふりまくことを封じ込められている。それは家庭に縛られ夫に従属しているからだ。そんな状態は民主主義ではないというわけである。

『青い山脈』がベストセラーになって、石坂洋次郎は間をおかずに、四八年一月号から『小説新潮』に『石中先生行状記』の連載を始めた。『石中先生行状記』もまた、たいへんな好評を博し、翌年、同社から単行本化された。そして、さらに五〇年から続編の連載が始まり、連載は数年にわたった。内容は津軽地方の田舎町を舞台とした艶笑譚で、エロティックな記述がふんだんに挿入された。警視庁から猥褻の疑いがあると警告されたくらいだったが、そのためにますます評判になった。警察が本の宣伝に一役買う羽目になったのである。

いま艶笑譚と書いたが、これは穿《うが》った見方をすれば梅太郎のお色気民主主義論の延長にあるエロ話である。たしかにジャンルとしては艶笑譚とするのがいちばんぴったりだろうが、ただ男女の愛欲をおもしろおかしく描いただけではない。あっけらかんと描かれる女の性欲は、解放された人間の寝汚《いぎたな》い欲望を表現しているだけではない。男尊女卑とか、嫁姑とか、家のしきたりとか、封建的な権威主義を笑い飛ばす、あかるい風刺とセットになっているのだ。というわけで、艶笑譚は艶笑譚でも、民主的な艶笑譚である。総じて石坂文学は、戦後民主主義の性格を象徴しているのである。エロも含めて。

さて民主主義の歴史をさかのぼろう。ロックが『統治二論』を書いてからおよそ一世紀後にフランス革命が起こったが、フランス革命では、一時、父の権力そのものがやり玉にあげられた。革命が掲げる自由と平等は国家においてばかりでなく、家庭においても実現されるべきであるという考えが、多くの革命派の間に広がったのである。しかしこれは血に飢えた対立と深刻な混乱をもたらした。革命が進むと、女性は家庭を守り、公的世界は男性にゆだねるべきだという考えが盛り返してくる。フランス革命は女性も先頭に立った革命だったが、一七九三年には女性は家に入れとの大合唱が起こり、オランプ・ド＝グーシュや、ロラン夫人のような女性リーダーが処刑された。結局、参政権は男性にのみ与えられた。フランスで女性の参政権が実現したのは一九四四年のことである。フランス革命が血で血を洗う凄惨な殺戮をもたらしたのは、国王を処刑したあと、きたるべき政治秩序を父権なしに構想することについての対立が、いかに深刻だったかを物語っている。時代が違うといってしまえばそれまでだが、艶笑譚を書いた文学者がもてはやされるような事態にはならなかった。

そもそもフランス革命がかかげた「博愛」はホモソーシャルな男どうしの友愛のことだった。歴史家のリン・ハントはフランス革命研究にまったく新しい局面を開いた学者だが、彼女によればフランス革命は秩序の根源に置かれる家族像を変えたのであった。社会は威厳に満ちた父親と父親に率いられる妻と子の集まりだという社会像から、社会はそれぞれ独立した家族を持つ男兄弟の集まりだという社会像に置き換えたのである。リン・ハントはシグムント・フロイトの『トーテムとタブー』に依拠しながら、そのことを明らかにしている(4)。これに対して一九四五年に始まる戦後民主主義は独身男女の恋愛が民主主義の基本範型を提供したのである。

5　戦後の家族法改正と男女平等

家族は人間生活のいちばんなまなましい実態である。上司と部下の関係は、いっしょに食事をしたりひとつ屋根の下で眠ったりという濃密な関係ではない。まして領主と領民の関係や政治家と支持者の関係は、家族関係に比べたらはなはだ希薄な関係でしかない。さまざまな社会関係の中で家族の対極に位置するのが国王と国民の関係だろう。家族は最もなまなましい実態だから、家族関係はもろもろの社会関係を説明するときによく引き合いに出される。会社は家族のようなものだとか、社長は父親のようなものだとかいうふうにである。だから父親と子どもの関係、夫と妻の関係、兄弟の関係は、多かれ少なかれ、国王と国民の関係や国民と国民の関係を考えるときに一種の範型として深い影響を与える。たとえば国民はしばしば大きな家族に、国王はしばしば一家の長になぞらえられる。国王が尊敬すべき人民の父であるべきなら、王妃は慈悲深い母であるべきだろうといった具合にである。いわゆる家族国家観である。

わたしはフランス革命が生み出したものと、戦後民主主義が生み出したものを対比して考えている。フランス革命によって誕生した第一共和政は、一七九九年、ブリューメールのクーデターによって幕をおろした。代わって執政政府が登場して、ナポレオン独裁が始まる。しかし革命の成果は継承された。それを象徴するのが一八〇四年に完成したナポレオン法典である。その特徴は、所有権の絶対、契約の自由、家族関係の強化だといわれる。家族関係の強化とは何かといえば、国家秩序のモデルとなるべき家族の理念が大きく変わったということである。だから起草委員だったポルタリスは、人は家族という小さな祖国を通して、大きな祖国につながるものだと述べたのである。

日本の戦後改革は伝統的な家族像を痛撃した。民法の家族法部分が根本的に改正されたのである。一九四七年のことであった。新憲法が男女平等をうたったのであるから、家族法改正は必至であった。それまで日本人は家の存続を重んじていた。結婚は家の存続に不可欠の要素で、女性は結婚によって夫の家に嫁入りする。嫁は跡継ぎの子どもを産むことを強く期待され、舅姑につかえ、婚家の家風になじむように求められた。そういうことは家族法にしっかり反映されていた。家や家長という制度が民法に書かれていたし、夫は妻の財産を管理し、結婚すると妻は法律的に無能力になり、重要な法律行為を単独でおこなうことができなかった。それが男女平等の原則による改正で大きく変わった。

実をいうと家族法改正は学界を真っ二つに引き裂いた。政治的民主主義は容認しても、つまり男女平等は認めるが、家制度まで変える必要はないという意見が相当に強かったのである。しかし保守的な法律学者の抵抗が実を結ばなかったのはもちろんである。とはいえ制度は変わっても人びとの意識は一朝一夕に変わるものではないから、人びとの抵抗感は法律学者をしのいだかもしれない。結婚は妻が夫の家に嫁に入るのだといった考え方はじょじょに衰えながらものちのちまで生きつづけた。

『青い山脈』が描き出したのは、いってみれば、新しい家族法が依拠する男女関係であり女性の生き方である。お互いに相手の人格を尊重し、愛し合う男女が結婚して家族をつくるのである。物語が、校風改革にいっしょに立ち上がった島崎先生と校医の沼田が結婚の約束をするところで終わるのは象徴的である。ふたりは騒動に巻き込まれるが、その中でお互いの人格を知り、認め合い、惹かれ合う。そして率直に語り合うことのできる対等な関係をつくる。そういう関係ができたことを確かめてから結婚を約束する。親にすすめられた異性と結婚するのではないのである。

家制度の観念やしきたりに決別することを不安に感じている人たちでも、島崎先生と沼田校医の恋愛にはあこがれを感じただろう。これが通俗小説の力である。ものごとに対する意見は抽象的な論理によってかたちづくられるが、抽象的な論理がつくられるのは具体的なできごとをとらえる感情である。あこがれや親しみや共感が抽象的な論理に結晶するときに意見が形成されるのである。

6 『若い人』

さて、それにしても、である。自由な男女関係を説くのにわざわざ民主主義を持ち出すことはあるまい。いくらなんでも大げさというものではなかろうか。男女関係は私事である。だから自由な男女関係を主張するために、政治体制の正当性原理を持ち出す必要はないはずである。それなのにどうして民主主義などという大げさなことばをふりかざさなければならなかったのだろうか。

それは戦前の男女関係がおそろしく窮屈だったからである。一九三〇年代になって戦時色が濃厚になると、旅館の帳場の裏に警官がかくれていて、結婚前の男女が来たと見ると、捕まえるということがおこなわれた。男女関係ばかりではない。映画館で映画を見ている大学生を一網打尽にとらえるといったことがおこなわれたのである。

石坂洋次郎自身が、その窮屈さによって大きな被害を受けたひとりであった。

石坂洋次郎は一九〇〇年、青森県弘前市で生まれた。一九二七年に『三田文学』に発表された『海を見に行く』で文壇にデビューした。一九三三年から、その『三田文学』に『若い人』の連載が始まった。『若い人』は一九三三年から五年間にわたって『三田文学』に断続的に発表された。戦前の石坂洋次郎の代表作である。物語の舞台は北海道のS女学校である。『若い人』は『青い山脈』の戦前版にあたる学園小説であり、物語は若い男性教師の間崎を追うかたちで、間崎と教え子の女生徒江波恵子と同僚の女性教師橋本スミ子の三角関係が展開する。この中でひときわ光彩を放っている登場人物が江波恵子である。恵子は作文の授業で「雨が降る日の文章」という題を与えられて、自分の出生のひみつと生い立ちを書くようなタイプの少女である。恵子は娼婦の娘であり父親はだれかわからない。感情の起伏が激しく、おどろくような表現力を持ち、おこないは自由奔放である。修学旅行のとき、夜行列車の中でのできごとだ。江波は間崎に恋をしていた。「大政所」というあだ名の年配の山形先生に「生徒が先生をお慕いするのは罪悪ですか」と相談する。山形先生は婚約者が日露戦争で戦死した。それ以来独身を通している。江波は山形先生に自分が間崎先生と結婚できるように間崎先生に自分の気持ちを伝えてほしいと懇願する。山形先生は江波が自分の娘のように感じられ、思わず伝えてあげると約束する。すると次の瞬間、江波は涙を流してごめんなさい、嘘をついて、という。本当は山形先生を好きなんです。わたしの母は堕落した悪い女です。先生のような気高い人に愛されたいと山形先生にとりついて泣き崩れる。江波恵子はそんな少女である。

『若い人』はたいへんな評判になったが、当時青森県の中学校の教師だった石坂は、そのために職を失うはめになる。それどころか、『朝日新聞』に小説を連載するはずだったのに、それも立ち消えになってしまう。右翼から不敬罪および軍人誣告罪にあたるとして告訴されたのである。

どんなことが不敬罪にあたるとされたか。修学旅行で皇居前の広場を訪れた女学生たちが「先生、天皇陛下は黄金のお箸でお食事をなさるって本当ですか」「天皇様と皇后様は御一緒にお食事をなさいますか」という会話が、不敬罪だというのである。どんなことが軍人誣告罪といわれたかというと、海軍の軍人たちが短剣で果物の皮をむいたり鉛筆を削ったりするシーンがけしからんというのである。われわれの目から見ると、とんでもないいいがかりというほかない。

国家権力が市民生活の奥座敷に堂々と乗り込んできたり、権力のお先棒を担ぐ人びとが、虎の威を借る狐とばかり、肩で風を切っていた。そういう時代が一〇年以上もつづいたのである。人びとはつくづく嫌になっていた。だからこそ、敗戦によって占領軍による民主化が進められたとき、民主主義は権力の横暴から市民生活を擁護するものとして大いに歓迎されたのである。

7　『山のかなたに』――暴力追放に立ち上がる男子生徒たちの物語

一九四九年に『読売新聞』に連載された『山のかなたに』は、石坂の第二の新聞小説である。もちろんラブコメであるが、舞台は旧制中学校、テーマは暴力に対するたたかいである。『青い山脈』の舞台は女子校だったが、こちらの舞台は奥羽中学校という男子校である。奥羽中学校では予科練帰りの生徒たちがのさばっている。彼らは血桜団なるグループをつくり、後輩たちに軍隊仕込みの暴力をふるっている。それをおさめるべき教師は敗戦後の世相の変化の中で生徒を指導する自信を失っていて、予科練帰りに強い態度で臨めない。しかしついに下級生が立ち上がり、団結して暴力をはねかえすという物語である。

物語は二組のカップルが中心になって展開する。主人公の青年教師、上島健太郎は『青い山脈』の沼田玉雄にあたる役どころをふられている。健太郎と相思相愛の仲になるのは、二年生の井上大助の姉、美佐子である。美佐子は自宅で洋裁教室を開いている。教室は美佐子の人柄のおかげで繁盛している。父親はシベリアに抑留されており、いまや美佐子は一家の主な稼ぎ手である。もう一組は、健太郎の後輩で復員兵の志村高一と美佐子に洋裁を習っているタケ子である。高一は純情な青年で、タケ子はハキハキした女性である。

『山のかなたに』には年配者向けの恋愛教科書といった性格もあって、たとえばタケ子の両親は娘の交際が心配でならない。あるとき父親がどうして恋愛結婚がいいのか理由を教えてくれと娘にいう。すると娘は、結婚していきなり肉の接触から始まり子どもが生まれるのは、動物みたいだといって自分の考えを開陳する。「結婚の習慣だってそうよ。当事者がなんの意思発動もなさず、第三者が媒酌する。それだったら、男も女も家畜みたいじゃないの。人間は人間らしい生活を築くように努力しなけりゃいけないんだわ」（『石坂洋次郎文庫』第五巻、新潮社、一九六六年、三九三ページ）。

父親は「あれ、わしらを動物にしちまいやがったな」といいながらも、理解しようと努める。精一杯ものわかりがいいのである。

もちろん民主生活の教科書でもある。石坂文学の特徴のひとつは、女性、それも若い女性が力を発揮する場面がふんだんに盛り込まれていることである。美佐子はたばこを吸う。若い女性のくせにたばこを吸うのはけしからんと、頑固ものの家主は美佐子一家を追い出そうと画策する。それに憤慨した美佐子の生徒たちは、若い女性ばかり数十人で家主の住まいに押しかけて談判におよぶ。彼女たちはかわるがわる頑固親父をとっちめる。頑固親父は口の達者な若い女性たちに囲まれてたじたじになる。とうとう、いままで通り住んでもらっていいと要求を撤回してしまう。この頑固親父は靴屋の主人で、実は彼も愛する女性と駆け落ちまでして夫婦になったのである。女性の力で人びとの意識を変え、行動を変えるという場面のひとつである。

登場人物はわかりやすく善玉と悪玉に分かれているが、根っからの悪人はひとりもいない。つまり民主主義は性善説にもとづくのだというわけである。たとえば教師の山崎は美佐子に思いを寄せている。彼は大助に姉へのラブレターを持たせるというとんでもない教師である。山崎は、全校集会で血桜団にそのラブレターを朗読されて大恥をかき、いたたまれなくなって退職するが、実は商才に長けており事業を始めて成功する。そしてその事業に、血桜団の盟主だったふたりの生徒は雇われる。血桜団のボス格の生徒たちでさえ、最後には心を入れ替えてまじめに働くようになる。結局、悪人はひとりもいないのである。

なるほど大衆小説らしい人物設定だと、いえばいえる。現実はそれほどうまくハッピーエンドになるはずがない。しかし、なぜ悪人がひとりもいないかと考えると、それは登場人物がみな、他人のことばに耳をかたむける力を持ち、理屈が通っていると思えばいつでも自分の考えを変えることができるからである。理屈が人を動かし、正当な言い分には人はだれもが耳をかたむける。だから理屈が最後には人を動かし、社会を変える。それが民主主義である。民主主義の前では、腕力が劣っても、年齢が違っても、そういうことは関係ない。若い女性のいうことでも理屈が通っていれば、どんな偉い人でもそれを受け入れる。

実をいうと、石坂洋次郎は論理力が強い作家である。たとえば『若い人』に出てくる研究授業の場面は生徒と教師の息詰まるようなやりとりが展開し、石坂の思考力の強靱さをまざまざと見せつける。『若い人』が評判になったとき、ある批評家はそれを島木健作の『生活の探求』に対比して論じたほどである。この論理の力は『青い山脈』や『山のかなたに』でも遺憾なく発揮されて、丁々発止のせりふのやりとりがテンポよく繰り広げられる。もちろんそれは、戦後文学の抽象的で難解で、自問自答を繰り返すような思索とはまったく異質な思考であり、論理的であるとともに現実的である。何より明快である。登場人物は、そういう明快なことばで恋愛の自由を語り、旧日本軍に対する批判を語り、軍国主義や精神主義に対する批判を語る。これはもっともっと高く評価されるべきだと思う。

8　女性は社会に出るべし

石坂洋次郎は、自由な時代に成長した女性のほうが、戦前に大人になった女性よりしっかりしていると考えていた。戦後の自由は女性の人格的成長を促したのだ。一九五二年『朝日新聞』に連載された『丘は花ざかり』は、香月美和子と高畠信子という姉妹を軸にして物語が展開する。妹の美和子は戦後世代である。美和子は女子大学を卒業して雑誌社の編集者になったばかりである。美和子は職場の上司に惹かれる。上司は妻に先立たれていまは独り身である。しかしふられる。姉の信子は人妻である。ＰＴＡでいっしょになった男、石山と不倫の一歩手前までいき、すんでのところで引き返す。信子は色恋の手練れが繰り出すかけひきに翻弄され、夫のある身でありながら、一時はすっかり男の虜になってしまう。姉にくらべて妹の美和子はずっと自立している。社会的な知識もあるし、行動力もある。自分の感情を客観的に見つめ、その感情に忠実に行動するが、いつでも感情から離れてものごとを客観的に考えてみることを忘れない。独身で年下の妹のほうが、人妻で年上の姉よりも、ずっとしっかりしているのである。

結婚して家庭に入ると、女性は人間的な成長の機会を奪われる。これは石坂文学に繰り返しあらわれるテーマのひとつである。妻が家庭にいることについて、信子は石山に次のように語る。「でも、妻に目隠しして従わせることよりも、妻の目をあかせて協力させるほうが、夫婦のあり方としては、はるかに立派だと思いますわ。げんに私は、ＰＴＡに出るようになって、これまで見過ごしていた夫の人間的な美点を、あらためて感じさせられたということがありましたもの。……もっとも、私が結婚前から、いまのように男の人を見る目を持っていたら、現在の夫を選んだかどうかは分かりませんが……」（『石坂洋次郎文庫』第九巻、新潮社、一九六七年、一四六ページ）。信子の夫はまじめなサラリーマンだが、家に帰ると尺八ばかり吹いている。その上無口でコミュニケーションがないので信子はものたりなく感じている。

そういう信子は石山の手練手管に翻弄されていまや落城寸前なのだが、信子の無防備なところは米兵とつきあっているマリーがちゃんと見抜いてしまう。「ユーは雑誌屋のおネエちゃん（美和子のこと）より、人がよくって頼りないや。おネエちゃんたらすごいんだから……」（同右、一四八ページ）。

女性は社会に出るべし、それが石坂のメッセージだった。

第3節　獅子文六――名馬は厩に繋いでおくわけにはいかない

1　ユーモア作家

民主主義は解放だった。男女関係の解放であり、家庭の解放であった。冷戦が激化したために、政治の解放がどんなものになるかは見解が分かれたが、男女関係や家庭は身近なものなので、解放が何を意味するか、だれもが具体的なイメージをつかむことができた。男女の恋愛ロマンスが戦後民主主義の基礎イメージを提供したのである。男女関係や家庭の解放という感覚については、ほとんどの人に異論はなかっただろう。そして人びとは解放を受け入れた。ただし人びとが一致して無条件で解放を歓迎したかというと、そうではなかった。解放を手放しで肯定した人と解放を歓迎しながらもいき過ぎを苦々しく見ていた人は半ばしただろう。自由はもちろん大いに歓迎されたわけであるが、ひとことで自由といっても自由の意味はいろいろである。男女関係と職場の人間関係が同じというわけにもいかないだろうし、親はどんなときも子どもの結婚に承諾しなければならないといわれても、そうそう納得できない場合もあるだろう。自由は積極的に肯定しながら、何でも自由が良いという風潮に対しては苦々しい思いで見ている人も少なくなかった。獅子文六もそのひとりだった。

獅子文六の戦後はじめての新聞小説は、一九四八年一一月から翌年四月まで『毎日新聞』に連載された『てんやわんや』である。『てんやわんや』の冒頭部分で、主人公の犬丸順吉は次のように語っている。「……私はこの敗戦で、一つの天啓を受けたのである。私たちを負かしたアメリカが、自主と自由の国であること――それが私にピンときた。つまり、天が私に、いつまでも鬼塚先生の子分である必要はないと、合図をしたような気がするのである。私もまた私の主人の私でありたい」(『獅子文六全集』第四巻、朝日新聞社、一九六八年、四三三ページ)。順吉のボスの鬼塚玄三は出版社の社長で代議士である。

獅子文六は戦後の自由を積極的に肯定していた。しかし自由なら何でもいいというわけではなかった。獅子文六の『自由学校』は一九五〇年、『朝日新聞』に連載された。翌五一年に松竹で映画化された。夫の南村五百助を佐分利信が、妻の駒子を高峰三枝子が演じた。獅子文六が『自由学校』で描いたのは、まさしく何でも自由がいいというわけではないということだった。

『自由学校』のあらすじはこうである。五百助は無口な男である。最近、出社時間がずいぶん遅くなったので駒子は何かあるのではないかと心配している。ある日、あんまりぐずぐずしているので、会社に遅れるではないかというと、夫はぽつりと会社を辞めたのだという。どうしてそんな大事なことをかくしていたのかと、妻はカッとなった。思わず大きな声で「出て行け」と怒鳴ってしまう。すると、何と夫は唯々諾々と出て行ってしまう。

夫は会社勤めがほとほと嫌になっていた。ばかりか口うるさい妻からも逃れられたらと思っていた。そこでもっけの幸いとばかり家を出たのである。一方妻は、がんばってきた内職のおかげで収入がふえてきた。このごろは自分の収入で生計を立てているのである。いきおい言いたいこともずばずばいうようになる。五百助はそういう駒子がうとましくてならなかったわけであるが、駒子は駒子で、ぐだぐだしている夫が鬱陶しくてならなかった。役立たずの夫を追い出して、清々しなかったかといえばうそになる。こうしてふたりは自由になった。

しかし自由になったのは良かったが、その後のふたりはどうなったか。夫はくず拾いの仲間になって橋の下に住むようになる。しかしその風貌を買われて詐欺師の片棒を担ぐ。金回りは良くなった。ところが詐欺師の一味が警察に逮捕され、五百助も取り調べを受ける。妻はどうかというと、若い男に言い寄られ、金持ちの二代目に言い寄られて、いい気分になる。ところが、あげくのはてに筋骨たくましい男にストーカー行為をされて震え上がる。こういうときは、やっぱり夫がいてほしいと、追い出したことを後悔する。いくら自由がいいといっても、自由の代価は大きい。こういう経験、つまり自由学校の勉強を経て、結局、ふたりはもとの鞘に収まる。自由という白馬にまたがるのはいいが、乗りこなすのはかんたんではない。まして白馬は天馬ではない。勘違いしてはならない、というわけである。

というわけで獅子文六は戦後の風潮に苦々しい思いをしていたひとりであるが、戦後の自由を肯定的に受け入れていたことは間違いない。その肯定感がいちばんはっきりあらわれるのは、戦後世代の女性と戦前世代の女性を描き分ける、その描き分け方である。彼は石坂洋次郎と同じように、戦後の自立した女性を好んで取り上げ、若い彼女たちを戦前世代の自立しない女性と対照的に描いた。

2　重要人物は自立心の強い女性たち

もともと獅子文六の小説に登場する重要人物は、例外なく自立心の強い人である。『自由学校』の駒子も自分の収入があり、彼女の収入で夫婦ふたりの生計を立てている。夫を怒鳴りつけて家から追い出す度胸もあるくらいである。どんな境遇にあっても自分の才覚を頼りに生きていこうとする。戦後に書かれた小説では、そのうえさらに、たとえ天地がひっくり返るほど社会環境が激変してもたくましく生きていく、という条件が加わる。

とはいえ女性に限っていえば、戦前の小説には、自分で自分の生き方を決めるタイプの女性はほとんど登場しない。女性の自立はさすがに影がうすいのである。それが戦後になると、打って変わって、重要人物は男も女も自立心の強い人物ばかりになる。登場する女性の多くは善玉も悪玉もまことにたくましいのである。たとえば『てんやわんや』に、花輪兵子という女性が登場する。彼女は雑誌社につとめている。雇い主の鬼塚玄三を追い出して、自身が社長におさまろうとたくらんでいる。鬼塚は戦前から代議士を務めていて、戦犯として追放になるのではないかと噂されている。いまこそ寝首をかくチャンスなのである。とはいえ兵子自身が、戦争中にはまなじりを決して聖戦貫徹を叫んだタイプなのであった。多くの小説に花輪兵子タイプの女性が登場して物語の展開を進める道化の役目を果たしている。

新聞小説ではないが、一九四九年から『主婦の友』に連載された『嵐といふらむ』は戦争で没落した華族の青年の物語である。主人公の水原数馬は華族である。徴兵されて戦地に行くが、復員してみたら社会は激変しており、かつて住んでいた豪勢な家屋敷は灰燼に帰していた。数馬は焼け跡のバラックに住みトラックの運転手になる。婚約していた柳小路輝子も華族の娘であったが、輝子は何とダンサーになっていた。物語はこのふたりを軸に進んでいくが、ふたりともたくましい生活力である。兵隊として前線でたたかった数馬は、焼け跡でのひとり暮らしも平気である。輝子はぜいたくな生活への執着があり、美貌と肉体を餌に成り上がりの男たちを手玉にとって金を吸い上げている。数馬はたくましく戦後社会に適応していくが、輝子は贅沢を手に入れるために不道徳な世界に足を踏み入れていく。

獅子文六は、上流階級に対する読者の好奇心をたくみに刺激して物語を進めながら、それでも庶民のほうがいいのだという気持ちに導いていく。これはこの時期の獅子文六の常套手段であった。華族の出である数馬は、身分制度に批判的であり、戦後社会を肯定的に受け入れている。軍隊経験があるので、体を動かすことも人に使われることも少しも厭わない。獅子文六はこういうかたちで、庶民が社会の主人になったことを力強く肯定している。いまや庶民の世の中になったのだ、というわけである。

「彼（数馬）は、華族でなくなった自分が、もう、誰に遠慮もなく、素裸で、腕一本で、社会に立ち向かえる人間であることを、知った。彼に財産はなく、地位もなく、学歴も、応召の時に、仮卒業の取扱いを受けたままであるが、そんなことは、どうでもよかった。いや、そういう特権の庇護なしに、自由に生きて行ける自分に、勇気と喜びを感じた。それこそ、以前から、彼が夢に描いた願望ではなかったか」（『獅子文六全集』第五巻、朝日新聞社、一九六八年、六二ページ）。

3　『やっさもっさ』——名馬は厩に繋いどくわけにいかない

一九五二年に『毎日新聞』に連載された『やっさもっさ』の舞台は占領末期の横浜で、物語は富裕層対象の華やかなバザーの場面から始まる。主人公は女性である。志村亮子は双葉園の理事として辣腕をふるっている。双葉園は没落した福田財閥の未亡人・喜代が始めた孤児院で、捨て子や、進駐軍の兵隊と日本人女性の間に生まれた子どもなど、いわくがあって親が育てられない子どもを育てている。冒頭のバザーは亮子が新しい乳児施設の建設資金を捻出するために実施したバザーである。亮子は経営のために奔走していて、そのために亮子の人脈は進駐軍将校、実業家、文筆家、官僚など大きく広がっている。

　亮子はサイドビジネスで一稼ぎしたいと思っている。自宅が戦災で焼けたので、新居をつくりたいのだ。いやそれ以上に、自分が主役になるような仕事がしたい。いまは一介の実務家に過ぎない。双葉園はあくまでも福田喜代の事業であり、いつも脚光を浴びるのは自分ではなく喜代である。亮子にはそれが物足りない。そういう亮子に、貿易ビジネスを手がけているドウヴァルが近づいてくる。女たらしのドウヴァルは色と欲の両面から亮子を籠絡にかかる。

　亮子には夫がいるが、夫の四方吉は妻の稼ぎに徒食している。もともとやり手の商社マンだったのだが、敗戦の翌年の暮れに上海から変わり果てた姿で引き揚げてきた。それから六年たっても、相変わらず正業につかずぶらぶらしている。本人もこれではだめだと思っているのだが抜け出せない。

　やがて四方吉に転機が訪れる。占領期に米軍相手に財を成した実業家が経営する会社に請われて入る。商社マン時代の腕を買われてのことである。しかしその矢先に詐欺に引っかかり会社は大きな損害を被る。その相手が実はドウヴァルだった。ドウヴァルはとんだ食わせ物だった。占領が終わり、日本で稼げなくなるとみたドウヴァルは、風を食らって香港に逃げ出す。その際に四方吉の会社から多額の金をだまし取り、行きがけの駄賃とばかり亮子の肉体も手に入れようとしたのだ。

　亮子はすんでのことでドウヴァルの誘惑をしりぞけたが、亮子も大きな失敗をしでかす。乳児院が完成し、お祝いのパーティーを開いたその夜に、双葉園は火事を出した。出火原因はパーティーの客が電灯を消し忘れたことだったが、亮子の管理責任は重い。こうして亮子も、四方吉も、そろって仕事でしくじる。しかしふたりの人柄が損失を最小限にとどめることになった。双葉園の全焼は市民の同情を呼び、多くの人が支援を申し出てくれたし、四方吉の会社も宿願を果たすことになる。亮子は出火の責任をとって双葉園を辞め、四方吉は詐欺にあった責任をとって会社を辞めるが、喜代のはからいで神戸で再起することになった。物語はそこで大団円を迎える。

物語の最後に、喜代が四方吉にいって聞かせる場面がある。「あの人（亮子）は、やっぱり、あんたと一緒になるのが、幸福ですよ。だけど、普通の奥さんのようには、いきませんよ。名馬だからね、厩に繋いどくわけにいかない。それは覚悟しなければ……」（『獅子文六全集』第六巻、朝日新聞社、一九六八年、二一三ページ）。

名馬だから、厩《うまや》に繋《つな》いでおくわけにはいかない。それが獅子文六の女性観であり結婚観であった。男女の関係を名馬と伯楽になぞらえるなら、ふつうだったら男が馬で女が伯楽だろう。夫になる男が名馬かどうかを見抜くことは、女にとっては一生を左右する決定的な問題だった。獅子文六はそれをひっくり返して見せる。女にも名馬はいるし、名馬は走らせなければならない。男も女も同じことだ。それが戦後という時代だ、と獅子文六はいう。女性の読者はうなずいたことだろうし、男性読者にもそのことばは真実味をもって響いたに違いない。

4　獅子文六の小説の金銭感覚

一九五四年に『読売新聞』に連載された『青春怪談』の場合、主人公の宇都宮慎一に心を寄せる三人の女性が登場する。慎一の幼なじみでバレリーナをめざしている奥村千春、バーを経営しているやり手の船越トミ子、界隈でいちばんの売れっ子芸妓の筆駒の三人である。三人とも自分の才覚で生きている。性格も考え方も収入の手段も三者三様だが、他人に頼らずに収入の道をつくっている。悪役の船越トミ子などは、大きなお金を動かす力があり、物語の進行上でも重要なフール（道化）の役割を与えられている。弱々しい女性も登場する。しかし弱々しい女性は決まって、戦前育ちの女性である。慎一の母、蝶子がこれにあたる。少し前のところで、獅子文六は戦前世代の女性と戦後世代の女性を描き分けたと述べたが、三人の女性と蝶子などはまさしくそれにあたる。

主人公の宇都宮慎一は大学を卒業したばかりの若者だが、小さなパチンコ店を経営している。亡くなった父親が病院を開業していたので、かなりの資産を残してくれた。いまはつましくしているが、ゆくゆくは貸金業に進出しようと考えている。割り切った金銭哲学の持ち主である。日本の小説で、金貸しといえば『金色夜叉』の間貫一が思い浮かぶが、間貫一は特別である。貸金業者は、悪役としてこそ登場しても、主人公として登場するためしのないタイプである。女主人公の奥村千春は将来バレリーナになりたいと考えている。バレー教室の先生を手伝いながら練習にはげんでいる。スラッとしていて、体型も性格も男っぽいところがある。千春と慎一は幼友だちで、とても気が合う。ふたりは結婚も視野に入れている。そういう関係である。

千春は自立心の強い女性であるが、千春と対照的なのが慎一の母の蝶子である。裕福な医者に嫁いだ蝶子は、何ひとつ不満のない生活を送ってきた。彼女は自分の結婚生活をふりかえって、「あたくしの亡くなった主人も、……あたくしを、まるで子供扱いにして、何をしても叱言を申しませんでした。そのお蔭で、あたくしは、家政ということも、世間のご交際も、何一つ覚えないで、年をとっちまったんでございますよ」（『獅子文六全集』第七巻、朝日新聞社、一九六九年、一五〇ページ）。とのんきに語っている。いまの生活でも日々の家計は息子の慎一が仕切っている。蝶子はそのほうが気楽なのである。

慎一はたいへんな美男子で、女性が言い寄ってくるが、愛憎に動かされない。いつも行動の指針は経済的合理性である。いついかなるときも金勘定をわすれない。結婚を求めるのは女性である。性的に積極的なのも女性のほうで、しきりに意中の男性に誘いをかける。こういうタイプの美男子が登場するのも獅子文六の特徴である。戦前に書かれて獅子文六の文名を一躍高からしめた『金色青春譜』（一九三四年）の主人公・香槌利太郎は、慎一とうりふたつである。女性から積極的に男性を誘うのはいかにも創作であるが、戦後の小説では思いのほかリアリティがある。

だいたいにおいて獅子文六の世界は、暮らしに困らない人びとの世界である。『自由学校』では、夫婦の親戚はみな社会的地位が高く、いざというときにふたりに助けの手を差しのべてくれる。『やっさもっさ』では、慈善事業家の財閥未亡人が、主人公夫婦に何かと助け船を出してくれる。『青春怪談』の主人公の亡くなった父親は医者として病院を開き、妻子にひと財産残してくれた。しかし戦前と戦後では、舞台はかなり異なる。戦前の小説では、大金持ちの未亡人や大金持ちの子どもがよく登場する。『金色青春譜』は大金持ちの未亡人と野心的な学生実業家が主人公である。三七から三八年に連載された『胡椒息子』は大金持ちの実業家の愛妾《あいしょう》の子どもが主人公である。彼らの世界にはまだ没落の影は少しも差していない。これに対して戦後に書かれた小説の世界は、自分の才覚で稼がなければならない人びとの世界である。主人公は経済的な利害得失にさとい若者だったり、堅実な手腕の持ち主であったりするが、どちらにしても彼らは自分の才覚で生きていかねばならないプチ・ブルジョアである。その面だけからいえば一芸の道を歩み通してきた悉皆屋康吉からそれほど隔っているわけではない。

5　ジェンダーの偏見

石坂洋次郎も獅子文六も売れっ子の流行作家だったが、いま彼らの作品を読むと、何ともいえない違和感を覚えるところがある。わたしの論旨は前節で尽きているのだが、その点はやはり指摘しておかなければならないだろう。どういうところに違和感があるかといえば、いうまでもなくジェンダーに絡むところである。男性は女性に対してそろいもそろって、教え諭すような口の利き方をする。上司が部下に対してとか、父親が娘に対してならともかく、同世代の同僚や友人でも、上から見下ろすような話し方をするし、ときには息子が母親に対して当たり前のように指図したりするのである。

石坂洋次郎の小説に出てくる登場人物を見ると、男女の関係はいつも男性が女性に対して優位に立っているという構図である。女性は親身になってくれる男性に教えを求め、助言を受ける。女性は男性をやり込め、旧習をあらためさせるが、それは男性がものわかりがいいからであって、旧習を変えたからといって男性の地位が揺らぐわけではない。物語はたいていい好き合う男女がお互いの気持ちを確認し合うところで終わるが、彼らが結婚したあとの生活を想像してみると、おそらく「男は社会女は家庭」という典型的な性別役割分担夫婦なのだろうと思わされる。石坂洋次郎の民主主義はそういう民主主義なのである。

獅子文六の小説に出てくる女性は石坂の女性たちにくらべて野心も実力もある。男勝りで度胸もある。しかしどこか欠点がある。そのため土壇場になると、その弱みがあからさまになる。いくら強がっていても最後には男にたよらなければ不安でならないのである。女性は男をたよるのがいい。そのほうが結局のところは賢明なのだ、というわけである。このような結末と構図によって、著者たちは読者の期待に応えているのである。

獅子文六は一八九三年生まれ、石坂洋次郎は一九〇〇年生まれである。この世代の人びとには女性は逆立ちしても男性にかなわないという意識が抜きがたくこびりついていたのであろうか。あるいは一九五〇年代になっても、女性蔑視の意識は広く浸透していたのであろうか。このふたつの問いに対する答えは、ふたつともイエスである。

さて、ではどういうところに女性蔑視が顔を覗かせているか、具体的にあげると、まず目につくのは男の子と母親の関係である。『青春怪談』では、慎一と母親の蝶子はふたりで暮らしているが、家計の財布を握っているのは慎一である。朝食の準備をするのは慎一だが、慎一はパンと牛乳を好む。蝶子はお香々とみそ汁の朝食を望んでいるが、金輪際食べさせてもらえない。不満でしかたがないのだが、老いては子に従えとばかり、蝶子は慎一のいうことにさからえない。

慎一の母親と千春の父親は、ふたりともいまは独り身である。千春はふたりを結婚させようと画策している。しかし慎一は反対だ。君のパパは老後の世話をしてくれる人がいたほうがいいし、君も自由になれる。でもうちのママは今のままぼくといっしょに暮らすほうが幸福だというのだ。精神年齢は幼いし、料理だってろくにできない。女として不束者だ。せっかく結婚しても、しあわせになれないに決まっている、とジェンダー意識丸出しである。もちろん、ここには母子関係についての観念をあらわしているというより、戦前世代（とくに女性）より戦後世代のほうがしっかりしているという意味もふくまれている。君にくらべたら僕の母なんか半人前だというわけである。石坂洋次郎の『丘は花ざかり』でも、戦前世代の姉より戦後世代の妹のほうがずっとしっかりしている。戦後社会に対する肯定は、こういうところに顔を覗かせているのである。

また結婚についても、ジェンダーの縛りがあらわれる。千春と慎一は幼いころからの知り合いで、気が合う仲である。ふたりはいつか結婚するつもりである。いざ具体的に千春と慎一が結婚を考え始めたとき、千春は慎一に問いかける。結婚してもわたしがバレーをつづけることを承知してくれるか。千春自身はつづけるかもしれないし、やめるかもしれないと悩んでいるのだ。また結婚後もシンデと交際してもいいかと尋ねる。シンデというのは同じバレー団に所属する年下の女性である。シンデは千春を慕っている。いわゆるSの関係である。このように、自分の選択について、いちいち慎一の了解を得ようとするのだ。

合理主義者の慎一はこともなげに君の自由にすればいいと答える。その限りでは、なかなか開明的なのだが、しかし、そのあとに、女性のあるべき生き方についての彼の信条を語る。その語り方が、いかにも上から見下ろしているような語り方である。聞かされる千春はどうかというと、どうしたらいいか自信がない。自分が何を求めているかということにさえ、確信を持てないのだ。だから慎一のことばに耳をかたむける。こうしてリードする頼もしい男性に、素直な女性が安心してつき従うという構図ができあがる。

6　女性差別に対する批判

とはいえ、獅子文六にくらべると、石坂洋次郎は女性差別について、もっと敏感な感覚を持っていた。たとえば戦前に書かれた『若い人』に、江波恵子が間崎に操行点はどんな基準でつけられるのかと聞く場面がある。間崎は答える。人格は知識、趣味、信仰、技能、性格の五つの要素からなる。そのうちの性格にかかわるものが操行だと述べる。そうして、さらに男女の関係に言及する。

「ことに女は男に対する身分上、世間に出ても性格――操行の点だけから人格全体を評価される立場に無理無理縛られがちだ。その性格もまっとうなものでなく、男のわがままに都合がいいように歪曲された型のものなんだからよほど困ったことだが……」(『石坂洋次郎文庫』第二巻、新潮社、一九六七年、三三六ページ)。要するに、女性の道徳規範は男に都合がいいようにできているというわけである。こういった考察は獅子文六には見られない。

『若い人』はいうなれば『青い山脈』の戦前版にあたる学園小説である。物語は若い男性教師の間崎慎太郎の行動を間崎自身の視点で追うかたちで展開していく。『若い人』に印象的な場面がある。生徒のひとりが家から送られた小為替を盗まれるという事件が起こった。『青い山脈』でいえば偽ラブレター事件にあたる。事件にどう対処するかで、先生たちの意見は分かれた。ある先生は生徒の所持品検査をおこなうべきだといい、ある先生は生徒に自治会を開かせるという。しかしどちらも、これでいいという確信があるわけではなかった。結局、生徒の寄宿舎に乗り込んで所持品検査をおこなうことになったが、いざ生徒の私物を調べるとなると、それは教師にとってたいへんな心理的負担だった。そうこうしているうちに生徒たちが寄宿舎に戻ってきた。そして部屋の外から先生たちの様子をうかがっている。何をしているのかと先生たちは聞くが、生徒たちは答えようとしない。強くうながされて、ようやくひとりがおずおずと口を開く。「私たち……、先生方がなさっていることをいけないことだと思ったんです」(同右、二四二ページ)。

先生は「どうしていけないんですか」と聞き返す。生徒は答えられない。どうしてっていわれても、ただいけないことだと感じただけだと、というのが精一杯だった。何のために、こうして所持品検査をしているのかわかっているのか、と先生はたたみかける。わかっています。でも、いけないことだと思いましたと、生徒は答える。そして問答が繰り返されたあげく、生徒たちが自治会を開くということになる。

この場面を書いていたとき、石坂洋次郎は民主主義ということばを思い浮かべていたわけではないだろう。生徒も先生が悪いことをしているとは感じているが、自分たちの感じ方に、しっかりした倫理的根拠を見つけているわけではない。確信もなく、ただおずおずとしている。一九三〇年代の石坂洋次郎にはそこまで書くのが精一杯だった。しかし、それでも、ここには家父長的な生徒指導は誤っているのではないかという疑いがはっきりとあらわされている。それを読み取るのはたやすいことである。教師が所持品検査をするより、生徒の自治会にゆだねたい。そういう感覚が石坂洋次郎にはあった。戦後民主主義に通じる感覚である。

7　新聞小説のジェンダー——林芙美子

石坂洋次郎と獅子文六の文学にはジェンダー意識が濃厚ににじみ出ているが、もちろん女性作家の作品にもジェンダーは色濃く映し出されている。『うず潮』もそうである。しかし『うず潮』に見えるジェンダーは、登場人物の内なるジェンダー意識というよりも、社会構造そのものから来るジェンダーである。というより、もっと正確にいえば、ジェンダーは前近代性の中に溶け込んでいるのである。前近代性の打破が、同時に女性差別の打破につながっているということである。そのため石坂や獅子の文学から感じる「いい気なものだ」という印象はない。とはいえ、ジェンダーを打ち破る主体として期待されているのは、やはり女性ではなく男性である。

たとえば千代子と杉本は、いつしか愛し合うようになる。しかし千代子は煮え切らない。千代子には年端のいかない子どももいるし、亡き夫の両親のことも考えなければならない。千代子は少しずつ亡き夫の面影から離れているところなのだが、そういう千代子の優柔不断さについて、杉本は軍国の母につうじる日本の女の古さを見いだす。「夢中になる素質を持つているくせに、少しばかり、反省のあるところを見せようという、日本の女の古さが哀れで、杉本はこの女こそ、涙一滴みせぬ、雄々しき軍国の妻として、新聞に大きく出されそうな姿に思えるのであった」（『林芙美子全集』第六巻、文泉堂出版、一九七七年、三三三ページ）。

亡き夫や夫の両親のことを思って身動きのとれない千代子が、杉本ははがゆくてしかたがない。杉本は千代子が、封建的な慣習に忍従してきた古い日本の女と同じではないかと感じている。自分のしあわせがすぐ手の届くところにあるのに躊躇することなどない。それさえ手に取ろうとせず立ち尽くすのは、自分の感情を押し殺して軍国の母を演じることと、根は同じではないのかというわけである。それは林芙美子自身の認識だっただろう。

だから、といっていいかどうか、『うず潮』で、状況を打開する役割を果たすのはいつでも男性、つまり杉本である。千代子との結婚について、杉本の両親は大反対している。両親にとって息子が子づれの未亡人と結婚することなど絶対に許せないことだった。そこで杉本は岡山に住む両親のところへ行き、親のすすめる人とは結婚しない、子連れの未亡人と結婚すると宣言して帰ってくる。

「まア、僕の方は云うだけのことは云つたンだから……この上は自分の考えどおりにするしかないものね。――僕や健二（杉本の弟）の幸福を考えてやつているンだと云われるンだが、老人達の幸福の限界が違うンだから、どうにも仕方がない。本人が好きだと思つてやる事は、家の為にならない。いまごろ、そんな荷厄介な結婚をすることもないだろうなンて云うンで、てンで、話にもならないンで弱つてしまつてね。まァ、それでは、もう、僕達は自由にしますと云つて、決裂してしまつたンだけど……」（同右、三七六ページ）。

これに対して千代子は、ただ「あなたにすまない」というばかりである。

旧弊な慣習を打破する役目は男に背負わされている。それを象徴しているのが、杉本と千代子の東京に対する第一印象がポジとネガほどに違っていることである。物語の前半で杉本と千代子は別々に東京に上京するのだが、杉本が抱いた東京の第一印象と千代子の第一印象はまことに対照的である。杉本がのびのびとした解放感に浸るのに対して、千代子はどこに流されていくのかわからないような暗い不安にとらわれるのだ。まず杉本にとっての東京は次のようだった。

「三年ぶりに見る、東京の第一印象は、硝子のように透明な、光の集合体のような、非常に調和のある庶民の生活を見た。戦争をつゞけていたころの、人間の心をくさらせるような、人々の意志をじゆずつなぎにしているような、みじめさはもうない。敗戦のあと、あらゆる不如意さがあるのは当然至極だが、まず、戦争が終わつているという救いは、庶民の人生にとつて幸福といわなければなるまい」（同右、二四一ページ）。これを女性である千代子のため息が出るような気持ちとくらべてみよう。「この戦争があらゆる人間の生涯を裏切つてしまつた。四囲一面が、あまりに変貌してしまつているので、自分独りが不幸だとは云いきれない。荒涼とした世相に押されて、立ちなおれないような、果てしのない長い旅路を感じてくる」（同右、二四〇ページ）。

『うず潮』のあと林芙美子は書きに書いた。書きまくった。そして『めし』を『朝日新聞』に連載しているさなかの一九五一年六月二八日に急死した。前近代性の中に溶け込んだジェンダーを林芙美子が解きほぐす機会は永遠にやってこなかった。

第4節　源氏鶏太の『三等重役』――民主主義とは経営家族主義なのか？

1　デモクラシーと笑い

義理と人情の物語は涙をさそうが、デモクラシーは笑いに親近性がある。

戦後民主主義を象徴する石坂洋次郎の『青い山脈』は明るいタッチのラブコメである。同じころさかんにユーモア小説を書いた獅子文六も男女平等の時代にふさわしいメッセージを笑いにのせて届けた。少し遅れて出た源氏鶏太の『三等重役』もラブコメであるが、これも戦後民主主義をおもしろおかしく描いた小説である。

『三等重役』は一九五一年八月から翌年四月まで『サンデー毎日』に連載され、五二年に単行本化されるとベストセラーになった。主人公の桑原さんは地方の有名企業である南海産業株式会社のしがないサラリーマンだった。ところが戦後、実力派の上役たちがそろって追放されたおかげで、思いがけず社長の椅子が転がり込んできた。桑原さんは前社長の奈良さんと違って、威厳のある人物ではない。部下を怒鳴りつけて、ふるえあがらせることもない。親しみやすいだけが取り柄の人物である。しかし社長になった桑原さんは少しずつ社長たる貫禄を示すようになり、社員の信頼をかち取るようになっていく。

南海産業株式会社の社員は、桑原さんを筆頭にみんな働き者である。男性社員は小心者のくせに、ときどき浮気心を起こして妻や恋人にとっちめられる。既婚男性はそろって恐妻家である。ふつうの人である。そのふつうの人の代表格が桑原さんである。ようするにだれでも社長になれる資質があるのだというわけである。

桑原さんは社員の仲人ばかりしている。大阪支店長の田口さんはお好み焼き屋の女性と恋をした。田口さんは仕事のできる男だが、妻に先立たれて仕事と子育ての両立に四苦八苦している。新しい恋をして、好きな女性といっしょになれるなら、仕事を辞めてもいいとまで思いつめている。それを聞きつけた桑原さんはどうしたか。ふたりをいっしょにさせる。もちろん田口君を辞めさせるようなことはしないのである。お茶屋の女将に「社長さんとこの会社は、お好み焼き屋の女と結婚したら、出世ができへんような封建的の会社でっか？」と挑発されて、桑原さんはむきになって応じる。「何をいうか。南海産業ほど民主的な会社は、日本中を探したって、どこにもあらへんのである」（源氏鶏太『三等重役』新潮文庫、一九六一年、二七八ページ）。

あるとき五五歳の定年退職を迎える庶務課の山田さんが、桑原さんのところにあいさつにきた。山田さんは定年後の生活の不安を訴える。まだ学校に行っている子どももいるし、どんな勤め山でもいいから世話していただけないかと懇願する。桑原さんはちょっと考えてから、山田さんを嘱託として再雇用することにする。

というようなわけで、桑原さんは家族主義的な情味による経営をめざしている。桑原さんがせっせと仲人業にはげむのはその象徴なのである。そして男女のことはコメディタッチで描かれる。こうして見ると『三等重役』は『青い山脈』のサラリーマン版である。

さて『三等重役』の民主主義の印象的な性格は家族的情誼に満ちていることである。夫婦と会社が一体となって大きな家族的つながりをつくっている。そして、家族的情誼は一家の大黒柱たる夫と専業主婦として家庭を守る妻の組み合わせからなっている。男は社会女は家庭という性別役割分担に対する信念は『三等重役』のストーリー展開をのせる欠くべからざる基盤で、この信念は全編を通じて微動だにしない。たとえば社内恋愛で結婚を間近に控えたカップルが登場する。女子社員のほうは、結婚しても共働きする、家事は半分半分にと言い張っている。婚約者もそうするつもりである。ところが彼女は社長夫妻の家庭を見て、やっぱり結婚したら仕事をやめて家庭に入る、とこれまでの決意をひるがえす、といった具合である。

家族的情誼は社員の妻をインフォーマルに組織するというかたちで、女たちを疑似家族的なきずなで結んでいる。社員の妻たちは先代社長の娘が経営している美容院に足繁く通い、お互いに会社で何が起こっているかの情報交換をおこたらない。会社で起こったできごとを、妻たちはちゃんと知っているのである。会社は男たちに給料を払うが、その給料は妻のものでもある。妻はインフォーマルな会社の一員として、陰に陽に会社を支える役割を果たしている。

男性社員たちは、近ごろの女性は男が紳士的になったので増長している、と異口同音にこぼしている。これは戦後の女性解放の弊害だなどと、男たちはおだを上げている。ところが、いざとなったら妻に頭があがらない。ぎゅうといわされて、それきりひたすら平身低頭するばかりである。妻は夫の扶養家族であっても、実際の夫婦関係は対等なのだというわけである。

2　政治的民主主義と縁結びの民主主義

もっとも『三等重役』がまじめにデモクラシーをふりかざしているかといえばそのようにも見えない。封建主義とか民主主義ということばはよく登場するのだが、どこでも冗談半分につかわれている。たとえば、もしも戦前に会社の同僚の男女が喫茶店で向かい合って座っていたら、たちまちお家の不義だと大騒ぎになって馘首されただろう、しかし戦後は恋愛は自由になったし、それどころか社長が積極的に仲人を引き受けて社内結婚をすすめている。だから「民主主義って、いいもんだ」といった具合である（同右、二二三ページ）。「わしがきわめて民主的な社長であることを、社員どもに思い知らしてやるのはええもんだ」と桑原さんはうそぶく（同右、五一二ページ）。男女交際がおおっぴらにできたら民主主義で、社内結婚の仲人を引き受ける社長が民主的な社長だというのは、やはり冗談の一種だろう。それは平和のあらわれであるかもしれないが、民主主義のあらわれとはいえない。もっともこのことは戦後の日本人の政治意識の特徴である平和と民主主義の結合を象徴しているとはいえそうである。

戦争が終わって平和が訪れた。人びとは解放された。軍国主義者は退場し、『国体の本義』や『臣民の道』をつづった語彙も道徳も消え去った。「天壌無窮」「皇運扶翼」とか「忠孝一本」といった、二〇年近くもの間政治の世界を駆けめぐってきたことばは蔵の中にしまい込まれた。代わって民主主義がやってきた。それは一九三〇年代初めごろには、すでに馴染まれていた恋愛結婚だの自己実現だのをつれてきた。国民主権や基本的人権という概念はあまり馴染みがなく難しかったとしても、民主主義は自由な恋愛による結婚を認め、人びとがそれぞれ自己実現の道を歩んでいくことを支えるのだといえば、まことにわかりやすかったのである。

ところで、なぜ『三等重役』のデモクラシーが、堂々と押し出される存在でなかったのかといえば、その理由は容易に推測できるだろう。『三等重役』が『サンデー毎日』の誌面を飾った一九五一年は、政治的対立が激化していた時期だった。東西冷戦は深刻化し、極東では朝鮮戦争が始まっていた。『三等重役』は朝鮮半島で戦火がもえさかっている最中に連載され、サンフランシスコ講和条約が締結されたのはその連載中だった。この時期日本の政治状況を見ると、国際冷戦が国内政治に重ね合わされたごとく、国内冷戦ともいうべき状況を現出した。片面講和か全面講和かをめぐって、激しい論戦がたたかわされ、保守と革新、資本と労働は真っ向からぶつかり合っていた。

しかし『三等重役』には会社と労働組合との闘争などといったことは、まったくあらわれないのである。『三等重役』はひたすらこうした話題を避け、民主主義を政治的な文脈から切り離し、経営家族主義と男女平等という文脈に移している。だからといって経営家族主義が民主主義かといえば、当然、激しい反論を受けることになるだろう。労使協調には資本家による労働力搾取のにおいがするし、どうかすると戦争中の「滅私奉公」にさえつながりそうな気配がある。そこで制度の問題は避けて通りたい。そういう意味では、民主主義はつまるところ男女平等という点に収斂するのである。繰り返しになるが、フランス革命では博愛は男どうしの友愛を意味したが、戦後民主主義では博愛は男女の恋愛を意味したのである。

わたしは、使わなければならない特段の理由などないはずの民主主義という言葉が、このユーモア小説において、非政治的な場面で繰り返し繰り返し登場することに、やはり注目しておかなければならないと思うのである。戦後、わずかの期間に、民主主義が急速に国民の間に定着するのは、それが平和をあらわす意味合いをおびつつ、非政治的な場面で広範囲に受け入れられたからにほかならなかった。

3　政治思想と政治意識の間の遠い距離

政治思想は深遠な哲理ではない。いくつかのごく単純な命題の組み合わせである。たとえば「天賦人権」「憲政の常道」「富国強兵」といった概念の組み合わせから成り立っている。これは政治思想一般に当てはまるわけではないが、少なくとも政治は机に向かって哲理を探求するだけで終わるような性質の営みではない。議会で、あるいは街頭で、大勢の聴衆に向かって弁舌をふるったり、丁々発止と政見をたたかわせたり、短いパンフレットに要点をまとめて配布したり、そして武器を取って馬上で敵と相まみえたりする。それが政治である。分厚い書物を著して、緻密で深い考察をめぐらせたところで、大量の人間を動かすことはできないのである。

この傾向はメディアと議会制が発達した二〇世紀以後の政治においていっそう顕著である。そして大衆社会では論理的な主張よりも感情に訴える主張のほうがしばしばずっと効果が大きくなる。何より巨大化した社会と権力のもとで、人びとは政治に参加することのしっかりした手応えを得られなくなる。それだけいっそう政治判断は感情的断片的な要素にたやすく左右されるようになるのである。「無抵抗主義者」というエッセイの中で、人間の圧倒的多数は「その政治的態度としてコンフォルミスムをとる」(『林達夫著作集』第五巻、平凡社、一九七一年、二六九ページ)ものであり、そのことがある意味では政治の中心課題だと思う、と述べたのは林達夫であった。しかしそういいながら林は参加民主主義につながるような実践的な提言をしたわけではなかった。「無人境のコスモポリタン」の中で林達夫はローマ帝国の支配下に置かれた民族の運命を、東西冷戦のもとで米ソ両大国につながれた諸国民の運命と重ねるようにして、次のように述べている。「……ヘレニスティク・ローマ時代の人々は、支配者たちを除けば、みな祖国を失った根こぎにされた人々だったのです。彼らはもはや自国の政治的社会的生活がその関心の中心であるような、またその伝統や世論のうちに彼らの日常生活をひたむきに進展させるような事態には在り得ず、政治はどこか遠い見知らぬ場所から出る得態の知れぬ指令で動員され、ただそれに黙従する以外に手はなく、自らの政治的社会的要求を政治に直接に反映させるなどは思いも及ばぬことになってしまっていたのです」（同右、二四三ページ）。

林達夫は二〇世紀の政治について最も深い考察をめぐらせた人物のひとりであった。一九五一年に発表された「共産主義的人間」は、一九五六年のスターリン批判に先立ってソ連の体制を批判したものとして有名である。右の文章は政治に対する深い洞察をたたえていることはたしかである。しかしこれが政治思想なのだろうか。読むものにある種の諦観をもよおさせるかもしれないが、特定の行動を促すわけではない。人びとは暮れゆく歴史を前にして沈思黙考することに誘われる。誘われるだけである。こういうタイプの思想は社会思想の範疇に入れたいと思う。

いま林達夫を引き合いに出したのは、軍国主義が退場した後にやってきた新しい民主思想が、国民にとっては相当に難解だったということを強調したいからである。左派のマルクス主義の理論は階級支配の打倒を主張した。搾取ということばは多くの国民の生活実感に合致していただろうが、前衛が労働者大衆を指導するといわれたとたんに、どうして自分たちが前衛によって指導されなければならないのか納得がいかなかっただろう。戦後の民主思想の中心を担ったのはリベラルな人びとだったが、リベラルな人びとは知識人中心だった。「近代的思惟」（丸山真男）だの「近代的人間類型」（大塚久雄）だのといわれても、ふつうの国民にはとても歯が立たなかった。かといって保守派の主張には古色蒼然たる要素がつきまとっていた。保守派は秩序と権力の維持に気をとられていて、民主主義を本気で信じているのか怪しいところさえあった。何しろ一国の総理大臣（吉田茂）が「臣、茂」などと公言していたのである。

戦後、一九六〇年代末ごろまで、民主主義は冷戦の影響でふたつに分かれて激しく対立していたし、政治思想は国民にとって相当に難解だった。その空白を埋めたのが市民社会的な道徳意識と価値観であった。新聞小説、とくにコメディタッチで男女の恋愛を取り上げた新聞小説は、民主主義とはどういうものであるかを、生活実感のレベルでわかりやすく伝えたのである。

4　政治意識がつくられる構造——社会的構築

大衆社会ではひとりの人が特定の政治的信条を獲得するのは、彼に作用するさまざまな力の合成力の影響を受けてのことである。親きょうだいの発言、先生や先輩の意見といった身近な人びとの影響がある。学校で教えられることの影響がある。新聞や雑誌やテレビの影響がある。実に多様な機会を通じて人びとはいろいろな意見に接し、それを吟味しながら自分の意見を形成する。もちろん彼自身は真っ白ではなく、彼は彼自身のやり方で多様な外力を受け止め吟味して自分の政治的信条を形成するのである。言い換えれば、社会的構築の過程を通って人びとの政治的信条はつくられるのである。

新聞小説はそのような多様な外力のひとつに過ぎない。そうではあるが、新聞小説は同時に読者の価値観や道徳意識を真っ向から逆なでするようなことはない。新聞小説の内容は読者の意識が許容する範囲におさまるのである。その意味では作者と読者の関係は一方的に作者が読者にメッセージを発すると いったようなものではない。お互いの影響関係は双方向的であるし、作者と読者は一定のずれ幅が生じるのを許しながら価値観や道徳意識を共有しているのである。

そういう観点で『青い山脈』や『やっさもっさ』や『三等重役』を読むとき、やはり強く印象づけられるのは民主主義に対する明るい信頼である。そしてその信頼は男女の恋愛に対する肯定に強く結びついている。『青い山脈』では生徒の男女交際が肯定され、恋愛結婚が祝福される。『やっさもっさ』では女性が事業活動に挑戦することが支持され、夫はそれを応援するように求められる。名馬は厩に繋いではならない。それが夫婦愛のあり方なのである。『三等重役』には、社員の縁結びに尽力することが民主主義だと信じる社長が登場する。労働組合運動が盛り上がっていた時代に書かれた小説だと思うとずいぶんのんきな話だというほかないが、そのころの労使交渉がしばしばほとんど殴り合わんばかりの怒鳴り合いになったことを思えば、これは何と明るい民主主義だろうか。

『青い山脈』でも『やっさもっさ』でも『三等重役』でも、民主主義は男女の恋愛とかたく結びついている。このことは何度でも強調しておきたい。いくら強調しても強調し足りないくらいである。近代日本では恋愛が民主主義をおし進めた。男女関係を変えようとする庶民の願望が、一八九〇年代から一九五〇年代にかけて、一貫して社会的な民主主義をおし進めたのである。その願望にかたちを与えたのが恋愛小説であった。それははじめ家庭小説と呼ばれ、次いで通俗小説と呼ばれた。軍国主義の嵐が吹き荒れた一九三〇年代後半においても、通俗小説は戦後民主主義に直接つながる世界を読者に提供しつづけた。ふつうの人びとの心をつかもうとしたら、小難しい思想や暗い憎悪はしょせん無力である。わかりやすい恋愛小説の力を軽んじてはならない。わたしはそう考えている。

註

（1）『帰郷』が意図が明確だったので、そうでない小説にしようとした、と大佛は自作について語っている。『大佛次郎作品集』第三巻、文藝春秋新社、一九五一年。

（2）プロレタリア文学においてもリアリティを軽視する点で事情は同じだった。『砂漠の花』は平林たい子の自伝的小説であるが、その中に次のような一節がある。プロレタリア文学の中で、小説のリアリティがいかに軽視されゆがめられていたかがうかがわれる証言である。「私はべつに共産党が嫌いではなかった。しかし、文学の上では、共産党は無理難題ばかり出していた。どうしても労働者の生活を題材にしなければならないとか、労働者と資本家の闘争では、きまって、労働者が勝つように書かなければならないとか、そのほか、かずかずの規則みたいなものがあって、それに当てはまらない作品は、討論会などで、めちゃめちゃに論駁されるのである」（『平林たい子全集』第七巻、潮出版社、一九七七年、二九八～二九九ページ）。

（3）久米正雄「私小説と心境小説」一九二五年、『久米正雄全集』第一三巻、本の友社、一九九三年、五四三ページ～五五四ページ。

（4）詳しくはリン・ハント『フランス革命と家族ロマンス』西川長夫ほか訳、平凡社、一九九九年を見ていただきたい。

参考文献

●第一章

『明治文学全集　明治女流文学集（1）』第八一巻、筑摩書房、一九六五年
『明治文学全集　明治家庭小説集』第九三巻、筑摩書房、一九六九年
『現代日本文学全集　歴史・家庭小説集』第三四巻、改造社、一九二八年
『大衆文学大系　小杉天外・菊池幽芳・黒岩涙香・押川春浪』第二巻、講談社、一九七一年
『菊池幽芳全集』全一五巻、日本図書センター、一九九七年（国民図書版全集一五巻、一九二四年～二五年の復刻版）
渡辺霞亭『吉丁字』上下、春陽堂、一九〇五年
村井弦斎『食道楽』上下、岩波文庫、二〇〇五年
『蘆花全集』第五巻、蘆花全集刊行会、一九三〇年
『二葉亭四迷全集』第二巻、岩波書店、一九六四年
『日本古典文学大系　春色梅児誉美』第六四巻、岩波書店、一九六二年
『福沢諭吉全集』第五巻、岩波書店、一九六九年
佐々醒雪『日本情史』新潮社、一九〇九年（『復刻　日本女性史叢書』第三巻、クレス出版、二〇〇七年）
『女子文壇』復刻版、不二出版、二〇〇二年～二〇〇五年（一九〇五年～一九一三年に女子文壇社から刊行された投稿雑誌。野口竹次郎、河井酔茗が編集に当たった）
白井ユカリ『木村曙研究』西田書店、二〇一五年
伊藤秀雄『黒岩涙香伝』国文社、一九七五年
高木健夫『新聞小説史　明治篇』国書刊行会、一九七四年
高木健夫『新聞小説史　大正篇』国書刊行会、一九七六年
高木健夫『新聞小説史　昭和篇Ⅰ』国書刊行会、一九八一年
高木健夫『新聞小説史　昭和篇Ⅱ』国書刊行会、一九八一年
『朝日新聞連載小説の一二〇年』『朝日現代用語　知恵蔵二〇〇〇』別冊付録、朝日新聞社、二〇〇〇年
『大悲劇名作全集・全八巻』中央公論社、一九三四年～一九三五年
第一巻　尾崎紅葉『金色夜叉』
第二巻　小杉天外『魔風恋風』
第三巻　菊池幽芳『己が罪』
第四巻　村井弦斎『小猫』
第五巻　柳川春葉『生さぬ仲』
第六巻　小栗風葉『青春』
第七巻　泉鏡花『婦系図』
第八巻　渡辺霞亭『渦巻』

柳田泉『随筆明治文学』第一巻〜第三巻、谷川恵一ほか校訂、平凡社、二〇〇五年
深谷昌志『良妻賢母主義の教育』黎明書房、一九九八年
小坂井澄『モルガンお雪　愛に生き信に死す』講談社、一九七五年
佐伯順子『「色」と「愛」の比較文化史』岩波書店、二〇一〇年

●第二章

『菊池寛全集』全二四巻、高松市菊池寛記念館、一九九三年〜一九九五年
『長編三人全集　楽園の犠牲』第一五巻、新潮社、一九三二年
『大衆文学大系　佐藤紅緑・中村武羅夫・加藤武雄集』第一七巻、講談社、一九七二年
『大衆文学大系　長田幹彦・吉屋信子・小島政二郎・竹田敏彦』第二〇巻、講談社、一九七二年
『現代長編小説全集　加藤武雄篇　珠を抛つ　久遠の像　月明』第七巻、新潮社、一九二八年
竹田敏彦『燃ゆる星座』文化日本社、一九四八年
竹田敏彦『子は誰のもの・時代の霧』春陽堂、一九五〇年
竹田敏彦『母は強し・焦土の白薔薇』非凡閣、一九四〇年
川口松太郎『愛染かつら』大日本雄弁会講談社、一九三八年
『川口松太郎全集　破れかぶれ』第一三巻、講談社、一九六八年
『吉屋信子全集』全一二巻、朝日新聞社、一九七五年〜一九七六年
吉屋信子編『女流作家十佳選〈戦時下の女性文学4〉』ゆまに書房、二〇〇二年
『夏目漱石全集　行人』第七巻、筑摩書房、一九八八年
『長谷川伸全集』第一五巻、朝日新聞社、一九七一年
『長谷川伸全集』第一六巻、朝日新聞社、一九七二年
佐藤忠男『長谷川伸論　義理人情とは何か』中央公論社、一九七五年
萱原宏一『私の大衆文壇史』青蛙書房、一九七二年
鈴木和年『「愛染かつら」とニッポン人』情報センター出版局、一九八四年
『小林秀雄全集』第四巻、新潮社、二〇〇一年
『鷗外全集』第二四巻、岩波書店、一九七三年
関口すみ子『良妻賢母主義から外れた人びと　湘煙・らいてう・漱石』みすず書房、二〇一四年
駒尺喜美『吉屋信子　隠れフェミニスト』リブロポート、一九九四年

●第三章

『定本與謝野晶子全集』第一八巻、講談社、一九八〇年
水尾比呂志『現代民藝論　手仕事のゆくえ』新潮社、一九六八年
鶴見俊輔『柳宗悦』平凡社、一九七六年

熊倉功夫・吉田憲司共編『柳宗悦と民藝運動』思文閣出版、二〇〇五年
アマルティア・セン『福祉の経済学――財と潜在能力』鈴村興太郎訳、岩波書店、一九八八年
アマルティア・セン『不平等の再検討――潜在能力と自由』池本幸生・野上裕生・佐藤仁訳、岩波書店、一九九九年
アマルティア・セン『正義のアイデア』池本幸生訳、明石書店、二〇一一年
『明治文学全集　矢野龍渓集』第一五巻、筑摩書房、一九七〇年
柳田泉『明治文学研究』第八～一〇巻、春秋社、一九六七年～六八年
『阿部次郎全集』第六巻、角川書店、一九六一年
『白井喬二全集』（定本）全一六巻、学芸書林、一九六九年～一九七〇年
白井喬二編『国史挿話全集』全一〇巻、万里閣書房、一九二九年
白井喬二『さらば富士に立つ影』六興出版、一九八三年
白井喬二『従軍作家より国民に捧ぐ』平凡社、一九三八年
白井喬二・国民文学研究会編『大衆文学の論業　此峰録』河出書房、一九六七年
『定本山本有三全集』全一二巻、新潮社、一九七六年～一九七七年
『島木健作全集』全一五巻、国書刊行会、一九七六年～一九八一年
『舟橋聖一選集』第二巻、新潮社、一九六九年
『宇野千代聞書集』平凡社、二〇〇二年
『増補版鈴木大拙全集』第八巻、岩波書店、一九九九年
安倍源基『昭和動乱の真相』原書房、一九七七年
アブラハム・マズロー『完全なる人間　魂のめざすもの』上田吉一訳、誠信書房、一九六四年
アブラハム・マズロー『人間性の心理学　モチベーションとパーソナリティ』小口忠彦監訳、産業能率短期大学出版部、一九七一年
アブラハム・マズロー『創造的人間　宗教・価値・至高・経験』佐藤三郎・佐藤全弘訳、誠信書房、一九七二年
アブラハム・マズロー『人間性の最高価値』上田吉一訳、誠信書房、一九七三年
広岡守穂『市民社会と自己実現』有信堂、二〇一三年
広岡守穂『ジェンダーと自己実現』有信堂、二〇一五年
『賀川豊彦全集』第一一巻、キリスト新聞社、一九六二年
高木健夫『新聞小説史　昭和編Ⅱ』国書刊行会、一九八一年
思想の科学研究会『共同研究　転向』全三巻、平凡社、一九六二年
風早八十二『労働の理論と政策』時潮社、一九三八年
大河内一男『社会政策の基本問題』日本評論社、一九四〇年
白井喬二監修『日本逸話大辞典』人物往来社、一九六七年

新延修三『朝日新聞の作家たち』波書房、一九七三年

●第四章

『林芙美子全集』第六巻、文泉堂出版、一九七七年
『大佛次郎作品集』第三巻、文藝春秋新社、一九五一年
大佛次郎『終戦日記』文春文庫、二〇〇七年
『筑摩現代文学大系　大佛次郎・海音寺潮五郎集』第五三巻、筑摩書房、一九七七年
『石坂洋次郎文庫』第二巻、新潮社、一九六七年
『石坂洋次郎文庫』第五巻、新潮社、一九六六年
『石坂洋次郎文庫』第九巻、新潮社、一九六七年
『獅子文六全集』第四巻、朝日新聞社、一九六八年
『獅子文六全集』第五巻、朝日新聞社、一九六八年
『獅子文六全集』第六巻、朝日新聞社、一九六八年
『獅子文六全集』第七巻、朝日新聞社、一九六九年
源氏鶏太『三等重役』新潮文庫、一九六一年
『平林たい子全集』第七巻、潮出版社、一九七七年
『久米正雄全集』第一三巻、本の友社、一九九三年
『中村光夫全集』第七巻、筑摩書房、一九七二年
『林達夫著作集』第五巻、平凡社、一九七一年
『文學界』一九五四年一一月号、文藝春秋社
リン・ハント『フランス革命と家族ロマンス』西川長夫ほか訳、平凡社、一九九九年
ポルタリス『民法典序論』野田良之訳、日本評論社、二〇一八年
『国防の本義と其強化の提唱』陸軍省、一九三四年
『国体の本義』文部省、一九三七年
『臣民の道』文部省、一九四一年

あとがき

日本では恋愛がデモクラシーをおし進めてきた。といったらものすごく変に聞こえるに違いないが、わたしは大真面目である。この本はその考えを実証しようとした研究の成果である。

明治の政治体制を支えたのは忠君愛国思想であり儒教的な家族道徳であった。忠君愛国思想は教育勅語によって定式化されたが、政治的には、その後ときの推移につれてどんどん軍国主義化し、第二次世界大戦の破滅に向かって進んでいった。しかしあべこべに家族道徳は、ときが経つとともにデモクラティックになり、一九三〇年代後半には戦後の男女平等思想とほとんど変わらないまでになっていた。家族道徳はめざましく変化したのである。

言い換えれば、日本人の国家生活と家族生活は、相容れないふたつの道徳原理によって引き裂かれていた。そして一九三〇年代後半になると、両者の亀裂はいよいよのっぴきならない状態になった。一九三七年に文部省が出した『国体の本義』と、同年から翌三八年にかけて『婦人倶楽部』に連載された『愛染かつら』とを読みくらべてみるとよい。両者の矛盾相克がどれほど激しいものであったかが、まざまざと見てとれるだろう。前者は滅私奉公と忠君愛国と忠孝一本（忠と孝は矛盾しないという思想）を唱え、後者は自己実現と男女平等と愛による結婚を訴えたのである。

わたしは本書で、新聞小説を通じて家族道徳の変化をあとづけてみた。題材として取り上げたのは、主として一八九〇年から一九六〇年までの恋愛小説である。いま恋愛小説といったが、もともと恋愛小説ということばはなかった。一八九〇年代から第一次世界大戦期までは家庭小説といわれ、第一次世界大戦期から一九四〇年代ごろまでは通俗小説といわれたのである。

呼び名が変わったのはどうしてかといえば、もちろんテーマが変わったからである。一八九〇年以前、若者のための恋愛教科書のような役目を果たしていたのは為永春水の『春色梅児誉美』であった。おもな読者は若い女性だったようであるが、この本では何とふたりの女性がひとりの男性につくすのである。ポルノまがいの描写もある。家庭小説はそういう男女関係をしりぞけ一夫一婦制を肯《うべな》った。ヒロインは良妻賢母たろうとして儒教的な家族道徳に忠実に従う。しかしヒロインがけなげであればあるほど、家制度がいかに女性に対して過酷であるかが浮かび上がった。家庭小説が書かれ始めたのは、ちょうど民法が制定された時期であったから、家庭小説は国家の推奨する家族道徳の矛盾をえぐり出すかたちになった。

第一次世界大戦後、一九二〇年代になると、家庭小説という呼称は使われなくなる。通俗小説という名前がそれに取って代わるのであるが、その理由もやはりテーマが変わったからである。家庭小説では独身男女の恋愛はふしだらなおこないだった。結婚は親や親しい年長者がきめた相手とするものであり、男女の愛情は結婚し夫婦になってから生まれるものだった。それが一九二〇年代になるとがらりと変わる。愛のない結婚が偽りの結婚として拒絶されるようになるのである。さらに一九三〇年代中ごろになると、通俗小説のヒロインたちは仕事を持ち自己実現的に生きるようになる。それを代表するのが、川口松太郎の『愛染かつら』と山本有三の『女の一生』である。

明治維新から七〇年ほどの間に、日本人の家族道徳はひじょうに大きく変わった。そしてその変化があったからこそ、戦後、激しいイデオロギー対立があったにもかかわらず、民主主義は急速に定着していくのである。

この過程はフランス革命に先立つ一〇〇年ほどの間に、フランス人の秩序観が大きく変わったことと同じ性質のものである。どういう変化かというと、父親のもとに男兄弟が服従しているという秩序観から、結婚して家庭を持っている男兄弟が対等な関係で社会をつくっているという秩序観に変化したというのである。男兄弟の対等な関係がすなわち、「自由・平等」と並んで、革命の合い言葉のひとつとされた「友愛（フラテ）」だった。ナポレオン法典はフランス革命の成果を定着させたといわれるが、ナポレオンが制定した民法は、このような秩序観の変化を前面に押し出したものだったのである。

同じように戦後の民法改正は、それに先立つ家族道徳の変化を法的に表現したものだったのである。そのことも大きな力となって戦後民主主義は定着した。ナポレオン法典では妻は夫に従属するものとされていたが、戦後の家族法は男女平等をうたった。そこが大きな違いであるが、いずれにしても、新憲法が男女平等をうたったから家族法の改正が成就したなどと主張するのは、ずいぶん単純な考え方である。因果関係はその逆なのである。

デモクラシーには政治的な面と社会的な面がある。政治的デモクラシーは、国民主権、多数者の意志、少数者の権利といった原理からなる。しかしいくら立派な政治制度が整備されても、それだけではデモクラシーは安定しない。第一次世界大戦後のドイツが良い例である。敗戦後に成立したワイマール共和制は絵に描いたような理想的な政治制度を実現したが、その命脈はわずか十数年で尽きてしまった。ナチスが権力を奪取したのである。

ナチス第三帝国の出現はたいへんな衝撃だった。それまで政治学は人間が自由平等であればあるほど政治体制は安定すると考えていた。その理論からいえばワイマール共和制は人類史上最も安定した政治体制だったはずである。何しろワイマール憲法は今日に至るまで人類史上最も民主主義的な憲法だったのである。人びとの自由平等を最もよく保障したのだから、理論的には最も安定していなければならないはずである。それなのにあっけなく崩壊してしまった。なぜなのか。第二次世界大戦後にさかんになった大衆社会論や多元主義論は、その問いに答えるために提起された。そういってもいいだろう。

わたしは若いころ大衆社会論や多元主義論を学んで得心するところが多かった。しかし理論の正しさと、その理論が実現されているかどうかは別の問題である。第二次世界大戦後、日本は民主化した。そして戦後体制は長きにわたって安定している。完璧とはいわないが、選挙も機能しているし、基本的人権も守られている。しかし日本の政治的民主主義が安定しているのは多元主義によって説明できるだろうか？　とてもそうは思えない。多元的な均衡があるなら政権交代が起こるはずである。戦後長きにわたって自由民主党が政権にとどまりつづけているなどということにはならないはずである。

第二次世界大戦後、激しいイデオロギー対立が起こった。東西冷戦が国内にも持ち込まれた。資本主義と社会主義は相容れない。最後にどちらかがどちらかを倒すまでたたかいは続くだろうといわれた。それほど激しい対立が起こったにもかかわらず、戦後体制は存続した。なぜだろうか？

わたしは多元主義論に魅力を感じながらも戦後体制の安定については多元主義論ではとても説明できないと考えてきた。戦後の日本政治には多元的な要素などなかった。激しい対立があっただけだ。日本の政治には戦後体制を安定させる力はなかった。戦後体制を安定させたのは、サンフランシスコ講和条約で否も応もなく西側に組み込まれたという外的要因だったのではないか。戦後体制の安定にいちばん大きく寄与しているのはアメリカという外部の重しだったのではないだろうか。

そうはいっても、戦後体制の正統性は急速に高まっていく。新憲法も安保もというかたちではあったが、戦後体制を支持する人びとが多数を占めるようになった。論理的にはどう見ても矛盾する新憲法と安保を、国民の多数派はセットで支持するようになったのである。こういう動きは外部の力の存在によっては説明できない。政治的な対立を緩和してデモクラシーを安定させる力はどこか別のところからきている。

最も根底にあるのは家族観が根底から変わったことではないか。先祖代々つづく家を基本単位と考えるのではなく、愛し合う男女が夫婦になることを基本にする思想が定着したこと。すなわち恋愛がデモクラシーをおし進めてきたのである。

さて、うまく論証できたかどうかは、もちろん読者の判断にまかせたいと思う。

広岡　守穂

索　引

サ 行

タ　行

ナ　行

ハ　行

マ　行

ヤ　行

著者紹介
広岡　守穂（ひろおか　もりほ）
中央大学法学部教授。1951年金沢市生まれ。東京大学法学部卒業。おもな専攻は日本政治思想史だが、現代日本の社会現象に幅広い関心を持ち、男女共同参画、NPO、子育てなどさまざまな分野で発言している。NPO推進ネット理事長（現在顧問）、佐賀県立女性センター・アバンセ館長などを歴任。詩人、作詞家でもあり『詩集はじめて』（私家版）がある。
おもな著書に『「豊かさ」のパラドックス』（講談社現代新書）、『男だって子育て』（岩波新書）、『女たちの「自分育て」』（講談社）、『父親であることは哀しくも面白い』（講談社）、『妻が僕を変えた日』（フレーベル館）、『ポストモダン保守主義』（有信堂）、『近代日本の心象風景』（木鐸社）、『政治と自己実現』（中央大学出版部）、『市民社会と自己実現』（有信堂）、『ジェンダーと自己実現』（有信堂）、『抒情詩と叙事詩』（土曜美術社出版販売）などがある。

通俗小説論——恋愛とデモクラシー

2018年10月17日　初　版　第1刷発行　〔検印省略〕

著者ⓒ広岡 守穂／発行者　髙橋 明義　印刷・製本／亜細亜印刷

東京都文京区本郷1－8－1　振替 00160-8-141750
〒113-0033　TEL (03)3813-4511
FAX (03)3813-4514
http://www.yushindo.co.jp
ISBN978-4-8420-5021-8

発行所
株式会社 有信堂高文社
Printed in Japan

通俗小説論―恋愛とデモクラシー― 広岡守穂著 二二〇〇円

ジェンダーと自己実現 広岡守穂著 二七〇〇円

市民社会と自己実現 広岡守穂著 二五〇〇円

ポストモダン保守主義―業績がものをいう社会の陥穽 広岡守穂著 二〇〇〇円

政治学原論 丸山敬一著 二〇〇〇円

ナショナリズム論―社会構成主義的再考 原百年著 二九〇〇円

来たるべきデモクラシー―暴力と排除に抗して 山崎望著 六〇〇〇円

東アジアの国際関係―多国間主義の地平 大矢根聡編 三九〇〇円

民族自決の果てに―マイノリティをめぐる国際安全保障 吉川元著 三〇〇〇円

国際協力のレジーム分析―制度・規範の生成とその過程 稲田十一著 二七〇〇円

国際政治と規範―国際社会の発展と兵器使用をめぐる規範の変容 足立研幾著 三〇〇〇円

国際関係学〔第二版〕―地球社会を理解するために 滝田賢治・大芝亮・都留康子編 三二〇〇円

新版 国際関係法入門 櫻井雅夫・岩瀬真央美著 二五〇〇円

★表示価格は本体価格（税別）